일본 근·현대시 속의 도시와 인간

임용택

박문사

서序 │ 문학적 토포스topos로서의 도시

제1부 │ 근대시 속의 도시와 인간

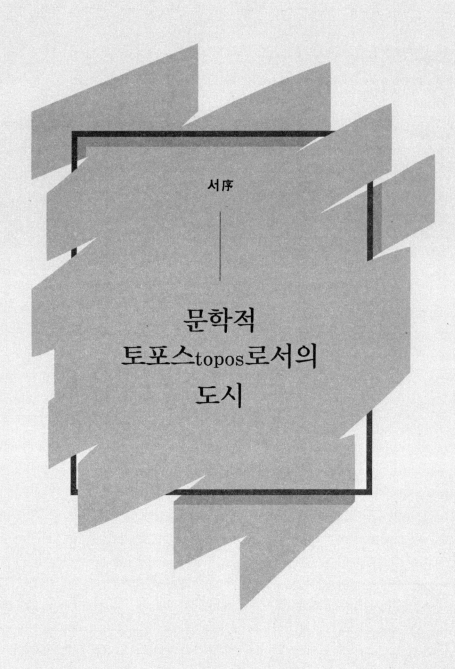

서序

문학적
토포스topos로서의
도시

—

일본 근·현대시 속의
도시와 인간

—

┃ 근대문학 속의 도시와 인간

일본의 대표적 국어사전인 고지엔(広辞苑)에 따르면, 도시(city)의 사전적 정의는 경제·정치·문화의 중핵을 형성하는 인구 집중지역으로, 역사적으로는 고대 그리스·로마의 도시처럼 그 자체가 국가의 형태를 취하는 '도시국가'를 시작으로, 중세 유럽의 길드(guild)적 산업을 기초로 한 '자유도시'를 거쳐 근대 자본주의 사회의 융성과 더불어 사회생활의 중추를 이루고 있다.[1] 결국 도시의 개념은 농촌 내지는 민속(民俗)사회와 대립되며, 상공업자와 지식인을 포함한 비농업인구가 고밀도와 대량으로 집단 거주하는 지역으로서, 사회적으로 농촌은 평화, 순박, 안락, 무지(無知), 후진성을 드러내는데 비해, 도시는 지식, 소음, 부(富), 야심, 문명 등의 관념을 표상한다.[2] 이처럼 도시와 농촌을 문명과 비문명의 이분법적 구도로 파악하는 관점은 도시의 거주자인 '시민'을 의미하는 라틴어의 'civis'로부터 문명의 'civilisation'이 유래되었고, 유럽의 고대·중세 도시가 문명형성의 무대로 간주돼 왔다는 역사적 사실에 기인한다.

일본에서의 근대적인 도시의 탄생은 19세기 후반으로 거슬러 올라가며, 근대화의 시작점인 메이지유신(明治維新 1868)을 전후로 비롯되었다는

1　新村出編,『広辞苑』, 岩波書店, 1980, p.1601.
2　広松渉(外)編,『岩波哲学·思想事典』, 岩波書店, 1998, p.1180.

것이 정설이다. '문명개화'를 슬로건으로 한 봉건사회의 해체는 '조카마치 (城下町)³로 대표되는 근세 도시의 존재 기반을 붕괴시켰고, 이를 대신해 수도나 현청(県庁) 소재지, 산업도시 등의 문명화된 새로운 형태의 도시 네트워크를 형성하였다.⁴ 메이지유신은 교통과 통신기술의 발달을 앞세워 근대 도시로서의 면모를 획기적으로 일신한다. 산업화에 수반된 도시화는 근대 일본의 기본적 추세였으며, 농촌에서 도시로의 인구 이동은 도시사회 를 형성하고 농촌사회를 변형시켰다. 도시를 거점으로 한 일본인들의 생활상의 변화는 전신(電信 1854), 우편제도(1871), 전화(1877), 인력거 (1870), 철도(1872), 근대식 포장도로(1872), 전차(1895), 자동차(1900), 수도설비(1898), 가스등(요코하마 1872, 도쿄 1874) 등의 등장으로 감지 된다. 나아가 교육·출판문화의 발달에 따른 대중문화의 인프라 구축과 서구식 학제(学制) 반포(1872) 및 신문·잡지의 등장(1860) 또한 도시를 기반으로 한 근대문학의 전개와 발전에도 지대한 영향을 미치게 된다.

일본에 근대적 도시가 성립된 19세기 후반은 근대문학이 시작된 시기 로, 도시의 역사는 곧 문학의 역사라 해도 과언이 아니다.⁵ 특히 시 분야에

---

3 각 지역의 봉건영주(다이묘 大名)의 거처인 성(城)을 중심으로, 그 주위에 주거지 및 상권이 자리 잡고 있는 구조이다. 성은 교통의 편의와 경제적 입지가 좋은 곳에 만들어졌고, 농촌으로부터 유입된 무사와 상공업자들이 성의 주변에 집단적으로 거주하였다. 성 주위에는 무사들의 저택(武家屋敷)을 집중적으로 배치하여 적의 침입을 대비하고, 다시 그 주변에 상공업자들의 가게와 거주지를 위치시키는 형태 이다. 전쟁을 염두에 둔 방어적 기능을 중시하며, 근대 도시의 다양성보다는 획일성 이 두드러진다.

4 成田竜一編, 『都市と民衆』「近代日本の軌跡」(9), 吉川弘文館, 1993, p.7. 참고로 행정구획으로서의 '도시'라는 명칭은 「시제정촌제발포(市制町村制発布)의 상론 (上論)」(1888.4.17) 속에 "이제 법률로써 도시 및 정촌(町村)의 권위를 보호할 필요 를 인정하고"라는 구절이 등장한다.

5 일본 최초의 소설론인 쓰보우치 쇼요(坪内逍遙)의 『소설신수(小説神髄)』(1885- 86)와 언문일치체 소설인 후타바테이 시메이(二葉亭四迷)의 『뜬 구름(浮雲)』

서 도시와 공간적 대립관계에 있는 농촌은 '자연'으로 대체되며, 메이지 이전의 자연을 주된 무대로 한 화조풍월(花鳥風月)적 요소의 전통시가(詩歌)로부터, 근대 이후는 도시를 새로운 문학공간으로 인식하면서, 초기의 도시풍경의 서정적 재현으로부터 점차 도시생활을 에워싼 인간의 다양하고 복잡다기한 심리나 삶의 내면 등의 제반 양상을 포괄적으로 노출하게 된다.

이처럼 도시가 인간의 생활영역이나 정신적 요소를 표현하는 독자적 공간으로 간주됨에 따라, 문학작품에서는 다양한 이미지의 도시가 등장한다. 도시문물에 대한 지적 호기심이나 낭만적 정감 등의 명(明)의 영역은 물론, 도시화의 심화가 초래한 인간 내면의 황폐화 등 암(暗)의 속성을 동시에 표출한다. 일정한 경험적 시간의 축적 보다 문명의 필요성에 따라 인위적으로 구축된 도시는 인간의 안정된 정서에 부합하는 내면화를 완성시키지 못했기 때문이다. 도시가 문명기반의 근대화를 상징하는 동시에, 그것이 초래한 여러 부정적 결과물을 여과 없이 투영하는 전형적인 문학 토포스로 간주되는 이유가 여기에 있다.

구체적으로 도시는 근대 자본주의의 발달로 산업화와 공업화가 진행된 이후 빈부격차에 따른 부촌과 빈촌을 형성하였고, 필연적으로 개인과 집단 간의 갈등을 유발해 왔다. 환언하자면 인류의 삶을 개선시킨 문명의 긍정적 측면 보다는 비판적 인식이 우세하며, 문학작품에서는 문명 비판의 주요 테제로 인식된다. 물질주의의 기반 위에 성립된 문명의 특성상 도시는 인간의 욕망을 병적으로 팽창시키는 소비지향적 요소를 내포하는 가운데, 산업사회의 필연적인 결과물인 인간 소외와 절망, 폭력, 속임수가

(1887-89), 번역시집 『신체시초(新体詩抄)』(1882)와 시마자키 도손(島崎藤村)의 시집 『새싹집(若菜集)』(1897)은 각각 산문과 운문분야의 일본 근대문학의 출발점으로 간주된다.

판을 치는 부정적 이미지를 생성해 왔다. 시간이 흐를수록 일본 근대문학 속의 도시는 희망과 안락의 편이성 대신, 결핍과 고독 등으로 얼룩진 개인주의, 자아상실이 범람하는 비판적 공간으로 인식되며, 이는 도시와 인간이 서로 분리될 수 없는 상호 유기적 주제임을 웅변해 준다.

문학적 표상으로서의 '언어도시'

도시문학의 기본적 출발점은 인간의 눈에 비친 도시의 정경을 개별적 경험을 통해 재현하는 과정에서 문학적 언어를 사용하고 작가의 상상력이 개입된다는 점에서 '언어도시'로서의 속성을 지니고 있다. 도시를 작가적 '상상력'에 입각해 언어로 '변형'하는 과정은 사회학자나 역시기들이 도시를 '경험적 실상'으로 파악하는 태도와 차별되는 점으로, 문학작품에서는 도시를 특별한 '수사적 장치'로 간주한다.[6] 언어도시는 도시를 단순히 작중인물이 위치하는 무대배경으로서의 제재 혹은 소재를 초월해, 실존의식과 형태를 지닌 독립적 텍스트로 접근함으로써, 작품에 종속되는 부수적 요소가 아닌, 도시 공간의 주체적 관점에서 작품을 규명하는 기호로 파악한다.

이러한 기호학적 관점에서의 언어도시의 방법론을 일본 근대문학 연구에 도입한 대표적 성과가 마에다 아이(前田愛)의『도시 공간 속의 문학(都市空間のなかの文学』(1982)이다. 도시 텍스트론의 기념비적 저술로 평가되며, 도시라는 기표(記表 시니피앙)에 함축된 심층으로서의 상징적 이미지[7]와 이를 지탱하는 인간의 의식 등을 추출하여, 도시를 다양한 모습과

---

6 バートン・パイク著 松村昌家訳,『近代文学と都市』, 研究社出版, 1987, p.19.

표정을 지닌 현상학적 개념으로 상정한다. 이때 도시는 자신이 은유적으로 함축하고 있는 '의미읽기'를 요구하며, 이를 통해 그 공간에 거주하는 사람들의 의식과 삶의 양식을 규정하게 된다.[8] 결국 도시 텍스트론은 작자에 직결되는 작품 속 인물의 내면·사상·인식의 코드(code)를 탈(脫)중심화하고, 지금까지 텍스트의 주변에 밀려나 있던 지명을 비롯한 다양한 도시 공간의 사물·사항·인간을 부상시켜, 그들과의 관계에 있어 텍스트의 구조를 해독하려는 방법이다.[9]

실제로 마에다의 저술에서는 일본 근대소설의 출발점인 후타바테이 시메이(二葉亭四迷 1864-1909)의 『뜬 구름』을 분석하는 과정에서, 기존의 근대적 자아의 발견이라는 상식적 관점을 주인공의 주된 거주공간인 하숙집 2층에 초점을 맞추어 공간과 언어의 유기적 관계로 해독하거나, 나쓰메 소세키(夏目漱石 1867-1916)와 모리 오가이(森鴎外 1862-1922)의 소설을 상해나 도쿄 등 구체적 도시의 구조와 모습을 기반으로 작중 인물의 심층과 내면에 접근하고 있다. 그가 취한 방법론은 벤야민(W. Benjamin)이나 바르트(R. Barthes), 푸코(M. Foucault) 등의 구조주의 방법론으로서의 현상학과 기호론의 성과를 종횡으로 구사하면서, 일본 근대문학의 흐름을 도시라는 컨텍스트(context)에 입각해 접근한 것으로 평가 가능

---

7 도시를 단순히 인간이 살아가는 물리적이고 기능적인 공간의 개념에서 이탈하여, 철학자 베르그송(H. Bergson)이 말한 '이미지의 집합체로서 물질' 내지는 표상의 공간으로 간주한다. 이때 도시라는 실존적 삶의 공간에서 만들어진 수많은 이미지들은 인간의 기억 속에 상징으로 자리 잡고, 삶이라는 운동역학을 유발하는 거대한 유기체에 해당한다는 것이다. (김민수(외), 『도시 공간의 이미지와 상상력』, 서울시립대학교 도시인문학연구소편, 「도시인문학총서」(6), 메이데이, 2010, p.21.)

8 정인숙(외), 『도시 삶과 도시문화』, 서울시립대학교 도시인문학연구소편, 「도시인문학총서」(3), 메이데이, 2009, p.17.

9 田口律男編, 『都市』「日本文学を読みかえる(12)」, 有精堂, 1995, p.3.

하다.

한편 도시 텍스트론의 성과는 마에다의 연구 이후 소설 분야를 중심으로 꾸준히 제시되고 있으나,[10] 시 분야를 집중적으로 고찰한 연구 성과는 확인 되지 않는다. 텍스트로서의 서술구조를 중시하는 도시문학의 특성상, 도시를 독립된 기호공간으로 인식하기 위해서는 필연적으로 소설이 장르적 적합성을 지니며, 시가 지닌 근본적 속성인 서정성의 측면에서 구조적 한계를 노정하기 쉽다는 인식이 작용하고 있다. 그럼에도 불구하고 메이지기 이후의 근대시부터 전후(戰後) 현대시에 이르기까지 수많은 작품 속에서 단순한 소재나 제재를 초월한 언어도시로서의 특성을 발견하게 된다. 오히려 단순한 시적 소재로 간주돼 시인의 정감이나 인상을 설명하는데 집중해 왔던 기존의 도시 혹은 도시적 풍경을 주체적 존재로 전환함으로써, 도시의 기능과 의미성을 정면에서 응시하는 도시시(都市詩)로서의 가능성을 모색해 볼 수 있다.

전술한 도시문학의 '암'의 부분인 고독, 허무, 소외 등은 도시적 삶을 에워싼 인간 정서의 기본형을 압축적으로 제시한다. 특히 언어표현의 정수인 시는 도시와 인간과의 밀접한 상관관계를 감각적으로 규명하는 가운데, 도시인의 상실감이나 방랑의식, 우울, 권태 등의 근대문학의 대표적 정서를 드러낸다. 이 과정에서 사회의 변화에 따른 도시풍경의 변모와 그 속을 살아가는 민중의 모습도 도시문학에서 간과해서는 안 될 부분이다. 1920년대의 본격적인 근대 도시의 성립부터 전후에 이르는 일본인들

---

10 대표적 저술로는 海野弘의『モダン都市東京-日本の1920年代』(中央公論新社 1988), 田口律男編,『都市』(「日本文学を読みかえる」(12) 有精堂 1995), 佐藤義雄,『文学の風景都市の風景―近代日本文学と東京』(蒼丘書林 2010) 등을 비롯해, 한국 연구자의 것으로는 정형(외),『일본문학 속 에도・도쿄 표상연구』(「단국대학교 일본연구소 학술총서」(1), 제이앤씨, 2009) 등을 들 수 있다.

의 실생활의 양상을 도시의 영상 속에서 파악함으로써, 본 저술이 지향하는 일본 근·현대시 속의 도시와 인간의 모습에 접근할 수 있을 것이다. 언어도시로서의 특성을 기본에 두고 메이지 이후의 근대시부터 현대시에 이르는 도시 관련 작품을 분석하는 한편, 전후 현대시의 담론적(談論的) 카테고리인 신체, 성(性), 신화, 포스트모더니즘, 페미니즘까지 시야를 확대해 보고자 한다.

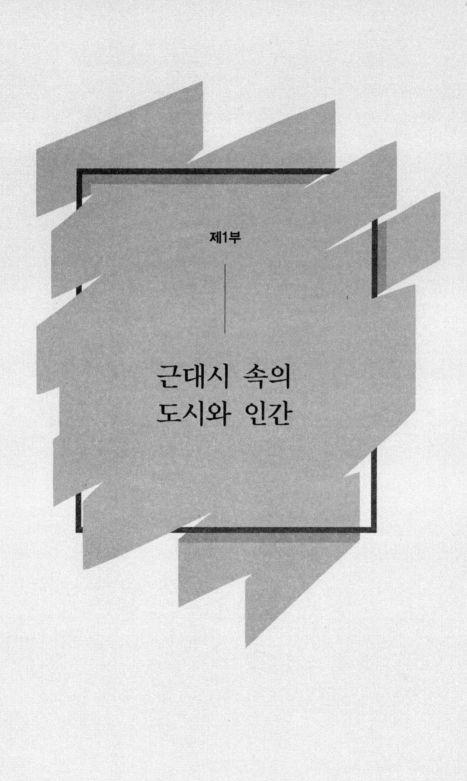

제1부

근대시 속의
도시와 인간

—

일본 근·현대시 속의
도시와 인간

—

Ⅰ 일본 근대시의 성립과 도시

일본시의 시대구분은 편의상 천황의 재위기간을 나타내는 메이지(明治 1868.9-1912.7)와 다이쇼(大正 1912.7-26.12), 쇼와(昭和 1926.12-89.1) 등의 원호(元号)에 입각해 기술해 볼 수 있다. 메이지기는 일본 근대시의 성립기로서, 출발점은 1882년의 번역시집 『신체시초(新体詩抄)』로 간주된다. 총 수록시편 19편 중 14편이 서양 작가들의 번역시로, 근대인의 복잡다기한 감정과 사상, 정신의 자유를 표현하는 과정에서 31음절의 단카(短歌)나 17음절의 하이쿠(俳句) 등 기존의 단시형(短詩型) 문학이 지닌 한계를 자각하고, 제목 그대로 새로운 형태의 시를 모색하였다.[1] 서양의 'poetry' 혹은 'poem'를 염두에 둔 자유로운 시형의 창출, 종래의 딱딱한 한문(漢文)과 고어(古語)에서 벗어난 평이한 일상어의 도입, 제재의 확충에 대한 자각과 노력은 메이지 신체시의 골격을 제시한 것으로 평가된다. 그러나 새로운 시 형태의 시도에도 불구하고 운율적으로는 7·5조와 5·7조의 단조로운 정형률에 머물고 말았으며, 저자도 시인이 아닌 대학교수들로서 군가나 사회학 원리를 다룬 창작시를 포함시키는

---

1 이러한 의도는 서문의 "메이지의 노래는 메이지의 노래이어야 한다, 옛 노래(古歌) 이어서는 안 된다, 일본의 시는 일본의 시이어야 한다, 한시(漢詩)이어서는 안 된다, 이것이 신체시를 만든 이유이다"에서 나타나고 있다.

등의 실험적 시도는 예술성의 결여라는 치명적 결함을 드러내고 만다.

시적 완성도 면에서 일본 근대시의 실질적 시작점은 시마자키 도손(島崎藤村 1872-1943)의 『새싹집(若菜集)』(1897)이다. 연애시를 중심으로 구시대의 봉건적 관습에서 해방된 싱싱한 청춘의 감정을 문어체(文語体)의 서정적 운율에 담아 표현하였다. 감정의 해방과 자유로운 표현이라는 서양의 사고방식과 미적 정감을 중시하는 일본 전통 정서와의 접목은 이후의 낭만적 서정시의 방향성을 제시하고 있다. 그러나 시마자키의 시는 탄식이나 애상의 여성적 정조에 치우친 나머지, 청춘의 정서를 통한 근대적 인간으로서의 내면심리나 사상의 제시에 이르지 못한 채 과다한 감정 분출에 머물고 말았다는 자성적 평가도 존재한다. 결국 시마자키로 대표되는 메이지의 서정시는 근대시 본연의 사상이나 사고의 강조 보다 자연의 정감을 중시해온 일본시가의 전통이 그대로 계승되었다. 문체도 언어적 미감과 여정(余情)을 중시하는 문어체가 대세를 이루며, 형식 또한 7·5조나 5·7조의 정형성을 지닌 낭독조의 '노래하는 시'가 주류를 이루고 있다.

메이지기의 시에서는 아직까지 도시가 핵심적 문학공간으로 인식되고 있지 않다. 시마자키의 시를 비롯한 시대의 중심적 문예사조인 낭만주의적 성향은 일본인들의 일상적이고 보편적인 삶의 터전으로서의 도시가 아닌, 자연을 주된 시적 공간으로 묘사하는 일관된 특징을 드러낸다. 도시 관련 시편은 도시 자체를 공간적 대상으로 삼기보다는 도회적 풍물이나 문명적 소품의 표면적 응시에 머물고 있으며, 이러한 움직임은 낭만적 서정시와 더불어 메이지기 시의 중심축인 상징주의 시편에서도 감지된다. 상징주의가 프랑스를 중심으로 성립된 문예사조라는 점에서 일본 보다 앞서 도시의 근대화를 추진한 서양의 영향이 나타나기 시작하는 가운데, 점차 시적 관심은 자연으로부터 도시로 이동하게 된다. 그 과정에서 상징시를 중심으로 한 서구시의 번역 및 소개가 적지 않은 역할을 수행하고 있다.

일본에 처음으로 서양의 시인 및 시편을 소개한 것은 『신체시초』이지만, 전술한 대로 실험적 시도에 치우친 결과 문학적 완성도는 미흡했다. 이에 대한 반성적 자각 속에서 등장한 것이 모리 오가이를 중심으로 한 신성사(新声社) 동인들의 소(小) 역시집 『오모카게(於母影)』(1889)이다. 바이런(G.G. Byron), 괴테(J.W. Goethe), 하이네(H. Heine)를 비롯한 유럽 시인들의 작품과 중국의 시, 일본 고전작품의 한역(漢訳) 등 17편을 수록하고 있다. 동 시집의 문학사적 가치는 구체적인 시의 번역 방법으로 의역(意訳)을 포함한 네 가지를 제시하면서, 리듬의 청신함과 고풍스런 아어(雅語)가 절묘하게 조화된 낭만적 시형의 예술시를 모색한 점에 있다. 비록 신체시가 추구하던 평이한 일상어의 근대적 시로부터는 한발 후퇴하게 되었으나, 일본어와는 언어적으로 대극적 위치에 있는 서양의 시를 일본적 정감으로 재구성했다는 점에서, 이후 우에다 빈(上田敏 1874-1916) 등 걸출한 번역시인들의 표본이 되었다.

우에다 빈의 번역시집 『해조음(海潮音)』(1905)은 볼륨과 내용 면에서 메이지기를 대표하는 번역시집으로, 보들레르(C. Baudelaire) 등의 프랑스 고답파·상징파 시인을 비롯해, 이탈리아, 독일, 영국 등 29명의 시 57편을 수록하고 있다. 시사적 의의는 『신체시초』 이래의 7·5조와 5·7조의 일관된 정형률을 4·3, 3·2 등의 새로운 운율로 세분화한 구성과 일본적 어감에 충실한 풍부한 어휘구사를 통해, 신체시의 성숙에 기여하고 프랑스 상징주의 시에 대한 이해를 심화시킨 점에 있다. 뛰어난 어학력과 프랑스문학의 깊은 조예를 바탕으로 프랑스의 상징시를 순도 높은 일본어로 재창작한 그의 공적은 번역문학으로서의 가치를 극대화하면서, 간바라 아리아케(蒲原有明 1875-1952), 스스키다 규킨(薄田泣菫 1877-1945), 미키 로후(三木露風 1889-1964), 기타하라 하쿠슈(北原白秋 1885-1942),

기노시타 모쿠타로(木下杢太郎 1885-1945) 등 메이지기의 상징주의 시인들에게 지대한 영향을 미치게 된다.

보들레르를 비롯한 프랑스 상징주의 시인들은 도시인의 권태, 우울, 고독 등의 세기말 정서를 주된 시적 정감으로 묘사하고 있는 점 도시문학으로서의 성격을 드러내지만, 『해조음』의 시편들 중에 도시를 대상으로 한 작품은 산견되지 않는다. 『파리의 우울(Le Spleen de Paris)』(1869)로 알려진 보들레르의 작품만 해도 「신천옹(信天翁)」, 「저녁 무렵의 노래(薄暮の曲)」, 「파종(破鐘)」, 「사람과 바다(人と海)」, 「올빼미(梟)」 등 자연의 정경과 관련된 시편들로 망라돼 있다. 베를렌(P. Verlaine), 말라르메(S. Mallarmé), 르콩트 드 릴(Leconte de Lisle), 베르하렌(E. Verhaeren) 등 동 역시집에 수록된 프랑스 및 유럽의 상징주의 시인들의 시편에도 공통되는 특징이다. 물론 『해조음』에는 영국의 빅토리아왕조 시대의 브라우닝(R. Browning)이나 독일의 하이네와 같은 서정시 계열의 시인들의 작품도 등장하지만, 시적 본령이 상징주의 이론 및 시의 소개와 이식에 있었음을 고려할 때,[2] 아직까지는 도시가 본격적인 시적 공간으로 조명되지 않고 있음을 알 수 있다. 『해조음』의 간행시기가 종합문예지 『명성(明星)』(1900-08)과 『문고(文庫)』(1895-1910)로 대표되는 메이지 30년대의 일본 낭만주의 시가의 전성기와 시간적 축을 같이 한다는 점도 수록작품의 선정에 적지 않은 영향을 미친 것으로 보인다.

한편 서양의 번역시 속에서 도시가 등장하는 것은 『해조음』 이후 가장 괄목할 번역시집으로 평가되는 나가이 가후(永井荷風 1879-1959)의 『산호집(珊瑚集)』(1913)을 통해서이다. 시 38편 외에 5편의 소설, 기행, 희곡

---

2 『해조음』의 총 29명의 시인 중 프랑스의 상징시 계열 시인이 14명으로 다수를 차지하며, 동 시집의 「서(序)」에서 역자는 이들을 고답파와 상징파로 나누어 각각의 문체적 특성을 고려해 번역에 임하고 있음을 밝히고 있다.

의 번역으로 구성돼 있다. 번역시는 모두 프랑스의 시로, 메이지 말인 1909년부터 1913년에 걸쳐 신문과 잡지에 발표된 것들이다.

　　잠자리에서 일어나 아침거리로 나서니
　　포장도로에 발소리 높다랗게 울리고
　　태양의 싱그러운 빛은 오랜 기와를 덮히며
　　리라(Lilas) 꽃은 집집마다 자그마한 정원에 핀다.

　　사람들의 발걸음을 앞지르는 발소리의 울림은
　　솟은 가지 끝 이끼 낀 담벼락에 길게 전해지고,
　　닳아 매끈대는 포장도로는 하얀 모랫길로 이어져
　　교외 마을에서 들판으로 달렸어라.

　　이윽고 가파르게 오르는 산길에서
　　햇살 드리운 언덕 기슭에,
　　초연하고 비좁고 궁핍하고 조용한 내가 태어난 거리의
　　눈에 익은 정겨운 지붕들 보이려나.

　　길게 저편으로 내 거리는 가로눕는다. 흐르는 강물 있어,
　　그 물들이 두 번 꾸벅 졸며 두 개의 다리 밑을 지나고,
　　산책로의 무성한 나무들이 거리로 솟아있어
　　종루(鐘楼)의 돌과 함께 낡았어라

　　화창하고 투명한 안개 없는 공기에
　　나의 거리는 거대한 울림을 내게 보내온다.
　　세탁소의 절굿공이와 대장간의 망치 소리,
　　소란스러운 어린아이의 카랑카랑 다정한 외침.

　　변함없는 나의 거리의 이 세상에는 추억도 없고,

영화광영(栄華光栄)의 미려함도 없어,
나의 거리는 언제까지나
지금 보듯 작은 도회에 지나지 않으리.

나의 거리는 일궈진 들판, 고원, 황량한 들에,
혹은 목장 사이에 선 몇 개의 거리의 하나이니,
어느 것도 가늠할 수 없는 작은 프랑스 거리 이름에,
여행객은 나의 거리의 이름조차 모르고 지나갈 것이니.

　　　　　　　　　　– 이하생략, 「프랑스의 소도회(仏蘭西の小都会)」

　원시는 나가이 가후가 가장 애송한 프랑스 상징주의 시인 레니에(Henri de Regnier 1864-1936)의 「Ville de France」로, 시집 수록에 앞서 잡지 『스바루』 1909년 12월호에 발표되었다. 우선 역자가 원시의 'ville'에 대해 채택한 '도회'라는 어휘에 주목할 필요가 있다. 도회의 사전적 정의는 '인구가 밀집한 번화한 토지. 행정부가 있거나, 상공업이 활발하기도 한 문화의 중심지. 도시, 도(都)'이며, 참고로 처음으로 도회라는 어휘가 등장한 것은 8세기 말의 역사서인 『속일본기(続日本紀)』까지 거슬러 올라간다.[3] 결국 도회와 도시는 거의 동일 의미로 간주되며, 용어로서 이른 시기에 사용된 것으로 보아 도회가 도시에 비해 다소 고풍스러운 이미지를 갖고 있다.

　한편 시 속 도회는 도시 본연의 번화함과는 거리가 멀다. 먼저 제3연의 "내가 태어난 거리"를 통해 시의 무대가 레니에의 고향인 노르망디 지역의

3　『속일본기』의 「神護景雲3年10月甲辰」에 "太宰府言, 此府人物殷繁, 天下一都会
也, 子弟之徒, 学者稍衆"의 표현이 등장한다.(이상 日本大辞典刊行会編, 『日本
国語大辞典』 第7巻, 小学館, 1980, p.1274.)

항구 옹플뢰르(Honfleur)임을 암시한다. 전체적으로 한적한 전원적 풍경의 "작은 도회"의 아침을 차분한 시선으로 점묘하고 있어, '도회'가 아닌, "소도회"로 번역한 이유를 엿볼 수 있다. 그곳은 오랫동안 "영화광영의 미려함"도 없이 한결같은 모습으로 존재해 온 소박한 고향의 정경이다. 비록 이곳을 지나는 사람들이 이름조차 제대로 기억하지 못한다 해도, "눈에 익은 정겨운 지붕들"이 반갑게 시인을 맞이한다. "포장도로", "세탁소", "대장간"과 같은 실생활과 관련된 도회적 어휘를 배치하고 있으나, "하얀 모랫길로 이어져/교외 마을에서 들판으로 달렸어라"와 "목장 사이에 선 몇 개의 거리"의 표현은 거리를 벗어나면 바로 들판이 펼쳐지는 전형적인 자연 속 항구 마을의 모습을 떠올린다. 초여름에 피는 "리라 꽃"과 "태양의 싱그러운 빛" 등이 조용하고 평화로운 고향의 낭만적 풍경을 기분상징(気分象徵)적으로 제시한다.

　주목할 점은 시 속 "도회"가 근대 도시 특유의 잡다함이나 번잡함을 배제하고 있는 점이다. 레니에는 물론 메이지기 일본 시인들의 도시 혹은 도회에 대한 이미지의 단면을 짐작할 수 있는 부분이다. 아직까지는 문명화된 도시를 살아가는 인간의 감정이나 내면을 적극적으로 묘사하는 도시시의 모습에는 이르지 못하고 있다. 그들의 시적 관심사는 소소한 도시적 풍물이나 풍경의 체험적 재현에 머물고 있으며, 그 흐름은 메이지 말에서 다이쇼 전기(前期)에 이르는 도시 관련 시편에서도 견지되고 있다.

■ Ⅱ 이국취미와 도회정서

 『해조음』으로 프랑스의 상징시가 일본에 본격적으로 소개된 후, 메이지 40년대에 이르러 일본 시단에는 상징시가 일대 세력을 형성한다. 우에다 빈이 프랑스 상징시의 소개와 이식을 통해 일본 상징시 발전의 토대를 마련했다면, 간바라 아리아케는 창작으로 상징시를 본격적으로 전개하였다. 시마자키 도손 풍의 낭만적 신체시로 출발하였으나, 점차 프랑스 상징주의와 영국의 화가 겸 시인 로세티(D.G. Rossetti)의 인상주의의 영향을 받으며, 특유의 관념적이고 명상적인 독자적 시풍으로 최고의 상징시인이 된다. 그러나 간바라의 시에는 연애 감정의 우수와 고뇌를 환상적 이미지로 형상화한 작품이 다수를 차지하고 있다. 대표작 「지혜의 점쟁이는 나를 보고(智慧の相者は我を見て)」(1908)에서의 이성과 정념의 대립 속에서 정념의 본능적 세계에 안주하려는 자세는 메이지 시단을 풍미한 낭만주의의 영향의 결과물이다. 일본의 상징시는 낭만주의를 부정하는 입장에서 성립된 프랑스의 상징주의와는 달리 낭만주의를 시적 토대 및 자양분으로 삼고 있어, 대상이나 사물을 지적으로 파악하는 서구적 지성의 자아확충에는 한계를 드러낸다. 이와 같은 낭만적 성향의 상징시의 계보는 명상적이고 관념적인 시풍의 미키 로후를 비롯해, 동 시대를 풍미한 감각적 탐미시인 기타하라 하쿠슈 등으로 계승된다.
 특히 기타하라는 근대인의 고뇌로 현실을 인식하는 일체의 지성적 사고를 부정하고, 이국취미(exoticism)로 불리는 특유의 탐미적 경향을 전면에 내세운 독자적 상징시풍을 전개하였다. 프랑스 상징시로 대표되는 유럽 세기말 예술의 본령인 깊은 절망감과 허무감의 근대적 정신성은 배제된 채, 퇴폐적 감각과 예민한 감수성에 몰두한다. 피로와 권태의 향락적 서정, 이국정취와 속요조(俗謠調)의 도회정서로 점철된 화려한 감각적 시풍은 일본을 대표하는 탐미적 시인으로서, 메이지기의 시인 중 가장 현저하게 도시적 풍경을 점묘하고 있다.

1. 기타하라 하쿠슈北原白秋의 시 세계

상징시는 구체적인 대상으로 시인의 감정이나 사상을 전달하는 기존 시와는 달리, 대상이 환기하는 심상(心象)을 추상적으로 표현하고, 시의 유일 도구인 언어를 감각적으로 포착한다. 환언하자면 언어를 단순한 묘사수단으로 인식하지 않고, 언어 자체가 떠올리는 자유로운 연상이나 암시 속에서 시인의 미적 의식을 표현하는 순수시적 자각을 드러낸다. 상징시의 원조인 프랑스 상징주의는 전대의 낭만주의나 자연주의문학의 반동으로 성립되어, 상징으로 언어의 음악적 울림과 인상을 감지하고 시인의 내면세계를 표출한다. 이때 음악적 요소는 매우 중요하다. 상징주의 성립 당시의 세기말적 퇴폐와 인생의 절망, 허무의 기분을 근저에 두면서, 괴기나 신비를 동경하고 관능과 환각의 미를 음성적 언어와 이미지로 결합하여 권태나 우울의 근대적 정서를 추구하는 것이 상징시의 본령이다.

그러나 일본어는 언어학적 특성상 교착어(膠着語)에 속하므로, 근본적으로 음악적 요소를 표현하는데 제약이 뒤따른다. 따라서 일본의 상징시는 허무, 절망, 우울을 에워싼 고뇌나 현실인식 및 음악적 요소가 결여된 채, 언어가 떠올리는 관념이나 명상, 신비적 분위기를 강조하고, 오직 병적이고 퇴폐적 감각의 미적 표현에 몰두하였다. 상징시 본연의 정신적 요소는 배제된 채 즉흥적 기분의 묘사에 치우치고 말았으며, 이러한 태도는 메이지기의 대표적 감각시인인 기타하라 하쿠슈의 시에 전형적으로 나타난다.

시의 생명은 암시에 있으며 단순한 사상(事象)의 설명에 있지 않다. 필설이나 언어로는 표현하기 어려운 정취의 무한한 진동 안에 그윽한 심령(心靈)의 희희(欷戱)를 구하고, 광활한 음악의 유락(愉楽)을 동경하여 자기관상(自己観想)의 비애를 자부하는 것이야말로 나의 상징의 본래 취지가 아니고 무엇이랴. 따라서 우리는 신비를 중시하고, 몽환을 기뻐하며, 부패한 퇴폐(頽唐)의 붉음을 흠모한다. (중략) 나의 상징시는 정서의 해락(偕楽)과 감각의 인상을 주안으로 삼는다. (중략) 따라서 나의 시를 읽을 때 이지(理知)의 규명을 의도하고, 환상을 배제한 사상(思想)의 골격을 추구하는 것은 잘못이다.

기타하라의 첫 시집 『사종문(邪宗門)』(1909)의 서두 문장으로, 그가 추구한 상징시의 본령을 엿볼 수 있다. 정서의 암시를 중시하는 정조상징(情調象徵)을 이상으로 삼고 있지만, 실질적으로는 이국정서와 퇴폐시정(頽唐詩情)을 앞세운 감각적 요소와 관능을 중시한다. "정서의 해락"과 "감각의 인상"은 "이지의 규명"이나 "사상의 골격" 등 지적 사고를 배제하고 순간의 본능에 의존하려는 일종의 자기도취적 자세를 표출한 것으로, 순수한 상징시 보다는 탐미적 감각시에 가깝다.

* 『사종문』과 이국취미

시집 『사종문』은 화려한 언어의 마술사로 불리는 기타하라의 시 세계의 매력을 만끽할 수 있는 개성적 시집이다. 성립배경에는 메이지기의 문인들의 단체인 '도쿄신시사(東京新詩社)'의 일원으로 참가한 1907년 여름의 규슈(九州) 여행이 자리하며, 동 여행으로 시인은 흔히 이국정서 · 남만취미(南蛮趣味)로 불리는 전기 시 세계의 중요한 시적 소재를 획득하게 된다. 남만은 남쪽의 야만인을 뜻하며, 포괄적으로 이국적 서구문물과 이에 대한 특별한 관심을 지칭한다. 일본은 에도시대에 정치적으로는 쇄국정책을 실시하였으나, 통상 면에서는 규슈 지역을 교역창구로 삼아 네덜란드, 포르투갈 등과 교류를 계속한 결과, 시집 성립 당시까지 기독교 관련 문물 등 이국적 분위기의 도회적 건물이나 풍물이 많이 남아 있었다.

나는 생각한다, 말세의 사교(邪敎) 크리스찬 제우스의 마법.
흑선(黑船)의 카피탄을, 홍모(紅毛)의 신비스런 나라를,
빠알간 비이도르를, 향기 예리한 안쟈베이이루,
남만의 산토메 비단을, 또한, 아라키, 진타의 미주(美酒)를.

눈이 파란 도미니카 사람은 다라니(陀羅尼) 경전을 읊으며 꿈에서 말한다,
금문(禁門)의 신을, 혹은, 피로 물든 크루스,
겨자씨를 사과처럼 들여 본다는 눈속임 장치,
파라이소 하늘까지 늘여 줄여 보이는 기이한 안경을.

성당은 돌로 만들어져, 대리석 하얀 핏물은,
갸만 단지 가득히 밤을 밝힌단다.
저 아롱진 에레키의 꿈은 비로드 향기로 아우러져,
진기한 달나라의 조수(鳥獸)를 비춘다고 들었다.

— 이하생략, 「사종문 비곡(邪宗門秘曲)」

『사종문』의 서두를 장식한 기념비적 작품으로, "사종문"은 16세기 중반에 전래되어 사교(邪敎)로 취급받던 기독교(가톨릭교)를 가리킨다. 이국의 문명에 대한 낭만적 환상과 경이감을 생소한 네덜란드어와 포르투갈어 등으로 표현하여,[4] 기존의 시와는 전혀 다른 시적 인상을 자아낸다. 서두에

---

4 이를테면 "카피탄(kapitein 선장)", "아라키(arak 술의 일종), "안쟈베르(tuinanjer

"나는 생각한다"를 배치하여 갖가지 진귀한 이국의 식물, 음식, 과학 발명품 등의 도회문명을 독자의 뇌리에 선명하게 각인시킨다. 제목을 비롯한 일련의 기독교 관련 시어들은 종교적 성격과는 무관한 시적 수사에 불과하며, 서구문명에 대한 몽상(夢想)과 낭만을 상징적으로 표현하고 있을 뿐이다. 전체적으로 서양의 문명적 소품의 나열이 시인이 추구한 이국적 도회 정서를 감각적으로 떠올리는 가운데, 기존의 절(寺)이나 정사(精舍)를 대신한 도회적 공간으로서, 당시 나가사키(長崎) 등지에 남아 있던 "대리석"의 서구식 "성당"이 등장하는 것도 인상적이다. 『사종문』을 관통하는 핵심 정서인 도회문명에 대한 낭만적 관심과 동경을 엿볼 수 있다.

> 늦은 봄 실내 안,
> 해는 저물 듯, 말 듯, 분수의 물줄기 방울져 떨어지고……
> 그 아래 아마릴리스 빨갛게 아른대고,
> 보드랍게 흩어지는 헬리오트로프.
> 젊은 날의 요염함의 그 화끈거림, 심란해라.
>
> 그치지 않는 분수여……
> 노란 열매가 익어가는 풀, 기이한 향수,
> 그 하늘에는 아득한 유리의 푸른 빛,
> 외광(外光)의 그 여운, 울고 있는 휘파람새,
> 젊은 날의 저녁 무렵의 선율, 심란해라.

카네이션 꽃)", "갸만(diamant 다이아몬드)", "에레키(electriciteit 전기)"는 네델란드어이며, "비이도르(vidro 유리)", "진타(tinto 포도주의 일종)", "크루스(cruz 십자가)", "파라이소(parais 천국)", "비로드(velud 벨벳)" 등은 포르투갈어에 속한다.

(중략)

3층의 구석인가, 그건
썩어버린 황금 테두리 속, 자명종의 초침소리……
모두가 요염한, 눈 먼 소녀의
따사롭게 감도는 깊은 감각의 꿈,
젊은 날의 그 아지랑이에 울리는 소리, 심란해라.

늦은 봄 실내 안,
해는 저물 듯, 말 듯, 분수의 물줄기 방울져 떨어지고……
그 아래 아마릴리스 빨갛게 아른대고,
달콤하게, 또 흩어지는, 헬리오트로프.
젊은 날은 저물어도, 꿈은 아직 심란해라.

- 「실내정원(室內庭園)」

늦은 봄에 촉발된 청춘의 감상적 기분을 당시로는 하이칼라(high collar)적 이미지의 도시 공간인 실내정원(식물원)에 위탁하고 있다. 시의 주제인 늦은 봄의 생리적 나른함과 권태를 "분수의 물줄기", "빨간 아마릴리스", "헬리오트로프", "향수"의 감각적 시어로 수놓으며 상징적으로 전개하고 있다. 끊임없이 뿜어져 나오는 "분수의 물줄기"를 비롯해, "빨간 아마릴리스", "헬리오트로프"의 생소한 서양 꽃들이 내뿜는 강렬한 향기는 "젊은 날의 요염함의 그 화끈거림"과 시적 호응을 이루며, 후덥지근한 늦은 봄의 계절적 기분을 후각적으로 상징한다. 매연 반복된 "심란해라"는 늦은 봄의 감각적 인상에 도취된 청춘의 관능적 기분을 암시하고, "실내정원", "분수", "자명종", "아마릴리스", "헬리오트로프", "향수"의 이국적 도시 공간 속 소품들과 조화하고 있다.

썩은 사과 같은 날의 냄새
동그랗게, 그렇게, 반짝임 없이 들근하게 잠기는
늦은 봄의 탁하고 묵직한 안개 속,
문득, 감빛 경기구(軽気球) 내려오는 듯.

멀리 구름 덮인 도시의 지붕 색들
나른하게 올려다보는 사람은 지금 둔탁하게 듣는다,
탁강(濁江)의 졸린, 혹은 다소 빨간
냄새의 하늘 어딘가로 새어나오는 철(鉄)의 소리.

심란한, 그건 강의 진흙 웅덩이에서
펴지지 않는 회홍(灰紅)색 돛의 부풀음에
전해지는 잠수부의 작업엔가,
시든 한숨 아련히 물위로 노랗다.

강가에 구경하는 아이들 웅크린 채,
마냥 따분한 손으로 인형을 손으로 울린다.
저물 무렵, 석양으로 흐릿한 안개 속,
다시, 보드랍게 경기구 내려오는 듯.

－「탁강의 하늘(濁江の空)」

　일본 근대시에 도시라는 시어가 등장하는 최초의 작품이다. "늦은 봄"에
촉발된 권태의 정감을 시각과 후각, 청각 등 다채로운 감각을 곁들여
한 폭의 인상화처럼 묘사하고 있다. "경기구"가 떠있는 흐린 "하늘"아래로
"구름 덮인 도시의 지붕"들이 원경을 형성하는 가운데, "강의 진흙 웅덩이"
에서 "철의 소리"를 내며 "작업"에 임하는 "잠수부"들의 모습과 이를 "구경"
하고 있는 "아이들"의 "따분한 손"이 근경을 이루고 있다. 제목의 "탁강"을

비롯한 "구름"과 "안개" 등의 "석양" 속 흐릿한 도시의 실루엣이 "감빛", "빨간", "회홍색", "노랗다"의 다채로운 색채감 속에서 '나른함'과 '따분함'의 도시생활의 정조를 기분상징적으로 표출한다. "썩은 사과 같은 날의 냄새"의 후각, "들근하게"의 미각과 "보드랍게"의 촉각 등 『사종문』의 시편들은 인간의 오관(五官)을 자극하는 생리적 인상을 시인 특유의 화려한 어휘구사로 감각화하면서 도시에 대한 애틋한 낭만적 환상을 표현하고 있다.

* 『도쿄 경물시 및 기타』와 도회정서

『도쿄 경물시 및 기타(東京景物詩及其他)』(1913)는 『사종문』 출판 무렵부터 1913년까지의 시 70여 편을 수록한 기타하라의 세 번째 시집이다. 시집 머리에는 "내 젊은 날의 향연을 기리며 이 기이한 감(紺)과 청(靑)의 시집을 'PAN'과 「옥상정원」의 벗들에게 바친다"는 헌사(献辞)가 등장한다. 'PAN'은 기타하라 주도로 1908년 말부터 1912년까지 지속된 메이지 말기의 문학자와 미술가들의 향락적이고 퇴폐적 성향의 산실인 '판의 모임'을 말하며, 「옥상정원(屋上庭園)」은 1909년 시인이 창간한 탐미적 성향의 문예지이다. 제목이 암시하듯 대도시 도쿄의 서경적 인상을 묘사한 시집으로, 『사종문』 이래 기타하라가 견지해 온 화려한 도회정서에 대한 미적 동경을 엿볼 수 있다.

> 아카시아의 금빛 빨강 빛 떨어지누나.
> 저물어가는 가을 햇살에 떨어지누나.
> 짝사랑의 얇은 프란넬 걸친 나의 애수
> 「히키후네」강가를 지나는 무렵.

보드라운 그대의 한숨소리 떨어지누나.
아카시아의 금빛 빨강 빛 떨어지누나.

－「짝사랑(片恋)」

"짝사랑"의 "애수"를 "히키후네" 강가의 낭만적인 가을 저녁풍경에 담아 노래한 동 시집의 대표작이다. "히키후네"는 도쿄 스미다구(墨田区)의 지명인 히키후네초(曳船町)를 떠올리며, 근처에는 히키후네강(曳船川)이 흐르고 있다. 이 부분을 괄호로 묶은 것은 지명으로서의 의미와 동일발음인 예인(曳引)을 중의적으로 표현하기 위함이다.[5] 한적하고 그윽한 강가의 도회적 풍경 속에서 이제는 흩어져 떨어지는 "아카시아" 꽃잎처럼 아련한 짝사랑 여인과의 애틋한 추억에 잠기며 강가를 거닐고 있는 시인의 모습이 떠오른다. 스미다구는 당시 에도시대의 잔영이 많이 남아 있던 곳으로, 스미다강(隅田川) 연안에 위치한 료고쿠(兩国)는 '판의 모임'이 열리던 서구식 레스토랑이 위치한 곳이기도 하다. 호쿠사이(北斉)나 히로시게(広重) 등 에도시대 풍속 화가들이 즐겨 그림을 그리던 장소로 알려져 있어, '판의 모임'의 예술적 성향인 전통적 에도정서와 자연스럽게 연결된다. "아카시아"와 "프란넬"[6]의 서구취향의 세련된 미감이 에도정취와 조화하면서 잔잔한 청춘의 애수를 인상화풍으로 묘사하고 있다.

내 조망은
온갖 서글픔 밖에 서서,
도쿄의 오후 네 시를 지난 햇살과 색과 소리를 두려워했어라.

5　木俣修編, 『北原白秋詩集』, 旺文社文庫, 1984, pp.108-109.
6　flannel. 융단 소재의 윤기 있고 매끄러운 촉감의 의복.

칠월의 하얀 대낮,

공기의 불결함 얼핏 보아도 천박하고,

자못 낮은 기와지붕들은 비겁하게 둔탁한 노란 빛으로,

빨갛게 옥상정원에 꽃을 내놓음은 잡화점인가,

(싱가포르 흙의 향기는 메리야스 향기와 코를 찌른다.)

또, 창백한 널빤지의 허름한 식당 창문 속,

그저 힘없이 여인은 고개 숙이고 머리를 빗는다.

(사생아의 울음소리는 채소와 햄 조각에 지워진다.)

세탁소 하녀는 그때 빨래대 계단 끝에 올라,

남자의 냄새를 견디며, 갖가지 셔츠를 펼쳤어라.

구단시타(九段下)에서 간다(神田)로 나오는 대로에는

부단히 서두르는 전차를 40대 여자 취객이 와서 멈췄어라.

비스듬히 반짝임은 동정(童貞) 모자의 챙인가.

이 사이에도 거두기 힘든 곤혹은 두서없이 탄식한다.

그 습한 소리 속

선인장 그늘에 웅크려 햇살 쬐고 있는 양관(洋館)의 병든 아이처럼 울기도
　　한다.

담배공장 굴뚝을 청소하는 검둥이가 통행인을 매도하는 소리 있어라.

대낮을 안마하는 작은 피리,

낮잠 뒤의 권태에 가죽신 나른하고

분칠을 걷어낸 민낯으로 목욕 가는 게이샤 있어라.

파출소에 순경의 전화,

익살스런 몸짓으로 창백하게 화재현장으로 길을 서두르듯.

한편에서 넋이 빠져 난잡한 중국학생의 지껄임은

얼음 창고 간판을 내건 페인트를 달리며 옮기는 듯,

인쇄 소리 속, 색이 빨간 풀꽃 시들고,

멀지 않은 외과병원의 뒷골목 안 문짝은

수상쩍은 병의 악취를 머금었어라.

(지금 망상의 피로에서, 문득 일어난
약재상(薬材商) 내의 살인,
하수인은 색 하얀 거세자(去勢者)의 어머니.)

(중략)

모든 것이 피곤한 칠월의 오후,
내 조망의 모든 색과 소리와 빛을 제압하듯,
모든 것 위에 습하게 자리한 「도쿄의 창백한 묘지」
니콜라이성당의 은밀함에서, 어스레한 돔 지붕 너머로,
종소리 소란스레 영혼의 안과 밖으로 울려 퍼진다.
울려 퍼진다, 울려 퍼진다, ……

― 「조망(眺望)」

　　제목이 암시하듯 한 여름 "칠월의 오후"에 바라다 본 나른하고 권태로운
"도쿄"의 모습을 기분상징적으로 포착한 작품이다. 연보에 따르면 시인은
1904년 와세다대학 진학을 위해 도쿄로 상경한 후 1913년 결혼과 함께
미우라(三浦) 미사키(三崎)로 이주할 때까지, 우시고메(牛込), 가구라자
카(神楽坂) 등 도쿄 각지에 거주하였다.[7] "구단시타"와 "간다"는 도쿄의
중심부로, 이곳에서 펼쳐지는 갖가지 잡다한 도시의 영상이 한 폭의 그림
처럼 세세하게 펼쳐진다. "옥상정원", "잡화점", "세탁소", "전차", "양관",
"담배공장", "파출소", "외과병원", "약재상" 등은 문명화된 근대 도시로서
의 면모를 드러내며, 1910년대 초반의 대도시 도쿄의 모습을 체험적으로

　7　伊藤信吉(外)編, 『北原白秋』「日本の詩歌」(9), 中公文庫, 1984, pp.419-420.

재현하고 있다.

주목할 표현은 마지막 연의 "도쿄의 창백한 묘지"이다. "묘지"가 떠올리는 부정적 도시상은 "서글픔", "불결함", "창백", "곤혹", "병든 아이", "악취", "살인" 등의 시어들과 감각적 호응을 이루고 있다. 그것은 시인이 "모든 것이 피곤한 칠월의 오후" 속에 발견한 도쿄 시민들의 현실생활의 상징적 표상이자 도시의 퇴폐적 인상의 단면이다.

> 비…… 비…… 비……
> 비는 긴자에 새롭게
> 촉촉이 내린다, 사박사박,
> 딱딱한 사과 향처럼,
> 포장도로 위, 눈 위.
>
> 검은 중절모자, 호피 털옷,
> 젊은 신사는 젖어 간다,
> 검은 우산의 작은 노부인도 젖어 간다,
> ……검은 상복과 깃털 모자
> 정겨운 아가씨의 지우산.
> 촉촉이 내린다, 사박사박,
> 비는 사과 향처럼.
>
> 벌거벗은 버드나무에 은록(銀綠)의
> 겨울 가스등불의 청초함,
> 선반 유리 깊숙이 하얀 털옷들의 봄단장.
> 폐병을 앓는 아이의 어깨 숄에
> 연약한 한숨,
> 페르시아 융단.
> 양서(洋書)의 금빛 문자는 초겨울 비의 영혼,

Henri de Regnier(앙리 드 레니에)의 흐릿한 보석,[8]
입김을 불며 차갑게
비는 키스의 은밀한 발걸음,
이렇게 신록의, 보석의, 시계, 자석의 한적한 마음,
…………………

비…… 비…… 비……
비는 사과 향처럼
겨울의 긴자에, 내 가슴에,
촉촉이 내린다, 사박사박.

－「긴자의 비(銀座の雨)」

　"포장도로"에 쌓인 "눈 위"로 촉촉이 겨울비가 내리고 있는 긴자 거리가
무대이다. 시의 초출이 1912년임을 염두에 둘 때,[9] 메이지 말의 긴자의
풍물적 영상을 감각적으로 음미할 수 있다. 가지가 흰 눈으로 덮인 "은록"
의 "버드나무" 아래로 모피가게, 양품점, 서점, 보석가게, 시계가게 등이
늘어서 있고, 거리에는 다양한 차림의 사람들이 분주히 오가고 있다.
　긴자는 도쿄 중심부에 위치한 일본 유수의 상업지로서, 기록에 따르면
1869년 명칭 개정에 따라 기존의 신료가에초(新両替町) 등을 합쳐 긴자라
는 지명이 확립되었다. 메이지시대의 긴자는 실용품을 파는 소매상이
중심을 이루었고, 지리적으로는 서민적 이미지의 시타마치(下町)인 교바

8　전술한 대로 레니에는 프랑스의 상징파 시인으로『해조음』,『산호집』등에 소개되었
　　으며,『해조음』에서 역자인 우에다 빈의 해설인 "(그의 시는)청옥(青玉) 황옥(黄玉)
　　의 광채를 발하며, 부드러운 우윳빛 단백석(蛋白石)의 분위기를 띄고 있어, 색의 흐
　　릿함이 좋다"에서 시적 발상을 얻은 것으로 보인다.(木俣修編, 앞의 책, p.122.)
9　시인이 쓰키지(築地) 신토미초(新富町)에 거주하던 1911년 12월의 작품으로, 이
　　듬해 1월 잡지『잠보아(朱欒)』에 발표되었다.

시구(京橋区)에 속하면서도, 이곳을 찾는 고객들은 야마노테(山の手)에 거주하는 귀족이나 재벌 등의 귀족계급을 비롯해 중산층, 하이칼라 계층이 주류를 이루었다고 한다.[10] 서두의 "검은 중절모자", "호피 털옷", "젊은 신사"는 세련된 도회적 이미지의 상류계층을 떠올린다. 반복적으로 등장하는 "사과 향"이 암시하듯 긴자에 대한 감각적 인상을 기분상징적으로 묘사한 것으로, 배후에는 메이지 말기 도쿄의 번화가로 융성하던 긴자의 모습이 깊숙이 투영돼 있다.

부드럽게 꿈꾸는 여인의 향기처럼,
저물어가는, 희끗한 발코니의 정겨움이여.
황혼이 모으는 희미한 불빛
그 모든 분주한 번잡함 속에,
너는 끝없이 찾아오는 밤의 그윽한 향료를 뿌려댄다.
또 오랜 날의 슬픔을 뿌려댄다.

너의 발밑에 두 손 모아 눈병 소녀는 꿈꾸고,
울금향 피어나는 그늘에 잊혀 진 사람도 속삭인다.
그렇게 하얀 의자의 감촉은 둘도 없는 꿈의 경계에,
관능의 달콤한 목을 감아올리는 애수의 팔을 닮았어라.

언제인가, 저물 날 없는 창가의 불빛,
7월 밤의 긴자이기에
들뜬 마음으로 호흡하며, 버드나무 그늘의
은록의 가스 등불에 너 또한 우아하게 요염하고,
사륜 우마차의 떠도는 냄새에 노란 저녁달

---

10 "銀座": https://ja.wikipedia.org

달콤한 치자꽃 향기 뿌려대니,
병든 아이의 무심한 하모니카도 전설의 속으로 피어오른다.

- 「발코니(露台)」

화사한 도회풍물에 촉발된 관능을 몽상적으로 노래한 작품이다. 초출은
『사종문』이 발표된 1909년 10월의 『옥상정원』으로, 『사종문』이 아닌 『도쿄
경물시 및 기타』에 수록한 것은 시의 주제가 도회정서에 있었기 때문으로
추측된다.[11] 어스레한 황혼 무렵의 "7월 밤의 긴자"로부터 우아한 관능적
이미지의 여성("너")을 떠올리면서 독자를 애틋한 환상의 세계로 안내한
다. "울금향", "치자꽃 향기"의 그윽함 속에 "하얀 의자의 감촉"을 "관능의
달콤한 목을 감아올리는 애수의 팔"로 묘사한 부분은 시를 감정의 무게가
아닌 정서와 기분의 표현수단으로 인식한 동 시집의 일관된 자세를 엿보게
한다. 제1연과 제3연이 현실의 영상인데 비해, 제2연은 꿈 속 환상으로
전개되고 있다. "긴자"의 "분주한 번잡함"을 "무심한 하모니카"의 음색을
통해 "전설"의 이야기로 응시한 부분은 동 시집에서 일관되게 추구한 기타
하라의 탐미적 감각시가 도회적 정서를 낭만적으로 형상화하고 있음을
암시한다.

2. 기노시타 모쿠타로木下杢太郎의 『식후의 노래』

기노시타 모쿠타로의 시적 행보와 시 세계의 특징은 기타하라 하쿠슈와
밀접한 관계가 있다. 대학입학 후인 1907년부터 '도쿄신시사'의 동인으로
기관지 『명성』에 참가하여 '판의 모임'을 결성하였고, 남만취미의 탐미적

---

11 伊藤信吉(外)編, 『訳詩集』「日本の詩歌」(28), 中公文庫, 1982, p.135.

성향의 잡지인『스바루』,『옥상정원』,『미타문학(三田文学)』등에서의 활동과 이국정서 및 감각을 중시하는 세련된 도회적 시풍은 기타하라와 흡사하다. 첫 시집이자 대표시집인『식후의 노래(食後の唄)』(1919)는 '판의 모임' 시절부터 1917년 피부과 의사로 중국 만주로 건너가 약 3년간 체재하기까지의 체험을 바탕으로, 도회정서와 에도취미의 향락적이고 탐미적인 시풍을 전개한다. 특히 시어의 색조감각을 중시한 회화적 구성과 세련된 구어의 구사는 향락적이고 퇴폐적인 탐미파 상징시의 진수를 보여준다.『도쿄경물시 및 기타』와 마찬가지로 실제 지명을 등장시켜 메이지 말의 도쿄의 모습을 점묘하는 가운데, 에도의 잔영과 현대적인 도회지의 모습을 교차시키고 있다.

> 보슈(房州)로 건너가나, 이즈(伊豆)로 가나,
> 기적 소리 들려온다, 그 뱃고동이.
> 나룻배로 건너면 쓰쿠다지마(佃島).
> 메트로폴의 불빛이 보인다.
>
> — 「쓰키지의 나룻배(築地の渡し)」

쓰키지는 도쿄만(湾) 하구에 위치한, 도쿄를 대표하는 포구(浦口)로 알려져 있다. 동쪽으로는 아카시초(明石町), 남쪽은 히가시신바시(東新橋), 서쪽에 긴자가 위치하는 도쿄의 중심부이다. "쓰쿠다지마"를 바라다보며 눈에 들어오는 정경을 소박한 소곡(小曲)풍으로 노래한 작품이다. "메트로폴"은 당시 아카시초에 있던 외국인용 호텔이며, 아카시초에는 1867년부터 1894까지 외국인 거류지가 설치돼 있었다고 한다.[12] "나룻배"

12　関良一,『近代文学注釈大系・近代詩』, 有精堂, 1967, p.172.

가 떠올리는 에도의 잔영 속에서 차츰 국제도시로 변모해 가는 도쿄의
모습을 엿볼 수 있다.

　　은록의 공기 더욱 차갑고
　　오월의 어스레한 저녁, 갸만의
　　줄줄이 늘어선 옆 골목 유리 도매점 앞

　　맹인들 찾아 와 피리를 분다.
　　그 피리소리 걸쭉히, 스르르 울려 퍼지고,
　　파란 구슬, 투명 구슬, 산호구슬,
　　대롱 끝에서 불어나오는 갖가지 액체들──
　　순간 가슴에서 가슴으로 센티멘탈

–「유리 도매점(玻璃問屋)」제1·2연

　"은록", "갸만"¹³ 등 기타하라의 작품에 자주 등장하는 어휘를 비롯해,
내용적으로도 도회의 풍물과 조화된 낭만적 감상이 유사한 시적 세계를
드러낸다. 형형색색의 "구슬"과 "갖가지 액체들"로 아롱진 화려한 "유리
도매점"과 동냥을 하는 "맹인들"의 처량한 "피리소리"의 감각적 대비가
시인이 추구한 "오월의 어스레한 저녁"의 도회적 "센티멘탈"의 정서를
인상짓고 있다. 이러한 시적 자세는 다음에 소개하는 대표작 「금분주(金粉
酒)」에서도 확인 가능하다.

13　다이아몬드를 말하며, 전술한 「사종문 비곡」 제3연에 "갸만 단지 가득히 밤을 밝힌
　　단다"라는 표현이 보인다.

오-드-비 드 단지크(Eau-de-vie de Dantzick).
황금 가루 띄운 술,
오, 5월, 5월, 리쿼 글래스,
내 바의 스테인드 글라스,
거리에 내리는 보랏빛 빗줄기.

여인이여, 바의 여인,
그대는 벌써 세루를 입었는가,
그 연남색 줄무늬 옷을?
새하얀 모란꽃,
손대지 마라, 가루가 날린다, 향기가 진다.

오, 5월, 5월, 그대의 목소리는
달콤한 오동나무 꽃 아래의 플루트 소리.
검은 새끼고양이 털의 보드라움,
내 마음을 녹이는, 일본의 샤미센(三味線).

오-드-비 드 단지크(Eau-de-vie de Dantzick).
5월이다, 5월이구나———

(Amerikaya Bar에서)

서양풍의 유행을 의미하는 하이칼라 취미의 도회적 성향을 가늠해 볼
수 있는 시로, 시집 수록에 앞서 1910년 7월의 『미타문학』에 발표되었다.
제목의 "금분주"를 떠올리는 "Eau-de-vie de Dantzick"는 프랑스 '단지크
(Dantzick)' 지역에서 생산되는 브랜디의 일종이다. "리쿼 글래스(liqueur
glass)", "스테인드 글라스(stained glass)", "세루"[14], "플루트(flute)"와 같
은 서양어의 다용이 "바(bar)"로 암시된 문명개화의 상징적 장소인 도시

공간과의 조화 속에서, 계절의 여왕 "5월"의 청신한 감각을 애틋한 청춘의 감상으로 연결하고 있다. 『식후의 노래』에는 유독 5월의 계절적 애환이나 애상을 노래한 감상적 서정시가 다수를 차지하는 가운데, 당시 시단을 풍미하던 상징시와는 차별적인 회화적 이미지를 인상화풍으로 스케치하고 있다.

먼저 핵심 시어인 "오-드-비 드 단지크"를 등장시켜 술 속에 떠있는 금가루처럼 아름답고 화사한 "5월"의 청신한 계절적 감각을 자연스레 청춘의 싱그러운 기분으로 연결한다. "5월"의 반복된 외침은 화려한 "스테인드글라스"와 유리창 너머로 채색된 "보랏빛 빗줄기"의 색감과의 절묘한 조화 속에서 독자의 감성을 자극한다. 시 전체를 감싸고 있는 "바"의 도회적 분위기는 이 시가 추구한 세련된 미적 정서의 산물이다. 배후에는 동·서양을 아우르는 경쾌한 정감의 조화가 위치하며, 이를테면 제2연의 서양풍 의복인 "세루"와 "연남색 줄무늬 옷"에서 느껴지는 색감의 대비, "플루트"와 일본의 전통 현악기인 "샤미센"의 이질적 조합은 기노시타의 시 세계를 관통하는 에도정서와 이국취미의 결합을 단적으로 암시한다. "플루트"와 "샤미센"이 공통으로 떠올리는 애상조의 음색은 시인의 시적 정서가 "금분주"의 그윽한 향기처럼 청춘의 달 5월의 애틋한 감상에 촉촉이 젖어 있음을 상징적으로 나타낸다. 손을 대면 흔적 없이 사라져버릴 것 같은 "새하얀 모란꽃" 또한 싱그러운 5월의 향기 속에서 시인이 자각한 감미로운 청춘의 감각적 형상화에 다름 아니다.

기노시타의 시는 기본적으로 기타하라가 추구한 낭만적 감상의 탐미적 요소에 집중하고 있으며, 그 중심에는 다양한 도회적 영상이 자리하고

---

14 늦은 봄에서 여름에 걸쳐 입는 가벼운 울 소재의 혼방(混紡) 옷감. 프랑스어의 'serge'의 그릇된 발음으로 오늘날의 저지(jersey)에 해당.

있다. 그들에게 시는 자신들이 추구하는 미의 세계를 형상화하는 예술적
도구로서, 특별한 지적 의미부여나 정신의 사유(思惟)를 인정하지 않는다.
이상 소개한 다수의 도회 관련 시편들은 자신들이 체험한 도시의 영상을
철저하게 감각적으로 묘사하는 일관된 시법을 견지하고 있다.

Ⅲ 고향상실과 도시

몇 해 지나 고향에 돌아와 보니
꽃 피고 새 울고 살랑대는 바람
문(門)가에 속삭이는 시냇물 소리
귀에 익은 옛날 그대로건만
황폐한 우리 집엔
사는 이 없어라

− 인도 규케이(犬童球渓 1879~1943), 「고향의 폐가(故郷の廃家)」
『소학 창가집(小学唱歌集)』(1907)

아 어려서 고향을 떠나
동쪽 바다 서쪽 해변
어디에도 댈 데 없는 배처럼
오랜 꿈처럼 20년
비로소 올해 찾아와 보니
옛날이 그리워라 고향이여
옛 흔적을 언덕에 더듬어 보건만
송백나무 이미 가지 부러지고

옛 길을 강가에 찾아 본 들
들판의 풀들은 무성하고 황폐하여라

- 시마자키 도손, 「울림 링링 소리 링링(響りんりん音りんりん)」
제3연 『낙매집(落梅集)』(1901)

지에코는 도쿄에 하늘이 없다고 한다.
진짜 하늘을 보고 싶다고 한다.
나는 놀라 하늘을 본다,
싹을 튼 벚꽃나무 잎 사이로 보이는 것은,
끊으려 해도 끊을 수 없는
옛날 그대로의 하늘이다.
희미한 안개 속으로 흐릿한 지평선은
연분홍빛 아침의 습기이다.
지에코는 먼 곳을 바라보며 말한다.
아타타라산(阿多多羅山) 위로
매일 아침 나와 있는 푸른 하늘이
지에코의 진짜 하늘이라고 한다.
천진난만한 하늘 이야기이다.

- 다카무라 고타로(高村光太郎 1883-1956),
「천진난만한 이야기(あどけない話)」

도시 관련 시편의 성립과 더불어 간과할 수 없는 것에 망향시가 있다. 메이지 이후 근대적 도시의 형성은 필연적으로 입신출세의 꿈을 안고 고향을 등지는 고향 이탈자를 양산하였고, 그들이 내뱉는 이향(離鄕)의 감정은 도회지를 향한 막연한 동경의 심리를 반영하고 있다. 그러나 각박한 도시생활의 체험은 필연적으로 과거 기억 속의 고향을 그리워하거나 고향으로서의 회귀를 꿈꾸는 망향의 심정을 드러내고, 귀향을 이루어도 현실의 고향과 과거 기억 속의 고향과의 낙차 속에서 덧없는 애상의 심정을 맛보게 된다.

처음에 인용한 두 편 모두 애틋한 실향의식을 자연의 정경 속에서 서정적으로 노래하고 있다. 「고향의 폐가」의 "사는 이 없"는 "황폐한 우리 집"은 도시의 성립에 따른 시골 인구의 대대적인 이탈과 그것이 초래한 가족의 붕괴를 떠올린다. 「울림 링링 소리 링링」에서는 "20년"의 시간의 경과가 정겨움을 상실한 고향 자연의 서글픈 모습으로 투영돼 있다. 이처럼 과거를 회고하는 고향의 현실적 정경은 도시화가 이미 거스를 수 없는 시대적 조류임을 암묵적으로 드러낸다.

그러나 막상 도시에 거주하면서도 고향을 향한 그리움은 쉽게 소멸되지 않은 채 항상 정겨운 추억이나 기억 속에 자리한다. 다카무라 고타로의 「천진난만한 이야기」는 『지에코초(智惠子抄)』(1941)에 수록된 작품으로, 동 시집은 정신병 질환으로 세상을 떠난 부인 지에코를 추모하여 펴낸 근대 연애시집의 절창으로 평가된다. "아타타라산 위"[15]로 보이는 "매일 아침 나와 있는 푸른 하늘"이 "진짜 하늘"이라는 지에코 부인의 "천진난만한 하늘 이야기"는 오랜 타지 생활에서 비롯된 향수를 감성적으로 환기한다. "도쿄"로 표상된 대도시의 삭막함 속에서 대다수의 고향 이탈자가 지닌 애틋한 실향의식을 읽어낼 수 있다.

고향은 멀리 있어 생각하는 것
그리고 슬프게 노래하는 것
설령

15　지에코 부인의 고향인 후쿠시마현(福島県) 아다치군(足達郡)에서 바라다 보이는 표고 1700m의 휴화산.

영락해 타향 땅에서 걸인이 된다 해도
돌아올 곳이 못되느니
홀로 이곳 저녁햇살 아래
고향이 그리워 눈물짓는다
그 마음 지니고
머언 그곳으로 돌아가련다
머언 그곳으로 돌아가련다

　　　　－「소경이정(小景異情)」(二)『서정소곡집(抒情小曲集)』(1918)

　다이쇼기를 대표하는 서정시인인 무로우 사이세이(室生犀生 1889-1962)
의 6편의 연작시 「소경이정」중의 한 편이다. 감상 포인트는 시적 화자가
위치한 장소가 어디인가에 있다. 현재도 고향인 가나자와(金沢)라는 주장
과 1910년 처음으로 상경한 도쿄라는 상반된 견해가 제시되고 있다. 제6행
의 "이곳"과 마지막 부분에 반복된 "그곳"을 동일한 장소로 볼 것인지,
각각 다른 장소로 볼 것인가에 좌우된다. 원문에서는 양쪽 모두 역사적
유서가 깊은 도시를 의미하는 '都'로 표기하고 있기 때문이다.
　도쿄로 보는 주장은 시인 자신이 남긴 "이 작품은 내가 '都'에 있으면서
때때로 창가에 기댄 채 거리의 소음을 들으며 '아름다운 고향'을 생각하며
노래한 시"라는 문장과 함께, 동료 시인 하기와라 사쿠타로(萩原朔太郎
1886-1942)가 지적한 "유소년시대의 작자가 도회지에 영락한 신세로 방랑
하고 있던 무렵의 시이다. (중략) 홀로 도회지의 저녁노을 아래에서 천애고
독의 신세를 한탄하면서 서글프게 고향 하늘을 바라보고 있다. 그런 심정
으로 머언 그곳으로 돌아가련다. 머언 그곳으로 돌아가련다. (주: 여기서
고향을 '都'라고 적은 것은 작자의 고향이 농촌이 아닌 가나자와시이기
때문이다)"를 근거로 삼고 있다.[16]

이에 비해 고향인 가나자와로 보는 견해는 "도쿄에 있으면 고향이 그립지만, 고향에 돌아가면 '돌아올 곳이 못되느니'라는 감정에 괴로워한다. 도쿄에 있을 때 '고향이 그리워 눈물짓는다'의 심경으로 다시 머나먼 도쿄로 돌아가려는 심정으로 보는 편이 무난할 것"에 입각하고 있다.[17] 참고로 일반적으로는 '가나자와설'이 설득력을 얻고 있다.

결국 이러한 시각차는 시인의 감정을 귀향 의지(도쿄설)와 출향(出郷) 의지(가나자와설) 중 어느 쪽에 비중을 둘 것인가에 기인한다. 근본적으로 문맥상의 애매함을 내포하고 있으나, 논리적 서술구조의 결함을 꼬집기보다는 그러한 애매함을 초래한 고향을 향한 애증의 갈등구조에 주목할 필요가 있다. 상반된 견해가 환기하는 실향의식과 회귀본능이 근대인의 고향을 바라보는 기본 정서를 대변하고 있기 때문이다. 이 시를 인간의 마음속에 존재하는 보편적인 고향의 의미를 중의적(重義的)으로 표현한 근대 망향시의 절창으로 간주하는 이유이기도 하다.

간과해서는 안 될 것은 귀향과 출향의 문맥적 모호함의 배후에 도시생활자로서의 삶의 애환과 회의의 심리가 내포되어 있다는 점이다. 도회지에 있으면서 고향을 그리워하는 망향의 감정이나 고향에서 이탈하여 도회지로 돌아가려는 심정 모두 도시생활자로서의 비애를 담고 있으며, 근대인의 필연적인 고향 상실감과 방황심리를 무의식적으로 표출하고 있다. 다음 작품은 도시화가 초래한 상실감을 보다 직접적으로 드러내면서도, 그러한 심정의 토로가 단순한 회의에 머물지 않고, 이에 맞서려는 뚜렷한 정신성을 지니고 있다는 점에서 차별적이다.

---

16 萩原朔太郎, 「室生犀生の詩」『萩原朔太郎全集』第7巻, 筑摩書房, 1976, p.562.
17 吉田精一, 『日本近代詩鑑賞 · 大正編』, 新潮社, 1963, pp.86-87.

여기에 도로가 생겨났음은
곧장 시가지로 통하기 위함이리라.
나 이 새 길의 교차로에 섰건만
쓸쓸한 사방은 지평을 가늠하지 못하니
암울한 날이로고
태양은 집집 처마 끝에 나직하고
수풀 속 잡목들 듬성듬성 잘려나갔어라.
아니 되지 안 될 말 어찌 사유(思惟)를 바꾸리
내 등 돌릴 줄 모르고 가는 길에
새로운 수목들 죄다 잘려나갔어라.

- 하기와라 사쿠타로, 「고이데 신작로(小出新道)」
『순정소곡집(純情小曲集)』(1925)

하기와라 사쿠타로는 군마현(群馬県) 마에바시(前橋) 출신으로, 시의
무대인 '고이데 숲'에 대해 시인은 "마에바시의 북부, 아카기산(赤城山)
기슭에 위치하며, 내가 소년이었을 무렵부터 학교가기가 싫어 혼자 즐겨
찾아 명상에 잠기곤 하던 숲이었으나, 지금은 그 수풀이 모두 잘려나가
졸참나무, 떡갈나무, 밤나무 들은 무참하게 베어졌어라. 새로운 도로가
이곳에 깔리고 곧장 도네가와(利根川) 강가로 통하고 있지만 나는 아득히
방향을 가늠할 수 없어라"고 술회한다.[18] 특별한 추억 속의 고향 공간이
근대적 도로(신작로)에 의해 사라지는 현실을 비판하고 있다. "암울한
날이로고"의 비분강개의 심정은 길가 집들의 나지막한 처마에 걸린 저녁
햇살이 잘려나간 나무들의 밑동을 비추고 있는 쓸쓸한 광경으로 구체화된
다. 같은 실향의 심정을 노래하고 있지만, 전술한 시편들과는 달리 변모한

---

18 萩原朔太郎, 「郷土望景詩の後に」『純情小曲集』.

고향의 모습에 대한 애상감이 저항감과 분노로 이어지고 있다. 마지막 3행 "아니 되지 안 될 말 어찌 사유를 바꾸리/내 등 돌릴 줄 모르고 가는 길에/새로운 수목들 죄다 잘려나갔어라"의 격한 감정의 관념적 문구는 인간의 정서를 고려하지 않는 획일적 도시화나 맹목적 문명화를 염두에 둔 표현이다. 망향 또는 실향의식과 근대 도시와의 상관관계를 엿볼 수 있는 사상적 서정시로서의 면모를 느낄 수 있다.

Ⅳ 모던 도시의 성립과 하기와라 사쿠타로萩原朔太郎

하기와라 사쿠타로가 시단에 등장한 다이쇼기는 대내외적으로 격동의 시기이다. 러시아혁명(1917)으로 사회주의 사상이 유입되어 도시 노동자 등 무산자계층의 계급적 자각을 고취하였고, 1차 세계대전(1914-18)을 통해 전승국(戰勝国) 대열에 참여한 일본은 막대한 경제적 이익을 바탕으로 무역시장의 확대와 다변화를 이루게 된다. 기존의 경공업 중심에서 조선과 철강 중심의 중화학공업으로의 경제 및 산업구조의 변화는 도시의 근대화를 촉구하는 한편, 메이지 이후 추진된 의무교육과 고등교육기관의 확충은 도시 샐러리맨의 출현과 고학력자의 증가로 나타난다. 1920년의 도쿄만 보아도 유럽의 전위적인 아방가르드 운동의 영향을 받은 러시아 미래파 전람회의 개최, 최초의 노동자 시집인『밑바닥에서 노래하다(どん底で歌ふ)』의 발간, 하치만제철(八幡製鉄)의 태업, 도쿄시가자동차회사(東京市街自動車会社)의 여차장 채용 등이 시사하듯이, 노동운동과 여성의 사회진출 등의 분야에서 일본의 1920년대는 서양과 동일한 현대적

도시가 성립된 시기로 간주된다.[19]

　대내적으로는 관동대지진(1923.9)과 이에 따른 '제도부흥(帝都復興)'을 간과할 수 없다. 범국가적 사업으로 추진된 제도부흥은 국제도시·대도시로서의 도쿄 건설을 추구함으로써 도시 대중문화 성립의 기폭제가 되었다. 철근콘크리트 건물과 중류계층을 대상으로 한 문화주택 건설을 통해, 도쿄나 요코하마 등 모던 도시들이 출현하기 시작한 것도 이 시기이다. 모던(modern)은 세련됨, 최첨단을 의미하는 용어로, 19세기말의 어둡고 무거운 데카당에서 탈피한 밝고 경쾌한 도시 대중문화의 추구 속에서 당시 일본사회의 분위기를 일신하였다. 모자를 쓰고 첨단 패션을 즐기는 도시인들을 '모보', '모가'로 불렀으며,[20] 이들은 세련미를 추구하는 댄디즘(dandism)과 하이칼라 취미를 바탕으로 긴자 등의 도쿄 번화가를 활보하였다. 백화점, 카페, 비어홀, 댄스홀 등 새로운 대중적 소비 공간이 등장한 것도 이 무렵의 일이다.

　1920년대 중반의 두드러진 사회적 특징은 출판물의 비약적 증가에 있다. 발행부수 100만부 이상의 메이저 신문인 「요미우리신문(読売新聞)」과 「아사히신문(朝日新聞)」 등이 등장하였고, 종합잡지인 『중앙공론(中央公論)』과 『개조(改造)』를 비롯해, 대중잡지의 온상이 된 『킹(king)』 등이 창간되었다. 1925년 새로운 미디어 매체인 라디오 방송이 NHK(일본방송협회)에 의해 도쿄, 오사카, 나고야를 중심으로 시작돼, 가정에서도 다양한 오락을 즐길 수 있게 되었다. 영화도 초기의 변사의 해설을 곁들인 무성영화(활동사진)로부터, 최초의 토키(talkie) 스튜디오인 '쇼와 키네마'의 설립(1927)을 계기로 유성영화로 발전하였다. 영화는 당시 대중오락의 중심

19　海野弘, 『モダン都市東京-日本の1920年代』, 中公文庫, 2007, pp. 11-12.
20　각각 'modern boy'와 'modern girl'의 약칭.

축으로서, 미국 등의 외국영화의 유입은 서양식의 모던한 생활양식의 흡수에 일조한다.

이상과 같은 모던 도시의 성립 속에서 도시 관련 시편이 본격적으로 전개되는데, 가장 두드러진 활약을 보인 시인이 흔히 구어자유시의 완성자로 평가되는 하기와라 사쿠타로이다. 첫 시집 『달에게 짖다(月に吠える)』(1917)와 『파란 고양이(青猫)』(1923) 등의 초기 시집에는 다수의 도시 관련 시편이 등장하며, 배후에는 1920년을 전후로 한 다이쇼기의 도시 대중문화의 성립을 감지할 수 있다.

1. 도시취미와 동경憧憬

근대문명은 도회 중심주의이다. 이로 인해 예술 또한 그 방면으로 발달하고, 아울러 그렇게 추이되고 있다. 따라서 근대의 예술은, 시뿐만 아니라, 회화이건 음악이건 기타 모든 새로운 예술을 이해하기 위해서는, 우선 도회 생활의 정조(情操)를 맛보지 않으면 느낄 수 없다. 환언하자면, 도회생활을 하지 않으면 근대예술의 맛은 알 수 없다고 생각한다. 그 점 시골 사람에게는 근대예술을 맛볼 자격은 완전하지 못하다.[21]

도시를 근대문명 및 예술의 핵심으로 인식하는 자세는 그의 시가 도시에 대한 특별한 취향과 동경을 지니고 있음을 암시하며, 그 원형을 드러내는 작품으로 다음과 같은 시편을 들 수 있다.

프랑스에 가고 싶어도
프랑스는 너무나 멀어

---

21 萩原朔太郎, 「都会と田舎」 『文章倶楽部』 第10巻 第9号, 1925. 9.

하다못해 새 양복 입고
호젓한 여행길에 나서 볼거나

― 이하생략, 「여행길(旅上)」

시집 『순정소곡집』에 수록되기 전 시 잡지 『잠보아』(1913. 5)에 발표된 작품으로, 하기와라의 시편 중 가장 이른 시기의 것에 속한다. 시 속 "프랑스"는 서양문명 및 예술에 대한 시인의 관심을 상징적으로 압축한 표현이다. 연장선상에는 서구문명의 대표적 산물인 도시(도회)를 동경하는 심리가 내포돼 있으며, 근대 도시에 대한 낭만적 서정과 환상에 의해 뒷받침된다.

먼 하늘에서 피스톨이 울린다.
또 피스톨이 울린다.
아 나의 탐정은 유리 의상을 입고,
연인의 창문으로 숨어든다,
바닥은 수정구슬.
손가락과 손가락 사이에서,
새파란 피가 흐르고 있는,
서글픈 여자의 주검 위에서,
차가운 귀뚜라미가 울고 있다.

동짓달 초순 어느 아침,
탐정은 유리의상을 입고,
거리의 교차로를 돌았다.
교차로에 가을 분수.
마냥 홀로 탐정은 애수를 느낀다.

보라, 머언 쓸쓸한 대리석 보도를,

용의자는 쏜살같이 미끄러져 간다.

- 「살인사건(殺人事件)」『달에게 짖다』

탐정(探偵)은 하기와라의 도시취미를 엿볼 수 있는 대표적 어휘이다.[22]
다이쇼기의 모던 도시화는 필연적으로 다양한 도시범죄를 초래하였고,
이를 반영하듯 에도가와 란포(江戶川乱步 1894-1965)의 아케치 고고로
(明智小五郎)나 요코미조 세이시(横溝正史 1902-81)의 긴다이치 고스케
(金田一耕助) 등 도시를 누비는 탐정이 1920년대의 작품 속에 등장한다.
이를 계기로 일본 근대소설 장르의 한 축을 담당한 탐정·추리문학이
본격적으로 출발하였다.

"유리의상"을 걸친 탐정은 동 시집을 관통하고 있는 도회적 환상 내지는
환시(幻視)의 부산물이다. 이를테면 "새파란 피가 흐르고 있는,/서글픈
여성의 주검 위"에서 "울고 있"는 "차가운 귀뚜라미"의 감각적 이질성이
뒷받침한다. 그 배후에는 "거리의 교차로", "가을 분수", "대리석 보도"와
같은 모던 도시의 영상이 존재하며, 실제로 "동짓달" 무렵의 청명한 가을
공기 속에서 펼쳐진 살인사건이라는 미학적 구성은 도시정서에 입각한
시인 특유의 탐정취미를 드러내고 있다.[23]

> 이 아름다운 도회를 사랑하는 것은 좋은 일이다
> 이 아름다운 도회의 건축을 사랑하는 것은 좋은 일이다
> 세상 모든 포근한 여성을 얻기 위해
> 세상 모든 고귀한 생활을 갖기 위해

---

22 기타 탐정이 등장하는 시편으로는 같은 『달에게 짖다』 속의 「말라버린 범죄(干から
    びた犯罪)」가 있다.

23 伊藤信吉(外)編, 「萩原朔太郎」『日本の詩歌』(14), 中公文庫, 1975, p.24.

이 도시에 와서 북적대는 거리를 지나는 것은 좋은 일이다
길가에 늘어선 벚꽃나무
거기에도 무수한 참새들이 지저귀고 있지 않은가.

아 이 거대한 도회의 밤에 잠들 수 있는 것은
단 한 마리의 파란 고양이 그림자다
슬픈 인류의 역사를 말하는 고양이의 그림자다
우리가 바라마지 않는 행복의 파란 그림자다.
그 어떤 그림자를 찾아
진눈깨비 내리는 날에도 난 도쿄를 그리워하였건만
거기 뒷골목 담벼락에 추워 웅크리고 있는
이 사람과 같은 거렁뱅이는 무슨 꿈을 꾸고 있는 걸까.

— 「파란 고양이」

시집 『파란 고양이』의 제목이 된 시이다. 반복된 "아름다운 도회를 사랑하는"에서 나타나듯 시인에게 도시(도쿄)는 미적 동경의 대상이다. 먼저 "한 마리의 파란 고양이"에 대해 시인은 『정본 파란 고양이(定本青猫)』(1936)의 「자서(自序)」에서, "도회의 하늘에 비치는 전선(電線)의 파란 스파크를 커다란 파란 고양이의 이미지"로 본 것으로, 시골에 있던 자신의 "도회를 향한 애절한 향수를 표상"한 것이라고 적고 있다. 결국 시인의 도회에 대한 향수는 현실의 도회가 아닌 "전선의 파란 스파크"가 비추어낸 도시의 환영이다. 시인의 관념 속에 존재하는 낭만과 환상으로 점철된 도시(도쿄)의 모습을 떠올린다.

제1연에서는 새로운 문명("건축")과 자연("벚꽃나무", "참새")이 조화를 이룬 미적 도시를 향한 동경을, 제2연에서는 "북적대는" 도시의 그늘 아래 소외된 "거렁뱅이"의 고독감을 통해 화려한 도시가 엮어내는 빛과 그림자

를 동시에 조명한다. 제1연의 "포근한 여성"은 도시의 상징적 이미지로서, 서양문학에서 도시는 '모성(母性)'을 나타내고, '여성'에 비유되며, 때로는 '모신(母神)'이나 '처녀'를 의미한다.[24] 도시를 생명의 기호적 공간으로 인식하고 동경하는 태도로 볼 수 있다.

제1연의 동경의 심리와는 대조적으로, 시의 핵심 시어는 제2연의 "슬픈 인류의 역사"를 응축한 "파란 고양이의 그림자"와 이를 쫓아 "뒷골목 담벼락에 추워 웅크"린 "거렁뱅이"에 찾을 수 있다. "거렁뱅이"는 시인의 상념 속에 존재하는 도시(도쿄)의 이미지를 관념적으로 표상하고 있다. 구체적으로 "슬픈 인류의 역사"에 함축된 구시대의 습속 및 폐해의 부정적 이미지와 도시의 환영인 파란 고양이의 이질적 조합은 도시를 에워싼 "역사"의 부정적 현실과 "꿈"의 낭만적 환상을 동시에 드러낸다.[25] 이렇게 보면 시인 자신을 염두에 둔 "거렁뱅이"는 도시문명에 소외된 고독한 인간의 자화상으로서, 비정한 현실과 "행복"이라는 환상의 갈등구조가 애상의 도시감각으로 제시된 것이다. "거렁뱅이"가 "추워 웅크"린 "뒷골목 담벼락"은 파편화된 기계적 삶을 강요하는 도시의 상징적 기호공간에 해당하며, "슬픈 인류의 역사"에 함축된 도시의 지배와 억압의 기억이 역설적으로 획일화된 모던 도시의 실상을 회의적으로 응시하고 있다.

24　アト・ド・フリース著, 荒このみ(外)訳,『イメージ・シンボル事典』, 大修館書店, 1999, p.129.

25　"꿈"은 도시 텍스트론 속에서 제시되는 "근대 건축 혹은 근대 도시의 기능주의가 거살(拒殺)해 버린 도시의 가능성인 '잃어버린 유토피아의 풍요(豊饒)'"로 간주된다. (前田愛,「都市論の現在」前田愛編,『テクストとしての都市』『別冊国文学・知の最前線』, 学灯社, 1984, p.8.)

2. 도시의 군중과 고독

홀로 내가 생각하고 있는 것은,
타오르는 듯한 대(大)도쿄의 야경입니다,
이처럼 멋진 도시에 살고 있는 사람들은,
왕성하게 흥을 내는 군중을 이루며,
항상 잘 닦여진 대로에서 서로 밀치고,
혼잡한 건축과 건축의 늘어선 집들 사이로 미끄러져 들어간다,
그곳에는 쓸쓸한 뒷골목 거리가 있고,
비뚤어진 바(bar)의 처마가 복작복작 얽혀 있다,
출렁출렁 흐르는 불결한 도랑물,
검댕으로 그을린 근처의 서글픈 공기,
그리고 비좁은 거리에서는,
언제나 술에 취한 노동자 무리로 혼잡을 이룬다,
그 한쪽에는 근사한 대 시가지,
반짝반짝 빛나는 회사의 회전도어,
신사의 스틱, 반들대는 구두, 돌로 뒤덮인 바닥, 보도의 가로수,
창, 창, 창, 창, 중앙스테이션 호텔의 창문,
다른 한쪽에는 활기찬 거리,
무리지은 꽃처럼 미인들의 무리, 질주하는 자,
마차, 자동차, 인력거, 무수한 전차들,
아사쿠사(浅草)공원의 가미나리문(雷門), 카페, 극장, 음악, 이발사, 매춘부,
　집주인, 학생, 어른에 어린이,
아 유쾌한 메리 고 라운드(merry-go-round), 그 회전목마 위의 대 도쿄의
　판타지.
이 온갖 유쾌한 것, 운동하는 것, 술을 마시는 곳, 지저분한 곳, 쓸쓸한 곳,
　혼잡한 곳, 지독한 것, 뒤엉킨 것, 이상한 것, 햇살이 비추는 곳에 있는 것,
　햇살이 들지 않는 곳에 있는 것, 밝고 즐거운 것, 어둡고 슬픔에 겨운 것,
온갖 관능의 기쁨과 그 고뇌와,

온갖 근대의 사상과 그 감정과,

아마도 온갖 「인간적인 것」의 전부가 이 도시의 중심에 있다.

- 이하생략, 「도회와 시골(都会と田舎)」 제1연

시 「파란 고양이」로부터 불과 두 달 후에 발표된 시편이다.[26] 근대 도시의 문명 공간인 "바", "스테이션", "호텔", "카페", "극장"과 "자동차", "전차", "메리 고 라운드"의 풍물적 영상들이 "대도시" 도쿄의 화려한 겉모습을 점묘하고 있다. 그러나 시의 주안점은 도시를 살아가는 다양한 계층과 직업의 사람들("군중")의 모습과 감정을 표현하고 있는 점에 있다. "노동자", "신사", "미인", "이발사", "매춘부", "집주인", "어른", "어린이"는 "유쾌"와 "활기", "기쁨" 등의 밝음과 더불어, 지저분함과 쓸쓸함, 어두움, "슬픔"으로 뒤엉킨 복합하고 대조적인 삶의 표정을 동시에 분출한다. 시인은 이를 "온갖 관능의 기쁨"과 "고뇌"를 지닌 "근대의 사상"과 "감정"의 총체로 인식하면서, "인간적인 것의 전부"가 도시에 존재한다고 말한다. 전술한 「파란 고양이」에 이어 명과 암이 교차하는 도시의 모습은 기호론적 도시론의 구성 요소이다.[27] 나아가 도시를 인간과 동일한 정신성("사상", "감정")을 지닌 살아있는 공간으로 묘사하고 있는 점은 도시의 역동성을 생명감적으로 인식하고 있다는 반증으로, 인간에 상응하는 실체를 지닌 실존적 도시시로서의 지평을 제시하고 있다. 도시에 대한 현상학적 사고를 엿보게 하는 부분이다.

한편 「파란 고양이」의 '파란 고양이'가 시인의 "도회지를 향한 애절한

---

26 「파란 고양이」의 초출은 『시가(詩歌)』(1917.4)이며, 이 시는 『文章世界』(1917.6)
에 발표되었다.

27 前田愛編, 앞의 책, p.9.

향수"를 표상한 것이라면, 그 중심을 이루는 존재로 "군중"을 들 수 있다. 시인에게는 군중을 소재로 한 다수의 시편이 존재한다.

난 언제나 도회를 원한다
도회의 북적대는 군중 속에 있기를 원한다
군중은 커다란 감정을 지닌 파도와 같은 것이다
어디로든 흘러가는 하나의 왕성한 의지와 애욕의 그룹이다
아 서글픈 봄날 해질녘
도회의 뒤엉킨 건축과 건축사이의 그늘을 찾아
커다란 군중 속에 밀고 밀려가는 것은 얼마나 즐거운 일인가
보라 이 군중의 흘러가는 모습을
하나의 파도는 하나의 파도 위에 포개져
파도는 셀 수 없는 그늘을 만들고 그늘은 흔들리며 퍼져나간다
사람 하나하나가 지닌 시름과 슬픔과 모두 그 그늘에 사라져 자취도 없다
아 얼마나 편안한 마음으로 난 이 길마저 걸어가는 걸까
아 이 크나큰 사랑과 무심(無心)의 흥겨운 그늘
흥겨운 파도 저편으로 이끌려가는 심정은 눈물겹기조차 하여라.
서글픈 봄날 해질녘
이 사람들의 무리는 건축과 건축사이의 처마를 헤엄쳐
어디로 어찌하여 흘러가려 하는 걸까
내 슬픈 우울을 감싸고 있는 하나의 커다란 지상의 그늘
떠도는 무심한 파도의 물결
아 어디까지든 어디까지든 이 군중의 파도 속에 휩쓸려가고 싶어라
파도의 행방은 지평에 아른거리는
하나의 단 하나의 「방향」만을 가누어 흘러가자구나.

– 「군중 속을 찾아 걷다(群衆の中を求めて歩く)」『파란 고양이』

시인이 "도회를 원"하는 이유는 "군중"이 있기 때문이다. 그것은 "커다란

감정을 지닌 파도"처럼 한없이 "흘러가"며, 도회지 생활의 "왕성한 의지와 애욕"을 표상하는 상징적 존재이다. "도회의 뒤엉킨 건축과 건축사이"에서 특별한 방향성 없이 흘러가는 군중의 모습에 '편안함'과 "사랑"의 '흥겨움'을 느끼며, 군중을 도회생활의 자유로움을 암시하는 것으로 인식하고 있다.

> 도회생활의 자유로움은, 군중 속에 있는 자유로움이다. 군중은 각각의 단위이며, 게다가 전체로써 종합된 의지를 갖고 있다. 아무도 내 생활을 교섭하지 않으며, 내 자유를 속박하지 않는다. 더구나 전체의 움직이는 의지 속에서, 내가 또 사물을 생각하고, 이루며, 맛보고, 사람들과 함께 즐기고 있다. 마음이 매우 피곤한 자, 무거운 고민에 시달리는 자, 특히 고독을 쓸쓸해 하는 자, 고독을 사랑하는 자에 의해, 군중이야말로 마음의 가향(家鄕), 사랑과 위안의 서식처이다.

산문시 「군중 속에 있어(群集の中に居て)」(『四季』1935.2)의 일부분으로, 시의 서두에는 보들레르의 "군중은 고독자의 가향이다"라는 부제가 등장한다. 군중을 개인의 "생활을 교섭"하거나 "자유를 속박"하지 않는 자연발생적인 집합체로 간주하고, "고독을 사랑하는 자"에게는 "마음의 가향"이자 "사랑과 위안의 서식처"로 파악하고 있다. 시인은 1910년경부터 고향인 마에바시와 도쿄 간을 왕복하는 생활을 반복하게 되는데,[28] "고독을 사랑하는 자"에는 전술한 「파란 고양이」의 "거렁뱅이"가 떠올리는, 경제적으로 궁핍한 생활 속에서도 도시에 대한 향수를 갈구하는 군중의

---

28 1910년 고등학교를 중퇴하고 도쿄에서의 방랑 생활을 체험하기 시작하여, 1914년부터 도쿄와 마에바시를 왕래하였다. 마침내 1925년에 처자를 거느리고 정식으로 도쿄로 이주하나, 1929년 이혼과 함께 두 아이를 데리고 귀향한 후 다시 단신 상경하는 등, 고향과 도쿄간의 왕래가 빈번하였다.

자화상이 내포되어 있다. 환언하자면 도시생활에 수반되는 인간의 고독감
이나 소외감 속에서 오히려 고독한 군중만이 느낄 수 있는 정신의 자유를
응시함으로써, 고독과 즐거움이 공존하는 근대적인 도시상을 제시한다.
이러한 사상적 메시지의 배후에는 전술한 "군중은 고독자의 가향"이라는
보들레르의 영향과 지방 출신으로서의 도시라는 공간을 근대문명이 낳은
긍정적 산물로 간주하는 태도가 내재되어 있다.

주목할 것은 군중 속에서 발견한 자유의 감정이 방향성의 부재나 방랑의
속성을 통해, 시집 『파란 고양이』의 핵심 정서인 고독과 허무로 이어지고
있는 점이다. 이를테면 「군중 속을 찾아 걷다」에서 군중의 "무심한 파도의
물결" 속에서 일정한 목적지 없이 "단 하나의 「방향」 만을 가누어 흘러가"려
는 방랑의 자세는 시인의 "슬픈 우울을 감싸"며, 도시의 자유로움에 몸을
던진 채 고독하게 살아가려는 이상적 삶의 모습을 투영한다. 다음 시편에
서는 도시에 대한 이상과 현실이 교차하는 이중의 이미지 속에서, 도시를
아련한 환영 속의 영원한 향수의 공간으로 인식하며 표류하는 고독한
방랑자의 모습이 나타난다.

> 우울에 잠기며, 홀로 외로이 육교를 건너간다. 일찍이 그 무엇에도 타협하
> 지 않고, 그 무엇에도 안이하지 않던, 이 하나의 감정을 어디로 가야하나.
> 석양은 지평에 나직하고, 환경은 분노에 타고 있다. 모든 것을 증오하고,
> 분쇄하고, 반역하고, 조소하고, 참간(斬奸)하고, 적개(敵愾)하는, 이 하나의
> 검은 그림자를 망토에 감싼 채, 홀로 외로이 육교를 건너간다. 저 높은
> 가공의 다리를 건너, 아득한 환등의 시가지까지.

> ─ 「육교를 건너다(陸橋を渡る)」 『새로운 욕정(新しき欲情)』(1922)

"하나의 검은 그림자를 망토에 감싼 채 홀로 외로이 육교를 건너"가는

시인의 모습은 고독한 도시 속을 배회하는 방랑자의 우울한 자화상이다. 그가 추구하는 "아득한 환등의 시가지"는 도시의 환영을 쫓아가는 과정 속에서만 비쳐낼 수 있는 가상의 공간이자 도달 불가능한 향수의 공간이다. 시인은 "분노"와 "증오", "조소" 등으로 점철된 근대인으로서의 방향성을 상실한 복합적이고 굴절된 심정 속에서도, "하나의 감정"을 포기하지 않는다. 군중 속의 자유와 방랑 등으로 제시된 근대적 도시의 이미지가 고독과 비애의 암울하고 비정한 현실에도 불구하고, 시인이 끊임없이 추구한 문학적 이상으로서의 예술적 도시의 원풍경임을 암시한다.

3. 카페의 변모와 가향家鄕의 상실

하기와라의 도시 관련 시편 중 주목을 끄는 특정 공간으로 카페를 들 수 있다.

> 소나무 숲 속을 걷다가
> 밝은 기분의 카페를 보았다.
> 멀리 시내에서 떨어진 곳에
> 아무도 찾는 사람조차 없고
> 숲 속에 숨겨진 추억의 꿈속의 카페이다.
> 처녀는 사랑과 사랑의 수줍음을 담아
> 새벽녘처럼 상쾌한 특제 접시를 나르는 방식
> 난 천천히 포크를 들고
> 오믈렛 후라이 종류를 먹었다.
> 하늘에는 흰 구름 떠가고
> 무척 호젓한 식욕이다.
>
> ― 「호젓한 식욕(閑雅な食欲)」『파란 고양이』

언덕을 오르다 갈증을 못 이겨
비틀대며 스이게쓰의 문을 여니
어수선한 가게 안에서
고장 난 레코드 소리 울려 퍼지고
변두리의 그을린 전등불 그림자에
싸구려 술병들 늘어섰어라.
아 이 암울함도 오래건만!
내 이미 늙어 가향 없이
처자식 흩어져 고독하여라
어찌 또 방랑의 회한을 모르리.
여자들 무리 지어 탁자를 둘러싸고
내 취한 모습을 가엾게 여기다가
이내 욕을 하며 지갑을 빼앗고
한 푼 남김없이 털어 사라지네.

– 「카페 스이게쓰(珈琲店醉月)」,『빙도(氷島)』(1934)

　기록에 따르면 일본에 카페가 처음으로 등장한 것은 메이지 말인 1911
년이다. 도쿄 긴자의 '카페 브랑탕'을 시작으로, '카페 라이온', '카페 타이거'
등이 문인들을 중심으로 회원제로 운영되는 문예살롱적 성격으로 성립된
후, 1920년 무렵부터 일반 대중들이 출입하는 형태로 변화하게 된다.
처음에는 커피를 주된 메뉴로 하는 유럽식 카페였으나, 이후 서양요리점이
증가하면서 가벼운 식사가 첨가된 레스토랑으로 추이되었고, 쇼와기에
접어들어서는 바(bar)의 성격을 지닌 미국풍 카페가 등장하였다.[29] 이렇게
보면 「호젓한 식욕」 속의 카페는 유럽적이고, 「카페 스이게쓰」는 술을 파는

---

29 이상, 田口律男編, 앞의 책, p.135, p.130.

미국식 카페에 가깝다. 시 속 풍경 또한 같은 카페이지만 다이쇼기에서 쇼와기로의 10년이라는 시간의 차이를 반영하면서, 도시의 풍물과 현실 세태의 변화를 차별적으로 드러내고 있다.

「호젓한 식욕」의 카페 분위기는 "멀리 시내에서 떨어진 곳"으로부터, 사람들로 붐비는 소란스런 도심을 벗어나 교외 전원 속에 위치한 조용한 레스토랑을 떠올린다. "아무도 찾는 사람조차 없고"가 암시하듯 특정 단골들만이 발길을 옮기는 한적한 곳으로서, 여급인 "처녀"가 "사랑과 사랑의 수줍음을 담아" 손님들을 맞이하고, "새벽녘처럼 상쾌한 특제 접시"로 음식을 담아 나르는 "추억의 꿈속"에 존재하는 듯한 호젓하고 낭만적인 공간이다.

이에 비해 「카페 스이게쓰」의 분위기는 지극히 대조적이다. 「호젓한 식욕」에서의 "수줍음"을 머금고 손님을 대하는 여급의 모습이나, "새벽녘처럼 상쾌한 특제 접시"에 함축된 차분하고 그윽한 분위기는 찾아 볼 수 없다. 이를 대신해 "고장 난 레코드 소리"의 어수선함과 "그을린 전등불 그림자", "싸구려 술병들"이 술에 취해 이곳을 찾은 시인의 "암울"을 자극한다. "변두리"에 내포된 카페의 공간적 소외감이 "늙어 가향 없이/처자식 흩어져 고독"한 시인의 내면과 시적 호응을 이루며, 시의 주제인 "방랑의 회환"으로 점철된 쓸쓸한 도시정서를 암묵적으로 드러낸다. 마지막 부분의 시적 화자를 매도하고 지갑을 빼앗는 "여자들"의 존재는 퇴폐와 향락으로 얼룩진 당시의 물질만능주의적 풍조에 대한 절망감과 비판의 심정을 표출한다. 「호젓한 식욕」으로부터의 약 10년의 시간적 경과가 카페의 모습에도 여과 없이 투영돼 있음을 시사한다. 실제로 당시의 카페의 변모 양상에 대해 시인은 다음과 같이 적고 있다.

최근의 긴자 및 신주쿠(新宿)는 급속도로 오사카화(大阪化)되고 있다. 헤어스타일, 손님의 접대방식──지금까지의 도쿄는 샐러리맨이나 학생들이 주된 손님이었으나, 현재 및 앞으로의 손님은 주로 게이샤 사냥에 싫증난 인간이나 게이샤 사냥을 즐기는 무리들이 쇄도하고 있어, 소위 웨이트리스의 대우도 변하지 않을 수 없을 것이다. 대체로 도쿄의 카페는 에도(江戸)풍의 차분하고 풍류를 담은 것이었던 것이 이제는 오사카식(式) 무지(無智)즉 물질만능주의에 빠져들어 버린 실정이다.

— 「카페 만담(漫談)」 『新宿街』(1931.1)

쇼와기에 접어들어 도쿄의 카페가 기존의 그윽한 "풍류"의 공간으로부터 속물적인 것으로 전락했음을 꼬집으면서, 시인은 이것을 "오사카식무지"의 "물질만능주의"로 표현하고 있다. 육체적 쾌락에 빠져버린 카페의 모습은 도시를 향한 낭만적 동경이나 우수를 노래한 『달에게 짓다』와 『파란고양이』 시절의 시풍이 만년의 『빙도』에 이르러 물질적으로 타락해 버린 상업도시의 모습으로 변화했음을 엿보게 한다. 실제로 「카페 스이게쓰」의 "암울"과 "방랑의 회환"에는 전술한 도시 군중 속의 자유로운 정신의 방랑이나 환영 속에서 영원한 노스탤지어를 추구하던 모습은 찾을 수 없고, 오로지 도시의 우울한 삶에 지쳐버린 낙오자로서의 고뇌와 비애의 심경이 느껴질 뿐이다.

해는 절벽 위에 오르고
시름은 육교 밑을 나직이 걸었어라.
끝없이 머언 하늘 저편
이어진 철로의 목책 뒤로
한 고적한 그림자가 떠돈다.

아 너는 방랑자
과거에서 와서 미래를 지나

영원의 향수를 좇아가는 자.
어찌하여 비틀거리며
시계처럼 시름없이 걷는가.
돌로 뱀을 죽이듯
하나의 윤회를 단절하고
의지 없는 적료(寂廖)를 짓밟을지어다.

(중략)

아 넌 적막한 자
서글픈 석양의 언덕을 올라
의지 없는 절벽을 헤매건만
어디에도 가향은 없어라.
너의 가향은 없어라!

— 「방랑자의 노래(漂泊者の歌)」「빙도」

　저물어 가는 도시의 "석양" 아래 "언덕"을 오르며 늘어선 "목책"을 뒤로 한 채 "영원한 향수"를 좇아 배회하는 슬픈 방랑자의 모습이 떠오른다. "시계"처럼 단조롭고 권태로운 과거의 "윤회"를 "단절"하기 위해 "의지 없는 절벽"을 방황하지만, 도시 어디에도 정신적 안주처("가향")는 존재하지 않는다. 이미 시인에겐 낭만적 우수와 감상을 자아내던 서구적 근대의 상징으로서의 도시는 먼 의식세계의 바깥에 있으며, 오직 치유될 수 없는 "적료"만이 느껴질 뿐이다. 시인이 추구해 온 서구적 근대를 극복할 수 있는 구체적 실체를 발견하지 못한 이상, 결국 "가향"이라는 영원한 환영을 좇아 끊임없는 방랑을 계속할 뿐이다. 흔히 이산(離散) 상황으로 불리는 디아스포라(diaspora)적 심리를 드러낸 부분이다.

참고로 하기와라는 만년의 「일본으로의 회귀(回歸)-나 홀로 부르는 노래」(1937)라는 문장에서, 메이지유신으로부터 약 70년간의 일본의 모습에 대해 서구문명을 "환상의 고향"으로 삼아 맹목적으로 추종하던 "국가비상시", "외유(外遊)"의 시대로 규정하면서, 일본적 전통으로의 회귀를 통해 이를 극복하려는 자세를 표방하고 있다. 동 문장에서 그는 일본적인 것으로의 회귀는 "기댈 곳 없는 혼(魂)의 슬픈 방랑자의 노래를 의미하는 것"이며, "고독과 적료는 이 나라에 태어난 지성인의 영원히 피할 수 없는 운명"이라고 적고 있다.[30] 결국 사쿠타로에게 도시는 질풍노도와 같은 역사적 시간성에 대한 지식인으로서의 자성의 심리와 고뇌를 응축한 핵심적 소재이자, 하기와라 사쿠타로의 시 세계의 변화와 추이를 응축한 키워드로 볼 수 있다.

Ⅴ 민중과 노동자의 도시

전술한 대로 다이쇼기는 세계사적 관점에서 격동의 시기로, 제1차 세계대전과 러시아혁명의 영향으로 일본에는 서구의 민주주의 사상과 사회주의 이념이 유입되었고, 문학의 관심 또한 사회와 현실을 적극적으로 인식하는 태도로 추이된다. 시 분야에서는 도시에 거주하는 일반 서민들의 생활 모습을 응시하는 가운데, 인도주의와 이상주의로 대변되는 시라카바파(白樺派)의 활약과 민중에 의한, 민중을 위한, 민중의 예술로 요약되는

---

30 이상, 「日本への回帰ー我が独り歌へるうた」『萩原朔太郎全集』第10巻, 筑摩書房, 1975, pp.488-489.

민중시파(民衆詩派)의 등장, 노동자계급의 투쟁의식을 담은 프롤레타리아 시의 대두로 이어진다.

시라카바파는 메이지 말기의 자연주의의 퇴조에 이어 등장한 잡지 『시라카바』(1910-23)를 거점으로 활약한 소설가, 시인, 화가 등을 통칭하며, 어두운 현실에 굴복하지 않는 자유로운 인간의 미래를 자아(ego)와 개성으로 긍정하였다. 민중시파는 후쿠다 마사오(福田正夫 1893-1952)가 창간한 『민중(民衆)』(1918-21)을 중심으로, 미국의 민중시인인 휘트먼(W. Whitman), 카펜터(E. Carpenter) 등의 영향 아래, 인간의 자유와 평등, 우애를 소박한 일상적 언어로 표현하였다. 이들의 시사적 의의는 1910년대 중반 이후의 '다이쇼 데모크라시'로 불리는 민본주의 사상의 유행 속에서, 근대사회의 주축인 시민계급으로서의 서민적 자각을 강조한 점에 있다. 단순명료한 표현형식을 앞세워 시를 미래지향적 허상이 아닌 현실생활 속에 추구하는 가운데, 사회성을 도입하고 도시의 서민계층을 공감과 애정의 시선으로 응시하여 시의 관심 영역을 일반인 속으로 확대하였다. 그들의 삶의 터전이 도시에 집중되면서 주요한 시적 공간으로 등장한다.

한편 1920년대 일본사회의 두드러진 특징의 하나는 노동운동의 융성에 있다. 배경으로는 메이지 신정부에 의한 관영(官營)공장, 군수공장을 축으로 한 근대산업의 발전과 러시아혁명으로 인한 노동자계급의 대두와 신장을 들 수 있다. 도쿄를 비롯한 대도시에는 공장이 집중적으로 건설되었고, 노동자계층은 독자적 세력을 형성하면서 자본주의를 앞세운 부르주아계급과의 대립을 심화시키게 이른다. 가난한 노동자들의 삶에 대한 관심과 저항의 정신은 다이쇼 말기에서 쇼와 초기에 걸쳐 등장한 프롤레타리아 시를 통해 살펴볼 수 있다.

1. 민중의 삶과 도시

이웃집 곡식 창고 뒤로
지저분한 쓰레기장의 찌는 냄새,
쓰레기더미 속에 배어 있는
갖가지 쓰레기의 악취,
장마철 저녁 속에 흘러 떠돌고
하늘은 활활 이글대고 있다.

      – 가와지 류코(川路柳虹 1888–1959), 「쓰레기장(塵塚)」(1907) 제1연

일본 구어자유시의 효시로 기억되는 작품이다. 장마철 뜨거운 태양의
열기 속에서 악취를 내뿜는 쓰레기장의 후각적 인상은 당시 일반 서민들의
열악한 생활상을 암암리에 떠올린다. "쓰레기장"이라는 파격적 소재의
채택은 시인의 시선이 기존 서정시의 핵심인 미사여구(美辞麗句)를 부정
하고, 평범한 서민들의 삶에 밀착한 시라카바파의 시나 민중시의 지평을
선점하고 있음을 나타낸다. 구어시 특유의 직설적 어법은 일상생활을
통해 전하고자 하는 시인의 정신과 사상을 표현하는데 적합하다. 다이쇼기
이후 구어자유시가 대세를 이루며 오늘날에 이르고 있는 이유를 엿볼
수 있는 부분이다. 급변하는 사회를 살아가는 현대인의 복잡하고 다양한
정서와 사고를 표현하는 과정에서 구어체의 일상어가 필수적이라는 인식
을 내포하고 있다.

야외 놀이에서 돌아가는 길에 들은 석공의 노래,
흐린 날의 나플나플 눈 내리는 날,
애처로운 멜로디로 울리는 석공의 노래.

그 노래에는 노동의 신성함이 깃든다,
그 노래에는 모든 노동의 정신이 깃든다,
그리고 집에서 일하는 아내와 애비가 있는 아이의 애모(愛慕)가.

아, 그대가 내려치는 망치 소리,
무겁게 울리는 망치 소리,
땅을 파고 돌을 쪼개는 그 소리,
투쟁은 그대의 팔에,
용기는 그대의 마음에,
사랑은 그대의 온 몸에 담겨진다.

노래하라, 그대의 노래를,
그리고 노동의 노래를,
그리고 수풀을 흔들며 그대 마음이 세계로 울려나가겠지.
그리고 그대의 망치는 영원히 노래에 화답하여 돌을 쪼개겠지.

— 후쿠다 마사오, 「석공의 노래(石工の歌)」『농민의 말(農民の言葉)』(1916)

　　민중시파의 리더인 후쿠다 마사오의 작품으로, 민중시파가 추구한 민중
시의 성격을 단적으로 드러낸다. 동 그룹의 시적 지향점인 사회적 현실로
의 착목과 노동 장면에 대한 관심이 "노동의 신성함"과 "모든 노동의 정신"
이라는 노동 찬미의 사상과 노동자계급을 향한 공감으로 나타난다.[31] 돌을
깨는 금속성의 "망치 소리"와 나지막이 흐르는 "석공"들의 노래가 자아내
는 애상과 처량함은 "투쟁"이 암시하듯 민중으로서의 뚜렷한 계급적 자각
을 수반하면서, 훗날 프롤레타리아 시로 이어지는 정치적 사상성을 선점하

31　伊藤信吉(外)編, 「近代詩集」『日本の詩歌』(20), 中公文庫, 1981, pp.75-76.

고 있다. 민중시파가 추구한 현실생활의 실감이 집단으로서의 민중을 대상으로 관념적으로 표출되고 있는 것도 특징이다.

　같은 제목으로, 역시 민중시파의 시인인 모모타 소지(百田宗治 1893-1955)의 다음 시는 노동을 에워싼 애틋한 정감을 도시적 정경 속에 담고 있다.

> 석공의 노래가 들려온다,
> 바람이 그것을 하늘로 가져간다.
>
> 무수한 선로가 교차하는
> 정거장 근처 절벽에서,
> 많은 인부들이 돌을 운반하고 있다,
> 석공이 그것을 쪼개고 있다.
>
> 흐린 저녁이다,
> 바람은 차고,
> 온갖 가을의 쓸쓸함을 채워온다,
> 기다란 잿빛 담벼락, 그 건너편에,
> 같은 단조로운 잿빛 수목들이 늘어서 있다.
>
> 석공의 노래가 들려온다,
> 높게, 나지막이,
> 이따금 그 울부짖는 소리를 불쑥 나타난 하늘에 멈춰 세우며
> 석공의 노래는 저녁노을 속에 있다──.

> － 「석공의 노래(石工の歌)」『푸른 날개(靑い翼)』(1922)

　가을 저녁 무렵 시인이 마주한 석공들의 돌을 쪼개는 작업 소리 속에서 민중을 향한 조촐한 공감과 연대의 감정을 관조하듯 목가적으로 노래한

작품이다. "노래"는 정황상 석공들이 작업을 하면서 부르는 노래로도, 제4연의 "울부짖는 소리"로부터 석공들의 노동을 실감적으로 묘사하기 위한 시적 비유로도 해석 가능하다. "무수한 선로가 교차하는/정거장 근처 절벽"에서 노동에 여념이 없는 석공들의 모습은 도시 교외의 투박하면서도 건조한 영상을 떠올리며, "가을의 쓸쓸함"으로 채색된 "흐린 저녁"의 "하늘"로 감각적으로 연결된다. 제3연의 "잿빛 담벼락"과 "단조로운 잿빛 수목들"은 "잿빛"에 담긴 쓸쓸한 도시의 실루엣 속에서, 시인이 추구하던 민중의 노동의 애환과 그들에 대한 무한한 애정을 내포한다. 후쿠다 마사오의 "투쟁"이나 "노동의 정신" 등 이데올로기를 전면에 내세운 관념적 분위기와는 대조적이다. 그러나 두 작품 모두 민중시파의 지향점인 노동자의 현실생활을 응시함으로써, 시를 민중과 함께 호흡하는 유기적 연결고리로 인식하려는 공통점을 엿볼 수 있다.

끝없는 전망,
엄청난 광경!
희망의 신록에 타오른 어린 나무들의 잎 사이에서,
유쾌하게 그저 시선을 옮긴다……
상념 속의 풍경.

도회라면 도회로 족하다
눈(雪) 속으로 파고드는 높다란 철탑을 중심으로
날개처럼 사방에 펼쳐진 크고 작은 갖가지 건축물,
다시 그곳을 심장으로 삼아
팔방에 거미집처럼 걸쳐있는 거리, 철로, 전선,
그곳에 스스로 한 방울의 기름이 떨어뜨려지면
연못 위의 파문은 점차 점차 퍼져나가
마침내는 가장 먼 벽지(僻地)의

멍청이에게까지 전해져 간다.

엄청나게 큰 맘모스가
기름틀에 걸려 있구나!
피범벅이 된 거대한 짐승의 울부짖음이
마침내 지축(地軸)까지 들려옴을,
그곳에서 빚어내는 소요, 살육, 오뇌, 번민――
그런 모든 것들은 내리누를 만큼 내리누르면 된다,
그리고, 반발의 힘이 얼마나 무서운 가를 「권력」의 도취자에게 알려주면
  되는 것이다.

또 여기는 공장지대 굴뚝 숲의 장관(壯觀)
기세당당한 매연은
낮에도 밤에도, 쉴 새 없이 고뇌와 환희의 모든 것을 토해내고 있다,
(――나는 이 정도의 암시에 멈추어,
터질 듯한 열로 넘쳐나는 보일러 앞에
야차(夜叉) 같은 형상의――그러나, 신의 심성을 지닌 화부(火夫)에게는
  펜 끝이 미치지 못할 것,
아마도 사람들은 그것을 마음속에 그리지 않을 수 없기 때문이다.)

또 먼지를 마시며 딱딱한 건물 안에서 재화의 망령과 싸우고 있는 서기,
아마도 그대의 폐와 창자는 벌레 먹어 있겠지.
그대는 이제 온 힘을 모은 호흡에 견디기 힘든 것이 아닌지,
그대가 일찍이 어머니의 품에서 꿈꾸던 세계는 그런 것이 아니었을 것.
이제 됐다, 이제 됐다,
그런 창백한 얼굴을 하지 말아 다오,
지금이다,
바로 지금이다
그대의 펜을 버리고, 주판을 내던지고 들판으로 달려갈 때가 온 것이다.

쉰 목소리를 지르며
말세를 떠들어대는 교인, 승려들,
그대는 한 번 더 어린이로 돌아가면 된다,
신앙을 가졌던 첫날로 돌아가면 된다,
그대의 영혼도 육체도 너무나 더럽혀져 지쳐 있다,
상기된 그대 눈이 참으로 애처롭게 빛나는구나!

또,
젊은 아가씨가,
그녀의 긴 검은 머리를 빗는 기쁨으로
그들의 밭을 일구고 있는 농부들,
또 기도하는 마음으로 뿌려지는
갖가지 씨들!
──하지만, 하루의 상쾌한 피로를 느끼며 돌아가는 밤,
지주들의 커다란 곡물창고가
검은 요물처럼
이윽고 찾아 올 가을의 풍성한 날을 은밀히 웃으며 기다리고 있다.

전망이 흐려진다,
지평선에 솟은 한 조각의
검은 구름이 마침내 땅위의 모든 것을 그늘지게 만들겠지······
폭풍이 몰려올 조짐이다,
저 건너편 고장의 눈부시게 맑은 날의 예고다.
모든 생물들이여,
잠시 호흡을 참아라,
아주 잠시 동안이다.

　　　　－「그늘져가는 전망(翳りゆく展望)」『「시대」의 손(「時代」の手)』(1922)

민중시파의 한 사람인 도미타 사이카(富田砕花 1890-1948)의 작품이다. 핍박받는 현실 속 민중과 도시와의 밀접한 관계를 스케일 큰 영상으로 묘사하고 있다. 시인이 바라다 본 "도회"의 "끝없는 전망"이 원경과 근경을 넘나들며 "상념 속의 풍경"으로 펼쳐진다. 제2연의 "철탑", "건축물", "거리", "철로", "전선"과 제4연의 "공장지대" 등은 "도회"를 구성하는 구체적 영상들이다. "벽지의 멍청이"는 시인을 염두에 둔 표현으로, 문득 "연못 위의 파문"처럼 피어난 삭막한 도시의 모습을 연상한다. 시인의 상념이 떠올린 도시의 소리를 마치 "피범벅이 된 거대한 짐승"같은 "맘모스"의 "울부짖음"으로 포착하고 있다. 그것은 "소요, 살육, 오뇌, 번민"으로 점철된 "「권력」의 도취자"의 횡포에 저항하는 가난한 민중들의 "반발"의 소리에 다름 아니다.

　구체적으로 그들은 "신의 심성을 지닌 화부"(제4연), "재화의 망령과 싸우고 있는 서기"(제5연), "말세를 떠들어대는 교인, 승려들"(제6연), "밭을 일구고 있는 농부들"(제7연) 등 힘없는 서민들로, 모두 「권력」의 도취자"에게 핍박받는 존재이다. 그들의 "영혼"과 "육체"는 매우 피폐한 상태이며, 적어도 그것이 "일찍이 어머니의 품에서 꿈꾸던 세계"가 아님을 관념적으로 자각한다. 시인은 이런 민중의 모습을 애처로운 시선으로 응시하지만, 그들을 향한 시인의 메시지는 인내하라는 것이다. 이를테면 마지막 연에서의 "흐려"진 "전망"이나 "땅위의 모든 것을 그늘지게 만"드는 "검은 구름", "폭풍"은 민중에게 고통의 삶을 강요하는 부정적 표현들로, 시인은 이에 대해 "잠시 호흡을 참아라"고 말한다. 암울한 현실의 인내 후에 찾아 올 "저 건너편 고장의 눈부시게 맑은 날"과 같은 미래를 믿기 때문이다. 민중시와 후술할 프롤레타리아 시의 결정적 차이점이 적극적인 투쟁의식의 고취 유무에 있다고 할 때, 이 시는 가혹한 현실에 대한 민중의 소극적 저항감의 표출에 머물고 있는 느낌이다.

결국 민중시파의 시적 본령은 농민이나 도시 노동자를 비롯한 민중의 현실과 생활을 담담히 응시하면서, 노동과 인생의 애환과 고통을 직설적으로 묘사하는데 있다. 도시화의 물결 속에서 나날이 메말라가는 비정한 인간의 삶을 수사적 장식이나 과장 없이 표현하는 일관된 태도를 견지하고 있다.

한편 민중의 삶에 대한 응시는 민중시파에 한 발 앞서 등장한 시라카바파 계열의 시인들과 접점이 인정되는데, 민중의 현실을 다이쇼 데모크라시의 이념인 인간의 자유, 평등, 박애의 인도주의적 시선으로 가감 없이 묘사하고 있다.

나는 보았다.
어느 변두리 초라한 길가의 나막신 가게에서
남편은 작업장 대패껍질 속에 앉아
아내는 젖먹이를 안은 채 방 문틀에 허리를 기대고
늙은 아버지는 판자 사이에 서서
모두 동작을 멈추고
같은 생각에 얼굴을 찌푸리며 허탈한 눈길로 마주보고 있음을
그들의 얼굴에 드리운 깊은 고통,
가운데에서 근심에 흐느끼듯 처절한 아내의 얼굴
아내를 의지하듯 한 손에는 깎다 만 나막신을 들고
그녀의 얼굴을 올려다보는 나약한 남편의 얼굴,
두 사람을 내려다보며 노쇠한 애정으로 반짝이는 아버지의 얼굴
무심하게 어미의 젖에 달라붙는 갓난아이의 얼굴
그 어둡고 망연자실한 광경을 난 잊을 수 없다.
그 모습을 떠올릴 때마다 눈물이 난다.
무슨 일이 있었는지 알길 없어라
하지만 난 이제껏 그런 고통에 쫓긴 얼굴을 본 적 없어라

그토록 암울한 광경을 본 적 없어라

- 「나는 보았다(自分は見た)」「나는 보았다」(1918)

센게 모토마로(千家元麿 1888-1948)의 대표작이자 시라카바파 시의 걸작으로 평가되는 작품이다. 어느 변두리 거리를 지나다 우연히 목격한 가난한 나막신 집 사람들의 얼굴 표정을 통해, 도시 소시민들의 애절한 삶의 고통과 애환을 영탄조로 응시하고 있다. 도시 서민들의 궁핍한 삶의 슬픔과 탄식은 민중시파의 시인들과도 공통된 정감이며, 이를 무한한 사랑으로 보듬는 애정 어린 시선에 인도주의 시인으로서의 특징이 있다.

센게의 아버지는 남작(男爵)의 지위에 오른 인물로, 훗날 정계에 진출하여 사이마타현(埼玉県) 지사(知事)와 사법부 장관을 역임하는 등 귀족 신분이었으나, 어머니는 도쿄 료고쿠의 요정의 딸로 성장하여 첩실의 신분으로 센게를 출산하고 양육하게 된다. 부모의 신분적 차이가 초래한 남다른 성장배경은 현실 삶에 대한 비판적 시선의 획득 계기로 작용하였다. 특히 대다수가 부유한 귀족계층 출신이었던 시라카바파 시인들과는 달리 서민생활에 제재를 얻어 가난한 자의 생활 모습에 초점을 맞춤으로써, 자칫 이상론으로 치우치기 쉬운 시라카바파 문학의 사회적 폭을 넓히는 계기를 제공하였다. 그의 시편에는 비록 귀족의 아들로 태어났으나, 아버지와의 갈등으로 인해 불우한 생활을 영위해야 했던 어린 시절의 기억이 깊숙이 투영돼 있으며, 시 속 나막신 가게 가족들의 숨길 수 없는 내면의 고통을 응시하는 원동력이 되고 있다.

기교면에서는 지나친 감상에 함몰되지 않은 채, 가족들의 시선과 표정을 담담하게 포착하고 있는 점이 인상적이다. 서두에 "나는 보았다"로 문장을 도치시킴으로써 독자로 하여금 대상에 대한 궁금증을 유발하는 한편, 후반부의 "무슨 일이 있었는지 알길 없어라"를 통해, 당시 도시에 거주하던 가난한 노동자 서민들의 일반적인 생활상으로 의미를 확장하고 있다.

그러나 시라카바파 계열의 시인들은 도시 소시민들의 소박한 일상을 인도주의적 시선으로 응시하는 과정에서, 도시를 반드시 서민들의 애환을 응축한 어두운 공간으로만 인식한 것은 아니었다. 다음에 소개하는 사토 소노스케(佐藤惣之助 1890-1942)는 도시 관련 시편을 다작한 시인으로, 도시의 인공적 활력을 경쾌하고 화려한 비유와 명랑하고 건전한 요설(饒舌)로 재기 넘치게 묘사하고 있다.[32]

긴자에서 니혼바시에 걸쳐
초여름 시가지는 물을 뿌린 것 같다
보도의 수목이 새잎을 하고
진열장과 유리문은 칼날처럼 새롭다
생기 있는 사람들이 오고 간다
자유로운 음악이 일어난다
포장도로도 가게도 그윽한 공기로 가득하다.

전차가 땡땡거리며 지나간다
짐차와 자동차도 활동하고 있다
야마노테(山の手) 쪽에서 뜨거운 날씨와 눈길을 가져온다
아름다운 여인이 지나간다. 향로가 타오른다
젊은 남자도 지나간다, 바다의 빛이 눈에 떠오른다
광선이 가스로 하얗게 된다
보험회사 건축현장의 판자 울타리가 있다
아이를 돌보거나 내내 서 있던 사람들이 쉬고 있다
정애(情愛)를 지닌 자도, 무심한 자도 있다

32 分銅惇作(外)編,『日本現代詩辞典』, 桜楓社, 1990, p.204.

다가가니 햇살의 꽃가루가 붙어 있는 것 같다

붉은 철골이 삐쭉삐쭉 솟아 있다.
공중에서 고운 기운이 내려온다.
석공이 탕탕 돌을 깨고 있다
페인트 공이 딱따구리처럼 높다란 발판 위에서 일하고 있다
대리석 아치가 완성되려 하고 있다
백 관(貫)이나 될 것 같은 철문이 지탱하고 있다.
그곳을 빠져나가 작업장으로 지나갈 수 있다
허리를 구부리고 목수가 드나들고 있다

아이가 달려가 보니
철문에는 인간계의 사정을 모르는 거인이 쓴 것처럼
파란 페인트로 매우 투박하고 크게 흠뻑
(이 안으로 들어가면 죽는다)고 낙서가 돼 있다.
무모한 철공(鉄工)의 의지가 보이는 듯하다.
아이가 아닌 자까지 깜짝 놀란다
어디에 심연(深淵)이 있는지 알 수 없다고 여긴다.

— 「공사장(普請場)」 『보름달의 강(滿月の川)』(1910)

"긴자에서 니혼바시에 걸"친 "초여름 시가지"의 모습을 건강하고 활달한 시선으로 점묘하고 있다. 제1연의 도시를 오가는 "생기 있는 사람들"의 모습과 "자유로운 음악"에서, 제2연의 "전차", "자동차", "아름다운 여인", "젊은 남자"에 이르기까지 평화롭고 활기에 찬 도시의 이미지를 나타낸다. 제2연의 "보험회사 건축현장"을 무대공간으로 삼아, 제3연의 "석공", "페인트 공", "목수", 제4연의 "철공" 등의 노동자의 존재가 민중시파적 요소를 떠올린다. 특기할 점은 시 전체를 감싸고 있는 밝은 도시의 풍경이 마지막

연의 "인간계"나 "(이 안으로 들어가면 죽는다)", "심연" 등의 생명감적 이미지를 수반하고 있는 점이다. 다소 관념적이지만 문맥적으로 특별한 사상적 메시지를 도출하기보다는 시라카바파 시인으로서의 낙천적인 인생관이 시인의 눈에 비친 명(明)의 공간으로서의 도시의 단편적 영상을 특유의 가벼운 요설과 유머로 포착하고 있다.

이처럼 시라카바파 시인들의 대다수는 평범한 서민의 생활 감정을 선의와 애정이 넘치는 낙천적 휴머니즘으로 표현하는데 주력하였다. 그러나 평이하고 단조로운 자유시풍으로 일관한 결과 자칫 무미건조한 언어구사에 치우치고, 내용적으로도 긴장감이 결여된 이상주의로 흐를 개연성을 지니고 있었다. 다음에 소개하는 후쿠시 고지로(福士幸次郎 1889-1946)의 대표작인 「나는 태양의 아들이다(自分は太陽の子である)」(『태양의 아들』 1914)는 그러한 문학적 한계의 극복 가능성을 암시한 작품이다.

나는 태양의 아들이다
아직 마음껏 타오른 적 없는 태양의 아들이다

이제 불이 붙으려 한다
조금씩 연기가 피어오르려 한다

아 이 연기가 불꽃이 된다
나는 한낮의 밝은 환상에 시달리고 또 시달린다

환한 백광(白光)의 들판이다
빛으로 가득한 도회지의 한 복판이다
봉우리에 수줍은 듯 순백의 눈이 반짝이는 산맥이다

나는 이 환상에 시달리며

이제 연기가 피어오르려는 거다
맵고 묵직한 검은 연기를 토해내고 있는 거다

아 빛이 있는 세계여
빛이 있는 공중이여

아 빛이 있는 인간이여
온몸이 눈동자 같은 사람이여
온몸이 상아 조각(彫刻) 같은 사람이여
영리하고 건강하며 힘이 넘치는 사람이여

나는 어둡고 축축한 습지에서 탄생의 울음소리를 질렀지만
나는 태양의 아들이다
불타오름을 동경해 마지않는 태양의 아들이다

– 8월 11일

시인은 가난한 지방 연극배우의 아들로 태어나, 소년기부터 아버지를 따라 각지를 전전하다가 13세에 아버지를 여읜 후 궁핍한 생활을 영위하면서, 학업조차 완전치 마칠 수 없는 절망적인 생활고를 체험하였다. 그럼에도 불구하고 그의 시에는 삶의 좌절감이나 허무감, 패배의식 등은 나타나지 않으며, 시 속 표현처럼 "어둡고 축축한 습지" 속에서도 삶의 열정을 불태우고 힘찬 미래로 전진하려는 생명의식을 드러낸다. 시라카바파 특유의 자신의 삶을 긍정적으로 확신하는 자세와 이를 완전 연소시키려는 이상주의적 인생관 없이는 도달 불가능한 시적 경지이다.

"태양의 아들"은 밝고 찬란한 태양처럼 건강한 인간의 은유로서, 미래로의 신생의 의지와 동경을 함축한 표현이다. 대다수의 시라카바파 시인들과는 달리 성장과정이 불우했던 시인은 오랫동안 절망과 방랑의 시기를

경험하였으나, 불우한 성장과정 속에서도 스스로를 긍정하고 낙관적으로 바라보는 이상주의적 태도는 불우했던 만큼 더욱 간절하고 강인한 삶의 의지로 다가온다. 스스로를 "태양의 아들"로 자임하는 일종의 자기도취적 인생관이 시 전체를 주도하고 있다. 핵심 시어인 제3연의 "환상"은 시인을 일상에서 시의 세계로 안내하는 기폭제이자 현실을 여과 없이 비춰주는 시 정신의 원천이며, 미래를 향한 광명의 세계로 인도해 주는 길잡이 역할을 수행하고 있다.

전 8연 중 제5연을 분기점으로 전반과 후반으로 나눌 수 있다. 첫 연에서 자신을 "태양의 아들"로 단정한 시인은 자기 내면에서 마치 연기를 내며 조금씩 폭발하려는 밝고 희망찬 "환상"의 존재를 확인하고, 그 세부를 "환한 백광의 들판", "빛으로 가득한 도회지의 한 복판", "봉우리에 수줍은 듯 순백의 눈이 반짝이는 산맥" 등의 선명한 시각적 영상으로 연결한다. 이제 시인의 "환상"은 활활 타오르는 것만 남은 상태로, 후반에 이르러 이상으로 여기는 구체적 인간상을 나열하면서, 어둡고 무거운 과거로 점철된 현실로부터 벗어나 긍정의 미래로 나아가려는 결의를 다지게 된다.

도시에 관한 묘사로는 "빛으로 가득한 도회지의 한 복판"이 유일하나, 전술한 작품들처럼 도시를 가난한 민중이나 노동자가 거주하는 비정과 애환의 공간이 아닌 희망의 터전으로 묘사하고 있는 것이 인상적이다. 민중시파나 시라카바파 시인들 모두가 서민의 삶의 현실을 건조한 평면적 묘사와 방관적 자세로 일관하였음을 염두에 둘 때, 관념과 사상을 감각적 영상과 서정으로 조화시킨 기법은 건조한 자기주장을 앞세운 결과 자칫 예술적 완성도가 결여되기 쉬운 양 시파의 문학적 완성도를 제고하고 있다. 이처럼 민중시파나 시라카바파 계열의 시가 제시한 도시 민중과 노동자에 대한 관심과 애정은 쇼와기에 접어들어 프롤레타리아 시로 계승되면서, 계급적 자각과 저항, 투쟁의 정신을 적극적으로 고취하게 된다.

2. 프롤레타리아 시 속의 도시

후술할 다이쇼 말기의 전위파 시 운동이 시의 형태와 표현방식, 소재 등을 변혁하려는 예술상의 자각, 즉 예술적 전위파의 성격을 드러낸 것임에 비해, 시단의 일각에서는 다이쇼기의 새로운 사회계층인 노동자들의 계층적 자각과 투쟁의식을 강조한 사상적 전위파로서 프롤레타리아 시가 등장하였다. 배경은 제1차 세계대전을 계기로 확산된 급격한 공업화와 도시화에 찾을 수 있다. 도시로의 자본 집중은 농촌 중심의 사회구조를 근본에서 붕괴시키며 수많은 노동자들을 도시에 흡수시켰고, 러시아혁명이 초래한 공산주의 사상의 대두는 이들의 계급적 자각을 고취시키는 원동력이 되었다. 노동자들은 사회가 보장하는 신분적 대우 없이 자본가들의 착취 속에 시달려야했고, 이에 대한 분노가 시 속에서 모든 전통적 서정이나 감정 및 시적 기교를 배제하고, 언어를 오직 자신들의 정치사상을 주장하는 도구로 인식하게 만들었다. 프롤레타리아 시는 기존의 시가 추구해온 예술적 가치를 전면 부정하고 정치적 목적의식을 개입시켰다는 점에서, 시의 인식을 근본에서 변화시킨 시대전환의 의미를 지니고 있다.

신(辛)이여 안녕
김(金)이여 안녕
그대들은 비 내리는 시나가와역에서 승차한다

이(李)여 안녕
또 하나의 이여 안녕
그대들은 그대들의 부모 나라로 돌아간다

그대들 나라의 강은 추운 겨울에 얼어붙는다
그대들의 반역하는 마음은 이별의 순간에 얼어붙는다

바다는 저녁노을 속에 울음소리를 높인다
비둘기는 비에 젖어 차고(車庫) 지붕에서 날아 내려온다

그대들은 비에 젖어 그대들을 내쫓는 일본 천황을 생각한다
그대들은 비에 젖어 수염 안경의 그를 생각한다

(중략)

그대들의 검은 그림자가 개찰구를 스친다
그대들의 흰 옷자락이 통로의 어둠 속에 나부낀다

시그널은 색을 바꾼다
그대들은 승차한다

그대들은 출발한다
그대들은 떠나간다

안녕 신
안녕 김
안녕 이
안녕 여자 이

가서 저 딱딱한 두꺼운 매끌대는 얼음을 깨부수어라
오랫동안 막혀 있던 물을 세차게 내뿜게 하라
일본 프롤레타리아트의 후진(後陣) 선진(先陣)
안녕

보복의 환희로 울며 웃는 날까지

- 「비 내리는 시나가와역(雨の降る品川駅)」 『개조(改造)』(1929.2)

작자인 나카노 시게하루(中野重治 1902-79)는 구라하라 고레히토(蔵原惟人) 등과 일본 프롤레타리아문학의 중심단체인 전일본무산자예술연맹(NAPF)을 결성하여 줄곧 간부로 활동하면서, 기관지인 『전기(戦旗)』(1928.5-31.12)를 창간하는 등 프롤레타리아 문학 발전에 크게 기여하였다. 1932년 일본프롤레타리아문화연맹(KOPFJ) 탄압으로 투옥된 후 1934년의 전향(転向)을 거쳐 이듬해인 1935년 자신의 시를 집대성한 『나카노 시게하루 시집』을 발간하였다.

"그대들을 내쫓는 일본 천황을 생각한다"에서 드러나듯 천황제 권력의 탄압에 의해 조선으로 쫓기는 동지들의 연대를 외친 작품이다. 마지막 연의 산문조의 서술방식은 수사적 장식을 배제한 정치적 구호와 외침이 프롤레타리아 시의 본령임을 여실히 드러낸다. "시나가와역"은 이들이 출발하는 기차역에 불과하지만, 도쿄의 중심부로서 강제적으로 일본을 떠날 수밖에 없는 조선 노동자들의 현실을 공간적으로 환기하고 있다.

우리들은 일을 하지 않으면 안 된다
그것을 위해 상담을 하지 않으면 안 된다
그래서 우리가 상담을 하자
순경이 와서 눈과 코를 때린다
그래서 우리들은 2층을 바꿨다
골목길과 뒷길을 고려해서

여기에 6명의 청년이 잠자고 있다

아래에는 한 쌍의 부부와 갓난아이 하나가 잠자고 있다
나는 6명의 청년의 경력을 알지 못 한다
그들이 나와 동지인 것만을 알고 있다
나는 아래층 부부의 이름을 알지 못 한다
단지 그들이 2층을 기꺼이 빌려 주었다는 것만을 알고 있다

새벽은 얼마 남지 않았다
우리들은 또 이동할 것이다
가방을 안고
우리들은 면밀한 협의를 할 것이다
착착 일을 진행시킬 것이다
내일 밤 우리들은 다른 빌린 이불 속에 잠들 것이다

새벽은 얼마 남지 않았다
이 네 장반 다타미여
코드에 매달린 기저귀여
그을린 전구여
셀룰로이드 장난감이여
빌린 이불이여
이(虱)여
나는 그대들에게 작별인사를 한다
꽃을 피우기 위해
우리들의 꽃
아래층 부부의 꽃
아래층 갓난아이의 꽃
그 꽃들을 일시에 격하게 피우기 위해

― 나카노 시게하루, 「동트기 전의 안녕(夜明け前のさよなら)」
『당나귀(驢馬)』(1926.5)

"순경"으로 암시된 공권력에 의해 억압받는 "6명의 청년"들의 모습이 일체의 언어적 장식을 배제하고 있다. 관헌의 눈을 피해 여기저기를 전전해야 하는 프롤레타리아 "동지"들의 하루살이와 같은 생활 모습을 "네 장반 다타미", "그을린 전구", "셀룰로이드 장난감", "빌린 이불", "이" 등 궁핍한 도시 빈민가의 "2층"을 무대로 그리고 있다.

나카노가 추구한 문학자로서의 이념은 정치와 문학, 예술과 생활을 일원적으로 통일하여, 궁극적으로 인간 해방의 혁명을 달성하는 것이었다. 반복적으로 등장하는 "꽃"은 그러한 이상을 염두에 둔 표현으로, "아래층 부부"와 "갓난 아이"의 가난한 일반 대중으로 의미를 확장하면서, "그 꽃들을 일시에 격하게 피우기 위해"라는 "우리들"의 혁명의 당위성을 주체적으로 자각하고 있다.

다음 시편은 프롤레타리아 시 특유의 정치적 구호와 투쟁을 도시적 요소에 집중하여 강조한 작품이다.

> 탁한 무수한 눈동자가 세계에 충만해 있다
> 딱딱한 벽에 부딪혀
> 눈물과 웃음과 분노가
> 일시에 정체(停滯)했다
> 갈기갈기 찢긴 날개가 떨고 있다
> 　출구도 입구도 없는 생활이다!
> 깜깜한 공간에 가두어져버린 심장이 폭렬(爆裂)을 바라고 있다
> 모든 얼굴 얼굴이
> 하나같이 미라가 아닌가?
> 　　　　아름다운 도회는 하나의 묘지이다
> 높은 빌딩과 자본의 퇴적(堆積)과
> 　　저 지하실에는 시체가 묻혀 있다
> 안전지대를 걸어가는 화려한 남녀──

나는 목을 잘린 벗과 길거리에서 만났다
──곧장 가지 않겠는가!
──진흙 신발로 무엇이든 유린하지 않겠는가!

  – 쓰보이 시게지, 「내부의 단층(内部の斷層)」『쓰보이 시게지 시집』(1942)

쓰보이 시게지(壷井繁治 1897-1975)는 원래 아나키즘 시인으로 출발하였으나, 훗날 일본프롤레타리아작가동맹의 중앙위원으로 참가하여 프롤레타리아 시인으로서의 행보를 시작한다. 시의 전체적 흐름인 도시문명에 대한 저주와 분노를 바탕으로, 자본주의를 부정하고 이에 맞서려는 적극적 투쟁 자세는 아나키즘 시인으로서의 이력을 드러낸다. "높은 빌딩과 자본의 퇴적", "안전지대를 걸어가는 화려한 남녀"가 물질주의로 점철된 자본주의 도시의 이미지를 표상하는 가운데, "탁한 무수한 눈동자"와 "갈기갈기 찢긴 날개", "깜깜한 공간에 가두어져버린 심장"은 "출구도 입구도 없는 생활" 속에서 암담함에 빠져버린 무산자계층의 현실을 투영하고 있다. 시인은 "눈물과 웃음과 분노가/일시에 정체"하는 폐색(閉塞)의 상황에서, "미라", "시체", "목을 잘린 벗"의 죽음의 이미지로 채색된 도시를 "하나의 묘지"로 파악하기에 이른다. 자본주의 물질문명을 겨냥한 저주와 절망감이라는 측면에서 일본 프롤레타리아 시인 중에는 아나키즘으로 출발한 시인들이 적지 않다. 궁극적으로 아나키즘 시와 프롤레타리아 시와의 차이는 구체적인 투쟁의식을 갖고 있는지의 여부에 있다. 마지막 부분의 "──곧장 가지 않겠는가!/──진흙 신발로 무엇이든 유린하지 않겠는가!"는 자본주의의 파괴를 향한 투쟁과 저항의식을 전면에 내세우고 있다.

  고무가 깊숙한 장화가 있었으면 좋겠다
  4엔 50센(錢)만 내면 살 수 있다

비가 강처럼 교외의 길을 흐를 때
그걸 신고 오리처럼 달리고 싶다
매끈매끈 씻겨져 검게 빛나겠지
진흙탕을 짓밟아주련다
날개를 등까지 펄럭이며
마구 달려주련다
그들의 얼굴을 짓밟아주련다
직접 더럽혀주련다
그들이 깨끗이 쓸어놓은 현관 앞을
진흙탕 대로처럼 활보해주련다

내달에는 무슨 일이 있어도
깊숙한 고무신을 사야지
견고한 고무신을 신고
도쿄 거리를
전차 속을
광장을
공원을
인파 속을
크게 손을 흔들며 걸어가야지
긴자 거리를
니혼바시(日本橋) 위를
노동자, 농민──프롤레타리아
모두의 힘찬 발걸음으로
세계를 마구 밟아라
마구 밟아라

- 아키야마 기요시(秋山淸 1905-88),
「장화(長靴)」『아나키스트 시집』(1929)

아키야마는 공산주의 계열의 아나키즘 시인으로, 공산주의는 사회민주주의 이념과 더불어 일본 프롤레타리아 운동의 사상적 축을 형성하고 있다. 일본의 프롤레타리아 운동은 훗날 '노동예술가연맹'의 기관지가 되는 『문예전선(文芸戰線)』(1924-32)을 거점으로 한 사회민주주의 계열과, 1928년에 결성된 '전일본무산자예술연맹(NAPF)'의 기관지 『전기』를 발판으로 한 공산주의 계열로 나눌 수 있다. 전자가 노동자계급의 서민적 생활에 주목하여 부르주아계급의 착취를 증오와 분노의 시선으로 표현했다면, 후자는 전위적인 투사의 입장에서 직접적인 투쟁의식을 적극적으로 고취하였다.

가난한 도시 노동자들에게 "4엔 50센"이라는 "장화"의 재화로서의 가치는 쉽게 구입할 수 없는 물질이며, 결국 제2연의 싸구려 "고무신"이 현실적 선택임을 암시한다. 비록 "고무가 깊숙한 장화"는 아니지만, "그들"로 표상된 부르주아계급에 당당히 맞서 "견고한 고무신"을 신은 채 "진흙탕을 짓밟"고 "날개"를 "펄럭이"고 싶다는 간절한 소망을 드러낸다.

"도쿄"는 "노동자", "농민"의 "프롤레타리아"를 착취하고 억압하는 자본주의 물질문명의 상징이다. "긴자"와 "니혼바시"는 도쿄의 대표적인 상업적 번화가로, 이를 "힘찬 발걸음"으로 "활보"하며 "마구 밟"고 싶다는 격렬한 저항의 외침은 부르주아계급을 향한 무산자들의 절규에 다름 아니다. 아나키즘의 정신인 자본주의 사회를 향한 반항과 저주, 절망감을 적극적인 투쟁의지로 표현한 전형적인 프롤레타리아 시이다.

> 그 조용한 야마노테(山手)의 역에서
> 나는 편안했던 원래의 생활이 생각났습니다
> 플랫폼에는 쇼핑객 같은 부인과
> 책을 안은 하이칼라 풍의 아가씨가 보였습니다

모두 차분하게 전차를 기다리고 있었습니다
그럼에도 나는 성큼성큼 걸어가 시계를 보고
또 코트와 목깃으로 옷을 감추는데 신경을 써야 했습니다
그것은 그곳에서의 설빔 차림입니다
소란스럽게 외치는 수많은 검은 머리 위로
전등 빛에 반사돼 뿌려진 꽃처럼 아름답게 보였습니다.
하지만 그것은
종이에 오려 붙인 색종이 같은 것입니다
옷을 갈아입을 시간이 없었으므로
나는 창피한 모습을 여기까지 가져오고 말았습니다
이곳에 있는 사람들은 생활이 건전한 사람들뿐일 텐데
나만 동떨어진 것처럼 여겨졌습니다
네모난 판잣집 안에서는
나도 뽐내며 걸어가는 사람들의 화려한 모습과 동일하게 됩니다
조용한 야마노테의 역에서
나는 그곳 사람들까지 가엾게 여겨졌습니다

– 사타 이네코(佐多稲子 1904-98),
「플랫폼(プラットホーム)」『당나귀』(1927.3)

　　도시 빈곤층 사람들의 삶의 비애를 도쿄의 중심부 "야마노테의 역"의 "플랫폼"에서 전차를 기다리며 서 있는 사람들의 모습 속에 투영한 작품이다. "쇼핑객 같은 부인"과 "책을 안은 하이칼라 풍의 아가씨"가 암시하는 부유층 사람들과, "네모난 판잣집"에서 생활하는 가난한 자신과 가족들의 모습이 유산자계층과 무산자계층의 상대적 대비를 이루고 있다. 마지막행의 "나는 그곳 사람들까지 가엾게 여겨졌습니다"에 담겨진 연민의 감정은 「장화」의 적극적 투쟁의식과는 차별되는 부분이다. 같은 플랫폼에 있으면서도 "성큼성큼 걸어가 시계를 보"거나 "코트와 목깃으로 옷을 감추는데

신경을 써야 했"던 시적 화자의 불안 심리는 도시 빈곤층의 상대적 소외감과 설움을 함축하고 있다. "네모난 판잣집 안에서는/나도 뽐내며 걸어가는 사람들의 화려한 모습과 동일하게 됩니다"에는 빈곤과 결핍의 현실 속에서도 비굴하지 않으려는 태도가 느껴지며, 미온적이지만 궁핍한 도시의 삶에 대한 서민의 분노를 내포하고 있다.

번잡함이여, 도회의 번잡함이요.
나는 온종일 아름다운 경련으로 몸부림치며
정한 목적지도 없이,
그저 발길 가는대로 걷고, 피로하여,
가는 거리의 모퉁이마다 휴식하며,
멍하니, 차도와 인도가 뒤섞인,
먼지로 짜 맞춰진 교차로에,
마치 짐승 같은 증오를 품고 응시한다.

도회여, 나는 너의 꼬리를 잡고
너의 꼬리와 함께 나는 뒹굴고 있는 것일까.
내 모자 위의 소음,
아, 그것은 매미처럼 윙윙 울어댄다.
친애하는 구름도,
수직으로 떨어져 내 가는 길을 뒤덮는다.

가로에서 끊임없이 다리를 끌며
황망히 방황하는 사람을 보았다.
그 신발은 탐욕스런 참외처럼 광택이 있고,
그것으로 끊임없이 지면을 긁고 있는 모양이다.
나는 이것을 보며 이중으로 괴로워진다,

나는 탈것에 태워져,
도회로부터 무인지경 속으로 그대로
떠밀려나가면 얼마나 기쁠까,
아니, 나는 이렇게 인간의 소용돌이 속에서
살고 있는 것이 좋다.

나는 문득 처연해졌다.
가볍게 내 어깨에 손을 얹고
그 차갑게 만지던 것이,
인파 속으로 살짝 숨어 버렸다.
나는 주위를 둘러보고, 나는 두려워하며,
나는 어린 아이처럼 몸을 떨고,
나는 그 자리에, 대도회의 번잡함의
야릇한 순간을 보았다.
매우 무서운 기세로, 압착(圧搾)하고,
그것이 갑자기 허공으로 사라진 것처럼,
나는 내 몸이,
진공 상태의 계곡으로 떨어져 가는 것처럼 여겨졌다.
나는 이를 무심코 악물며,
바싹 조여든 공간에 고정되었다.
그때, 군중은 이미 나와 같은 것을 느끼고 있었다.
내 어깨도, 사람들의 어깨도 한숨의 물결을 굽이친다,
숨 막히듯 한 순간을 재단한 것,
그것은 멍한 희미함 속에 하얀
커다란 날개의 새와 같은 것,
도회의 얼굴 한 구석으로 내려와,
또 순식간에 날아오르고, 놀라게 만드는 것,
그것은 무엇인가, 내 이마를 차버린 것은 무엇인가,

혹시 그것이 나와 사람들이 똑같이 느끼고 있는
도회의 기아라는 것의 정체는 아닐까.

－ 오구마 히데오(小熊秀雄 1901-40), 「도회의 기아(都会の飢餓)」
『애송(愛誦)』(1929.4)

"도회의 번잡함" 속에서 느끼는 가난한 "군중"들의 내면심리와 모습을
묘사하고 있다. 시인은 1922년 홋카이도의 아사히카와신문사(旭川新聞
社)에 입사한 후 시와 동화를 써오다가, 1928년 처자와 함께 도쿄로 상경하
여 신문과 잡지 편집 일에 종사하는 등 저널리스트로서의 길을 걷게 된다.
그러나 매우 궁핍한 생활로 인해 자연스럽게 프롤레타리아 운동에 관심을
갖게 되었고, 일본 프롤레타리아 시인들의 대표적 모임인 '프롤레타리아
시인회'에 참가하여 정력적으로 창작활동에 임하였다.[33]

건조한 정치적 구호와 주장, 투쟁의식으로 인해 자칫 평면적 서술에
치우치기 쉬운 대다수의 프롤레타리아 시들과는 달리, "도회의 기아"의
"정체"를 "나"와 "사람들(군중)"의 미묘한 심리의 추이와 도회적 영상으로
절묘하게 조화시킨 작품이다. 제1연의 번잡한 도회의 중심에서 "목적지"
라는 방향성을 상실한 "나"의 "짐승 같은 증오"는 제2연의 끊임없이 들려오
는 도시의 "소음"과 "수직으로 떨어져 내 가는 길을 뒤덮"고 있는 "친애하는
구름"을 통해 헤어날 수 없는 절망감으로 형상화된다. 제1연의 "아름다운
경련"이나 제2연의 "친애하는 구름"은 도회생활이 초래한 정신적, 육체적
압박감을 반어적으로 표현한 것이다.

가장 두드러진 특징은 도시생활의 착종심리를 다수의 신체적 어휘로
전개하고 있는 점이다. 제2연의 "꼬리"를 비롯해, 제3연의 "다리", 제4연의

---

33 鈴木貞美編, 『都市の詩集』「モダン都市文学」(Ⅹ), 平凡社, 1991, p.232.

"어깨", "몸", "이", "얼굴", "이마"는 시인의 상념 속에 존재하는 "도시의 기아"를 구체적으로 감지시키는 시적 장치들이다. 제2연에서 눈에 보일 리 없는 "도회"의 "꼬리"에 매달리는 시적 화자의 심적 피로감이 일련의 신체 표현을 수반하면서, 제3연의 "방황", "탐욕", '괴로움', "소용돌이" 등의 부정적 어휘들로 이어지고 있다. 마침내 제4연에서 시인은 자신을 신체적으로 압박하는 것이 "(대)도회의 번잡함"에 몸을 숨긴 "기아"의 정체임을 인식하게 된다. 각박한 도시생활 속에서 "나"와 "사람들"이 느끼는 불안이나 공포, 두려움 등의 심리적 요소가 무산자로서의 궁핍과 빈곤에서 비롯됨을 배후의 사상적 메시지로 함축하고 있다.

이상 살펴 본 것처럼 일본의 프롤레타리아 시인들은 기존의 시가 중시해 온 서정성을 부정하고, 언어의 미적 감각에 좌우되지 않는 감정의 자율적 조절에 주력하였다. 언어가 도출하는 아름다움이나 표정이 시를 좌우하는 것이 아니라, 시인의 사상이나 관념이 시의 성립과 내용을 결정짓는 주체적 존재임을 자각하였다. 그러나 일본 프롤레타리아 시는 '시를 만드는 기술'에 무관심했던 기본자세로 인해 예술적 발전을 지속해 나갈 수 없는 태생적 한계를 지니고 있었고, 마침내 1930년대의 국가주의·군국주의로 무장한 파시즘의 대두 속에서 중앙정부의 탄압을 받게 된다. 이후 대다수의 프롤레타리아 작가들은 사상적 전향(転向)을 선언하면서, 시 속으로의 사회성 도입이라는 시사적 가치만을 남긴 채 점차 소멸의 길로 접어든다. 시 속으로의 사회성 도입은 전대의 민중시파와 일맥상통하는 부분이지만, 민중시파가 대상으로 삼은 민중은 프롤레타리아 시처럼 계급적으로 자각된 노동자와 빈농의 고통을 내부에서 직시하고 비판하려는 것은 아니었다. 결국 민중시파의 시는 일반 서민들의 생활 감정을 외부에서 수동적 혹은 방관자적으로 바라다 본 것에 불과하다는 차이점을 지닌다.

Ⅵ 언어유희 속의 도시

1. 도시문학으로서의 전위시前衛詩

프롤레타리아 시의 대두와 같은 시기인 다이쇼 말기에 일본 시단을 풍미한 시적 경향으로 전위시 운동을 들 수 있다. 다이쇼기에 접어들어 도쿄를 비롯한 대도시들은 에도시대의 그림자를 벗겨내고 명실상부한 근대 문명도시로서의 면모를 드러내게 되었고, 배경에는 전술한 관동대지진과 이에 따른 제도부흥의 기치가 결정적 역할을 수행하였다. 대지진 직후부터 1930년까지 총 4억 6,800만 엔의 예산으로 추진된 제도부흥은 가로(街路), 운하, 공원, 토지구획정비, 내화(耐火) 건축물 조성을 비롯한 대대적인 지역구획(区畫)을 통해 근대 도시 도쿄로 변모하는 기폭제가 되었다.[34]

이러한 사회변화 속에서 다이쇼 말기 시단에서는 모든 기성문학의 정신과 권위를 부정하고, 습속과 관념, 유파를 파괴함으로써 새로운 가치를 창출하려는 전위 예술운동이 전개된다. 전위를 의미하는 '아방가르드 (avant-grade)'는 1차 세계대전 전후에 유럽에서 발생한 입체파, 미래파, 다다이즘(dadaïsme), 아나키즘(anarchism), 표현주의 등 반항적·실험적 성격의 범세계적인 예술운동을 지칭하며, 일본에서는 흔히 '전위파 시 운동'으로 불린다. 이탈리아의 시인인 마리네티(F.P. Marinetti)의 '미래파 선언'(1909.3)을 모방하여 1921년 12월 히라토 렌키치(平戸廉吉 1894-1922)가 행한 '일본 미래파 운동 제1회 선언'을 출발점으로, 다카하시 신키치(高橋新吉 1901-87)의 『다다이스트 신키치의 시(ダダイスト新吉

34　東京都都市計劃局編, 『東京都市計画百年』, 近明舍, 1989, p. 26.

の詩)』(1923)와 하기와라 교지로(萩原恭次郎 1899-1938)의 『사형선고(死刑宣告)』(1925) 등의 시집, 잡지 『적과 흑(赤と黒)』(1923.1 창간) 등의 다다이즘, 아나키즘으로 전개되었다.

전위시 운동이 활기를 띤 1920년대 전반(前半)에는 1차 세계대전 전후의 유럽의 사상과 예술, 문학을 자국의 시의 문제로 받아들임으로써 현대시로 변모하는 기반을 구축한다. 시와 시 이론의 현대화 현상은 세계경제 상황 속에서 동 시기에 비약적으로 성장한 일본의 자본주의 경제가 사회, 문화를 변질시킨 시대상황에 대응한 것으로, 그 변질이 경제활동이 가장 왕성한 대도시에 집중되는 가운데, 공업도시 · 상업도시로 기능하는 '모던 도시'의 출현을 초래하였다. 실제로 전위시 운동을 비롯해, 이후 쇼와 초기 시단의 중심적 역할을 수행한 모더니즘 문학은 도시문학의 일환으로 간주되며, 정신보다는 물질의 가치를 중시하는 상업도시 · 공업도시 특유의 기계문명에 대한 관심을 드러낸다. 이를테면 미래파는 도시문화(문명)에 대한 예찬을, 표현주의는 도시의 비인간화 속에서의 인간의 실존위기를, 다다이즘은 일본어의 파괴를 통해 도시를 기반으로 한 기존 사회질서의 모든 권력의 파괴를 추구하는 등 부정적이든 긍정적이든 도시를 의식하는 '도시 모더니즘'으로서의 성격을 지니고 있다.[35]

발효(醗酵)……브우르르 브우라 퓨루라 바퓨루루 뷰루……보이지 않는 소인(素因)의 소(小)폭발 그녀의   에 느끼는 내일의 양소(痒騒) 연금술사의 미지(味知)의 광휘(光輝) 보우우…비우 ××××＿내 머리에 끓어오르는 수만(数万)

35 沢正宏 · 和田博文, 『都市モダニズムの奔流―「詩と詩論」のレスプリヌーボー』, 翰林書房, 1996, pp.7-8.

병원의 악취를 덮은 도쿄시, 너의 위에 매괴색(玫瑰色) 석양을 기도하시는 성모(聖母)처럼 나는 좋은 아스팔트 가도(街道)를 기도한다 시민의 음악의 보행(步行)을 기도하는 장미꽃으로 뒤덮힌 도쿄시 별의 광휘를 인간에게

눈병을 앓는 처녀 붕대에 싸인 남자 도깨비불(燐光)의 절도아(窃盗児) 폐병(肺病)각기(脚気)의 코흘리개 빈약(貧弱)대학생――신경쇠약표본 너희 여성들의 반발력 없는 영약(嬴弱) 킥크 콕콕쿠 켁크 케록크 히야라 부부부부부 후얀기히야××××××××(중략)보루루라 뷔본다 보루루라 도 도 도――도도――도니――도니(중략)라라라라라라라――도도――도니__자동차__배웅하는 얼굴얼굴얼굴얼굴××××병자(病人)의 공포와 전율

거리거리거리거리거리――사람사람사람사람사람사람――
병들다

자동차――길거리의 닥터――지나쳐가는 섬광(閃光)
원시적 인간성의 고아(孤児)
강한 빛과 열(熱)의 고아――나――나의 원망(願望)!

장미를 장식하라 도쿄의 진흙도랑 하루의 햇살 없는 옥상가설소(屋上架設所) 녹슨 판자촌 왜옥(矮屋) 이들 굴종(屈従)의 감옥에 둑(堤)에 길에 부호(富豪)의 별서(別墅)를 위요(囲繞)하는 미녀의 핏방울의 꽃을 장식하라

– 이하생략, 「원구(願具)」『히라토 렌키치 시집』(1931)

일본 미래파 운동의 리더인 히라토 렌키치의 산문시이다. 미래파의 기본적 지향점은 파괴에 있으며, 그 과정에서 기계문명에 대한 열광적 관심과 과감한 행동을 드러내고, 시의 속도감과 시간 및 공간의 입체성을 중시한다. 파괴에 입각한 새로운 시적 가치의 창출은 미래파의 핵심적 슬로건이며, 동 운동의 제창자인 마리네티가 제2시집 『파괴』를 통해, 보들

레르가 제시한 "슬픈 세기말병(世紀末病)"을 부정한 것에서 비롯되었다.[36]

생경하고 난해한 단어의 조합과 의미 불명의 부호, 의성어·의태어, 탈자(脱字), 들어 쓰기, 대·소문자의 시각적 배열 등 언어를 기계적이고 실험적으로 포착한 작품이다. "악취", "눈병", "절도아", "폐병", "빈약", "신경쇠약", "공포", "전율", "고아", "굴종", "핏방울" 등의 온갖 부정적 시어들이 번잡과 질병, 소음, 불결, 빈곤 등 무질서와 혐오로 점철된 근대 도시 "도쿄"의 이미지를 형상화하고 있다. 그 과정에서 "얼굴", "거리", "사람"의 동일문자의 나열로 도회의 번잡을 표현하고, 행(行)을 바꿀 때마다 의미를 비약시킨다. 의미 불명의 의성어·의태어를 의도적으로 배치하여 질주하는 "자동차"의 경적과 불빛을 대체하면서, 온갖 도시의 소음을 기계적으로 재현하고 있다.

네온사인이 점멸하는 불야성 같은 빌딩 그늘에서 어둠을 증폭시키는 "옥상가설소", "녹슨 판자촌", "왜옥"의 빈민가의 모습을 "굴종의 감옥"으로 묘사하면서도, "내일", "광휘", "성모", "음악", "장미꽃", "별", "섬광", "원망", "부호"는 절망의 현실에도 희망의 끈을 놓지 않으려는 관념적 메시지를 내포한다.[37] 전체적으로 도시의 기계문명을 향한 예찬과 파괴의 이중심리를 무분별한 언어의 남용과 광기로 포착하고 있다.

부정적이든 긍정적이든 도시의 문명적 요소에 대한 관심과 집중은 일본 전위시 운동의 기본적 자세이다. 도시의 영상을 에워싼 시각적 강조와 전통적 어법의 파괴가 두드러지는 가운데, 정감이나 의미, 문맥을 중시하는 기존의 서술구조에서 이탈하여, 언어의 회화성과 형식미를 중시하는

---

36 神原泰, 「未来派の自由語を論ず」(一) 『詩と詩論』第一冊, 厚生閣書店, 1928.5, p.5.
37 제목의 "願具"는 의미 불명의 단어로, 바라고 기원하다는 의미의 동일발음인 '願求(がんぐ)'를 떠올리게 된다.

순수시적 자각을 드러낸다. 그 과정에서 도시는 물질에 좌우되는 비정한
인간 삶의 표상적 공간으로 인식되고 있다.

```
        ● ● ● ● ● ● ● ●        ● ●
排泄する ○ 咆 呻 脱 大 反 群 無 廻 ● ● 無 無 ―るす突衝
交流する ○ 哮 吟 走 量 逆 集 数 転 左 上 限 限 ―るす出噴
爆発する ○ す ！ す の よ       動 右 下 に に ―るす壊崩
突声する ○ る   る 生 ！       乱 動 動 生 滅 ―るす叫号
出入する ○ 恐       産       す       れ び ―るす覆転
        怖               る       る る
```

게으른 두뇌는 노래를 부른다
나는 물의 소음을 듣고 있다
모든 것이 광채 없는 암흑과 절담(絶潭)의 바다이다!
끝도 없고 시작도 없다!
모든 것은 와서 사라진다!
생활? 누가 알 것인가! 목마(木馬)의 얼굴이여!
피에로여!
믿는 것은 자유도 신도 인간도 아니다!
극도의 균열을 다다이스트에게 인정할 뿐이다!

– 이하생략, 하기와라 교지로, 「광고등(広告灯)!」「사형선고」(1925)

대표적인 다다이즘 시인이자 아나키즘 시인인 하기와라 교지로의 작품
이다. 시집 『사형선고』는 다이쇼 말기 예술적 전위시 운동의 다양한 기법을
독자적으로 소화하면서 기존 서정시의 개념 타파에 주력하고 있다. 서두의
사각형 광고판을 연상시키는 시각적 구성 속에서, 배후에 존재하는 현란한

대도시 기계문명의 무질서와 역동적 이미지를 소묘하고, 도시문화가 초래한 소시민의 착종심리를 표출한다. 무의미하게 내뱉는 단어와 문장의 좌우·상하를 교차시킨 배열방식, 광고등의 점멸을 염두에 둔 'O', '●' 등의 부호, 'るす' 등 일상 어법에서 벗어난 파격적 구성은 전위시의 특성에 다름 아니다.[38]

각 행의 서두와 말미의 2음절의 한자어들은 도시 속 온갖 소음과 번잡함을 즉물적으로 떠올리며, "회전동란(廻転動乱)"의 도시를 살아가는 "무수(無数)"한 인간들("群集")의 생성("生")과 소멸("滅")의 순환논리를 화려한 광고등의 영상으로 대체한다. "대량생산(大量の生産)"에 내포된 자본주의 도시문화의 파편화된 물질적 삶의 폐해와 이에 대한 회의, 저항의 심리가 "포효(咆哮)", "신음(呻吟)", "탈주(脱走)", "반역(反逆)"으로 나타나고 있다. "게으른 두뇌는 노래를 부른다" 이후의 서술에서는 물질만능의 소비지향적 도시문화를 자본주의의 필연적 결과물인 경제적 소외나 빈곤으로 응시하고, 이에 따른 절망감과 위기의식, 저주, 허무 등의 비인간화의 심정을 수반하고 있다.

>강렬한 사각(四角)
>　　쇠사슬과 쇳불과 술책
>　　군대와 귀금속과 훈장과 명예
>**높게 높게 높게 높게 높게　높게 솟은**
>**수도중앙지점--------히비야**

---

38 "する(하다/하는)"을 뒤집어 "るす"로 표기하거나, "無限に生れる(무한정 생성한다)"와 "無限に滅びる(무한정 소멸한다)" 등 상하좌우를 시각적으로 교차시키고 있다.

굴절된 공간
　　무한의 함정과 매몰
　　새로운 지식사역인부(知識使役人夫)의 묘지
높게 높게 높게 높게 높게　보다 높게 보다 높게
　　높은 건축과 건축의 암간(暗間)
　　　　살육과 혹사와 투쟁
높게 높게 높게 높게 높게 높게 높게
　　간다 간다 간다 간다 간다 간다 간다
히 비 야

그 는 간 다-----
그 는 간 다-----
　　모든 것을 전방(前方)으로
그의 손에는 그 자신의 열쇠
　　허무한 웃음
　　자극적인 화폐의 춤
그는 간다-----
점(点)
묵묵히--------묘지---------영겁의 매몰로
최후의 무용(舞踊)과 미주(美酒)
정점과 초점
높게 높게 높게 높게 높게 높게　높게 솟은 철탑

그 는 간 다　혼자!
그 는 간 다　혼자!
히 비 야

　　　　　　　　　　　　　　－「히비야(日比谷)」「사형선고」

일본 아나키즘 시의 걸작으로 평가되는 작품이다. 「광고등!」을 비롯해 『사형선고』의 시편들은 점과 선을 비롯한 각종 기호와 부호·활자의 크기와 배열, 위치 등의 어지러운 구사를 통해, 기존의 시와는 이질적인 시각효과를 자아낸다. 언어의 기계적 형식미를 강조하는 발상의 전환은 전위시가 추구한 시적 표현의 변혁 자체가 예술상의 혁명임을 시사하고 있다. 제목의 "히비야"는 도쿄 중심부의 지명으로, 중앙에는 일본 최초의 서양식 공원인 '히비야공원'이 위치하며, "수도중앙지점"이 암시하듯 근대국가 일본의 중추이자 자본주의 경제, 정치 지배체제, 사회기구의 제반 양상을 상징하는 기호로 사용되고 있다.

일반적으로 아나키즘은 일체의 권력이나 강제를 부정하고, 개인의 자유를 속박하지 않는 무정부사회의 실현을 추구한다. 이렇게 보면 "히비야"는 모든 자본과 권력이 집중된 암울한 일본의 표상이다. 인간성을 상실한 근대 지식인의 모습을 회의적으로 묘사함으로써, 속박이나 억압에서 벗어나 자유로운 이념을 추구하는 아나키스트로서의 비판의식과 사회변혁의 정신을 환기한다. 따라서 이 시를 문맥상의 연결고리나 행간의 의미로 파악하는 것은 무의미하다. 반복되고 있는 "그는 간다"를 통해 기존의 모든 권위와 습속·관념에 도전하고 파괴하는 아나키스트 전사(戰士)와 같은 시 정신을 활자의 대소배열과 농담(濃淡) 등의 시각적 효과로 음미할 뿐이다. 자본주의와 물질문명의 권력지상주의적 사회구도와 국가권력이 초래한 인간성의 상실을 도시적 영상으로 비판하고, 이에 대한 지식인의 고뇌를 입체적으로 노래한 사상적 전위파로서의 본령을 엿볼 수 있다.

접시접시접시접시접시접시접시접시접시접시접시접시접시접시접시
　접시접시접시접시접시접시
　　권태

이마에 지렁이가 기어가는 정열
백미색(白米色) 에이프런으로
접시를 닦지 마라
콧집이 검은 여인
거기에도 해학이 움틀대고 있다
인생을 물에 녹여
차가운 스튜 냄비에
무료함이 뜬다
접시를 깨라
접시를 깨면
권태의 울림이 나온다

　　　　　　　　　　　　　　　－ 다카하시 신키치, 「접시(皿)」

　시집 『다다이스트 신키치의 시』 속에 「1921년 시집」(49)의 부제로 발표
된 일본 다다이즘 시의 대표작이다. 서두에 "접시"를 22번 배치하여, 실제
로 접시가 끊임없이 나열되어 있는 시각적 효과와 낭독을 통한 청각적
인상을 동시에 자아낸다. 속도감의 창출과 공간적 입체감의 강조는 미래파
를 비롯한 일본 전위파 시인들의 공통된 특징으로, 후술할 모더니즘 시
운동의 즉물적 묘사태도에 적지 않은 영향을 미치고 있다. 시인이 추구한
강렬한 파괴의 정신과 형식 타파는 일본 다다이즘의 선각자로서의 자리매
김이 가능하다. 참고로 시인은 도쿄일일신문사(東京日日新聞社)의 식당
등에서 접시 닦기를 한 경험이 있다.

　다다이즘은 과거의 전통적 문화나 정신을 부정한다는 점에서 미래파
등의 다른 전위파와 동일하나, 가장 두드러진 차이점은 언어표현을 의미작
용으로부터 해방시키려는 점에 있다. 단순한 부정과 파괴의 운동이 아닌,
모든 가치의 상대화와 근대 이성과의 관계성 자체를 무효화하는 것이며,[39]

그 과정에서 사회의 부조리를 강조하고 니힐리즘의 정신을 반영하며 우연의 기능을 찬양한다.[40]

실제로 어지럽게 나열된 "접시"는 숫자만큼이나 씻고 닦아야 하는 심적 부담감과 노동의 혐오감으로 다가온다. 이를 반영하듯 즉물적 이미지의 "접시" 뒤에 "무료함", "권태" 등의 니힐리즘적 성격의 관념적 추상명사를 배치하여 근대적 이성의 무의미를 환기하고 있다. 상황적으로 도시의 식당에서 접시를 닦으며 일하고 있는 사람들의 실제 모습을 떠올리고, 노동이라는 사회적 부조리에 저항하는 심정을 내포한다. 전체적으로 관념적이지만 속사포처럼 내뱉는 어휘구사가 노동의 혐오감이라는 사상적 무게를 초월하여 일종의 해학적 분위기를 자아낸다.

물론 이 시를 일관된 사상의 맥락이나 의미의 연관성 없이 그냥 읽어 내려가도 무방하다. 연속적으로 나열된 접시가 시적 메시지인 인생의 "권태"와 "무료함"을 기호적으로 인상짓기 때문이다. 마치 광기를 품은 개성적 표현의 배후에는 전위시 운동의 공통 지향점인 기존의 모든 시적 구성과 형식을 타파하려는 선구적이고 실험적인 시 정신이 깃들어 있으며, "접시를 깨라"는 외침의 진정한 의미이기도 하다. 단어와 단어 간의 관계를 의도적으로 단절하면서, 권태와 무료함에 찬 도시 속 현대 물질사회의 단면을 "해학"으로 포착하고 있다.

이상 살펴본 바와 같이 일본의 전위시는 온갖 혼란과 부정, 불합리를 함축한 건조하고 파편화된 물리적 공간으로서의 도시 몽타주를 제시한다. 새로운 시 형식과 언어표현을 도입하여 도시를 부정해야 할 기존 문학과 예술의 총체로 파악하고 외형적으로 파괴함으로써, 예술표현의 당위성을

---

39 広松渉(外)編, 앞의 책, p.1033.
40 조셉 칠더스(외), 황종연 옮김, 『현대문학 문화 비평용어사전』, 민음사, 1999, p.137.

획득하려는 시적 의도를 드러낸다.

한편 시각적 효과에 의지하던 전위시의 특징은 시간이 흐를수록 과도한 언어과잉에서 벗어나 외형적 묘사보다는 내면적 메시지에 집중하게 된다.

　　한 점의 등불도 없다
　　검은 절벽 같은 고층건축물 꼭대기에서 달이 휘영청 빛나고 있다
　　전차 자동차 보행
　　모두 억류당해
　　이 대도회의 소음들이 일제히 침묵하고 있다
　　가로수 잎 하나 움직이지 않은 채
　　엷은 이슬 덮인 포장도로의 깊은 그늘에서
　　사람은 심해어(深海魚)처럼 꿈틀대고
　　생각한다
　　이토록 푸르고 밝은 바다 같은
　　천년 옛날에 있었을 듯한
　　이런 정야(静夜)가 이런 혼잡한 도회에도 있다는 야릇함을
　　·················

　　함몰하는 문명
　　폐허
　　냉각(冷却)··············아니!
　　화약을 품은 지구의 적막이여
　　투명하게 펼쳐진 하늘 바다의
　　저 머언 폭음(爆音)······

　　달이 빛난다
　　달이 휘영청 빛난다
　　걸음을 멈춘 시간의 밖에서
　　천년이나 예전의 달의 천막이 고요히 내려온다

　　　　　　　　　－ 「정야(静夜)」 『밤의 기관차(夜の機関車)』(1941)

아나키즘 계열의 시인인 오카모토 준(岡本潤 1901-78)의 시편이다. 현란한 부호와 파격적 어법 등 입체적이고 기계적인 언어감각으로 일관하던 초기 전위시의 특징은 느낄 수 없고, 내용적으로도 파괴와 부정, 저항 등의 무질서의 세계로부터 차분하고 정제된 도시적 서정으로 변화하고 있다. 점선의 사용이나 후반부의 "함몰하는 문명", "폐허", "냉각", "폭음"의 부정적 성격의 시어가 전위시적 요소를 암시하나, 전체적 분위기는 사뭇 다르다. 아나키즘 시 특유의 문명 비판적 요소를 도시적 영상 속에서 파악하면서도, 시간에 대한 인식과 사고, 정적 등이 현란하고 소란스런 물질문명의 폐해를 응시하던 과거의 모습에서 이탈하고 있다.

제목이 암시하듯 대도회의 밤의 적막 속에서 "전차 자동차 보행"의 "대도회의 소음"은 소거된 채, "고층건축물 꼭대기"에 "휘영청 빛나고 있"는 "달"의 모습으로 "걸음을 멈춘"듯한 "천년" 시간의 도시의 역사를 관상(觀想)한다. 온갖 번잡함으로 점철된 동적 공간으로서의 도시는 더 이상 존재하지 않으며, 일순 시간이 멈춰버린 정적 속에 서정적 요소가 가미돼 있다. 이를테면 마지막 부분의 "천년이나 예전의 달의 천막이 고요히 내려온다"는 기존의 인간의 정서가 결여된 건조한 도시의 모습과는 완전히 이질적인 표현이며, "사람은 심해어처럼 꿈틀대고/생각한다"에 내포된 정신성은 도시나 문명을 사고하기 이전에 물리적 파괴 대상으로만 간주해 온 태도를 부정하는 것이다. 어지러울 정도로 현란한 시각적 묘사에 몰두하던 전위시 운동은 질풍노도의 언어과잉을 거치면서, 점차 깊이가 결여된 피상적 언어감각이 지닌 시적 한계를 자각할 수밖에 없었다. 그러나 그들이 추구한 언어를 에워싼 순수시적 감각은 사상적 전위파인 프롤레타리아 시와 함께 근대시에서 현대시로의 시사적 전환을 암시하면서, 이어 등장한 쇼와 초기의 모더니즘 시 운동으로 계승되었다.

2. 『시와 시론』의 시인들과 도시

쇼와 초기의 모더니즘 시 운동의 모태가 된 서양의 모더니즘(modernism) 문학운동은 제1차 세계대전 후의 유럽을 무대로, 기성문학에 반항하여 새로운 문학의 형태를 주장한 문예상의 움직임을 총칭한다. 가장 선도적 역할을 담당한 영국에서는 흄(T.E. Hulme)과 파운드(E. Pound), 엘리엇 (T.S. Eliot) 등을 중심으로, 선명한 감각적 이미지를 앞세운 이미지즘 (imasism)과 주지주의(intellectualism)의 다양한 실험적 방법의 시를 모색하였다. 전대의 낭만주의와 빅토리아왕조의 고전주의 문예사조의 반동으로서, 세기말 문학이나 상징주의 문학을 비판적으로 계승하고 있다. 전술한 프랑스의 다다이즘과 쉬르레알리슴, 독일의 표현주의, 이탈리아의 미래파운동 등의 전위시 운동을 포함하여 반항적이고 실험적인 성격을 의식적으로 추구하였다.

일본의 모더니즘 시 운동은 요람이 된 잡지『시와 시론(詩と詩論)』의 시인들이 주도하였다. 1928년 계간지로 출발한 동 잡지는 1932년『문학』으로 개제하여 1933년 폐간까지 총 20권을 발간하는 동안, 쇼와 초기의 시인 대다수의 참가와 호응 속에서 서구 모더니즘 시 운동의 주요 이론과 작품을 일본에 소개하는 산실 역할을 수행하였다. 프랑스어로 '에스프리 누보'로 불리는 '신시(新詩)정신'에 입각해 '포에지'의 확립과 창작적 시론을 모색하는 한편, 전대의 관념적 상징시와 주정적 서정시, 민중시파의 장황한 자유시 등을 무시학적(無詩学的) 태도의 산물로 규정하고 배척하였다. 과거의 시와 시단을 구시대의 산물로 간주하고, '근대'와 '현대'의 명확한 구분을 추구하는 확고한 목적의식 속에서, 시를 정치투쟁의 수단이나 도구로 인식한 동 시대의 프롤레타리아 문학을 부정하였다.

모더니즘 시 운동의 공통점은 시로부터 통속적인 의미나 관념, 상징을 박탈하고, 선명한 시각적 이미지의 주지적이고 초현실적인 시를 시도한 점에 있다. 세부적으로는 투명하고 자유로운 상상력을 바탕으로 추상적이고 미적인 공간을 구축한 초현실주의(쉬르레알리슴)를 비롯해, 문자의 대소배열이나 기호 사용 등의 시각적 입체성을 강조한 형식주의(formalism), 무분별한 행의 나눔과 단조로움을 부정하고, 일행시(一行詩) 등의 간결한 형식 속에 언어와 언어 간의 기계적 결합의 선명한 영상미를 중시한 단시·신(新)산문시 운동, 영화의 화면처럼 장면의 빠른 전환으로 속도감과 공간의 단절감, 시간성을 표현한 영화시(시네포엠, Ciné·Poéme), 사물에 임하는 건조하고 객관적인 묘사로 감정의 분출을 억제하고, 시각·청각·후각·촉각 등 언어의 감각적 이미지를 구사한 이미지즘과 주지주의 등을 포함한다.

> 빌딩 꼭대기에서 내려다보니
> 전차·자동차·인간이 꿈틀대고 있다
>
> 눈알이 땅바닥에 들러붙을 것 같다.
>
> ― 「감하경(瞰下景)」 『삼반규관상실(三半規管喪失)』(1925)

> 개찰구에서
> 손가락이 표와 함께 잘렸다
>
> ― 「러시아워(ラッシュ·アワー)」 『검온기와 꽃(檢溫器と花)』(1926)

두 편 모두 『시와 시론』의 이론적 지도자인 기타가와 후유히코(北川冬彦 1900-90)의 작품으로, 그가 주장한 단시·신산문시 운동의 성격을 가늠해 볼 수 있다. "눈알이 땅바닥에 들러붙을 것 같다"와 "손가락이 표와 함께 잘렸다"의 촌철살인적인 간결하고도 신선한 어휘구사가 선명한 시각적 영상과 즉물적인 묘사태도로 압축되는 동 운동의 지향점을 여실히 드러낸다.

이미지즘의 세례를 받은 시각적 영상의 채택과 형상화는 일본 모더니즘 시인들의 공통된 특징이었다. 언어를 시 창작의 유일한 수단으로 인식하고 미적으로 추구하는 가운데, 주관적 감정표현을 배제하고 참신한 영상의 전개에 몰두하였다.

> 꽃들이 피어 늘어섬은 어느 도시 속인가
> 오늘은 비단실 같은 보슬비가 나른한 듯 그칠 줄 모르고
> 카나리아 색의 이탈리아 넬[41]은 젖은 듯 하늘에 걸려 있어
> 환영(幻影) 속 유리창에 기대어 밖을 내다보니 사월도 사뭇 쓸쓸한 듯
> 파란 파라솔이 흐르는 거리로 헤엄쳐 나와
> 꽃장수의 방황하는 향기의 뒤를 쫓고 싶은 마음에 사로잡히다
>
>   – 「꽃을 추구하는 날(花を求める日)」『달이 뜨는 마을(月の出る町)』(1924)

『시와 시론』의 편집을 담당한 핵심 동인인 하루야마 유키오(春山行夫 1902-94)의 작품이다. 비 내리는 "사월" 어느 봄날의 감상을 도시적 영상으로 소묘하고 있다. 도시의 영상에 정감을 곁들이고 있는 점에서 서정시적 요소를 지니고 있으나, 중요한 것은 신선한 감각적 어휘의 자유자재한 구사에 있다. 이를테면 "비단실 같은 보슬비", "젖은 듯 하늘에 걸려 있"는 "카나리아 색의 이탈리아 넬", "꽃장수의 방황하는 향기"의 시각과 촉각,

---

41 얇고 가벼운 모직물인 플란넬(flannel)을 가리킴.

후각을 아우른 절묘한 언어감각이 돋보인다. 감상적 기분 속에서도 이에 함몰되지 않는 언어적 참신함과 절제된 서정이 느껴진다.

> 자동차가 사과처럼 빛난다
> 그녀들이 미장원의 작은 탑처럼 산보한다
> 어느 유리창에 볼을 갖다대고
> 문득 가을의 차가움을 알았다
> 손을 들어
> 그러나 아무것도 부르지 마라
> 바람은 안경을 쓰고 일어선다
>
> — 기타조노 가쓰에(北園克衛 1902-78), 「거리(街)」『불의 별(火の星)』(1939)

기타조노는 『시와 시론』 시절 초현실주의 시를 다작하였으나. 이 시에서는 시인의 눈에 비친 쓸쓸한 가을 거리의 현실적 인상을 경쾌하면서도 기발한 감각으로 포착하고 있다. "자동차가 사과처럼 빛난다"를 비롯해, "그녀들이 미장원의 작은 탑처럼 산보한다", "바람은 안경을 쓰고 일어선다"는 의미 파악 이전에 그 자체가 언어표현의 아름다움을 발산한다. 기존의 정형화된 비유의 틀을 초월한 이질적인 감각의 조합에 다이쇼 말기의 전위시가 추구한 기계적 형식미와는 다른 참신함을 느낄 수 있다.

> 빨강, 검정, 노랑, 감색, 초록
> 자동차, 카페, 파라솔
> 색, 빛, 리듬, 잡음——이들 모두 에고이스트의 화려함이여
> 유동하고 합일하고 선전(旋轉)하는 지금——대낮
>
> 위대한 소음!

태양은 공간을 넘어 오직 달리는 리듬의 상징
눈에 비치는 것은 모두 녹아
신음하고 소리친다
——미치고 싶은 번민이여

빨강이여, 노랑이여, 그러니까 갈색이여
예각(銳角)이여, 예각이여, 그러니까 대낮이여——

— 「대낮의 시가(真昼の市街)」『월트(ワルト)』(1931.9)

『시와 시론』의 시인 중 미래파를 대표하는 간바라 타이(神原泰 1898-1997)의 작품으로, "후기 입체시"라는 부제가 달려 있다. 전술한 히라토 렌키치 등 다이쇼 말기 미래파의 시에 비해, 현란한 시각적 표현 등 기계적 언어구사와 형식주의적 요소는 자취를 감추었으나, 미래파의 본령인 시의 속도감을 중시하고 시간과 공간의 입체성을 강조하는 자세는 견지되고 있다. 인간의 모습은 등장하지 않으며, "빨강, 검정, 노랑, 갈색, 초록"의 색채감과 "자동차", "카페", "파라솔"의 영상들이 기계문명 속의 도시를 찬미하고 있다. 도시가 뿜어대는 "색, 빛, 리듬, 잡음"을 "에고이스트의 화려함"과 "위대한 소음"으로 긍정하고, "유동"과 "합일", "선전"에 내포된 도시의 역동적 에너지가 "대낮"이라는 시간성과 "공간"을 "넘어 오직 달리"고 있는 "태양"에 의해, 어떤 것도 범접할 수 없는 강렬함과 열기를 표출한다. "신음하고 소리친다"와 "미치고 싶은 번민"은 인간의 감정으로는 제어할 수 없는 도시의 에너지를 염두에 둔 표현으로, 인간의 모습이 제거될 수밖에 없는 당위성을 암시한다. 마지막 "예각"에 함축된 날카로움 또한 도시의 기계문명을 긍정하는 감각적 형상화에 다름 아니다.

한편 『시와 시론』은 전대의 전위시의 흐름을 계승하고 있지만, 모더니즘 시 운동으로서의 핵심적 경향은 영화시(시네포엠)와 쉬르레알리슴(surréalisme) 즉 초현실주의 시의 대두로 압축해 볼 수 있다.

* 시네포엠 속의 도시

1920년대 프랑스에서 성립된 시네포엠은 시나리오 형식으로 작성된 시를 말한다. 영화의 단절된 화면을 이어가는 몽타주, 플래시백, 클로즈업 등의 기법을 활용하여 시를 영상으로 표현한다. 그 과정에서 비약의 형태로 행을 조합하며, 작자의 시점을 '카메라의 눈(camera eye)'이 대체한다. '말하기'보다는 '보여주기'의 방법을 통해 대상을 하나의 장면으로 압축하고, 화면의 빠른 전환에 따른 속도감의 창출에 주력한다.

1. 열리고는 닫히는 승강기다. 사람 하나 없다.
2. 바닥 위에 떨어져 있는 꽃이다, 꽃잎이 없는 꽃이다.
3. 계단을 뛰어 오르는 신발 신발 신발. 여자의 신발.
4. 그 중에 뒤축이 떨어져나간 신발.
5. 거울 앞에서 몸을 구부리고 있는 보석 목장식을 쥐어 보아라. 아름다운 보석은 아름다운 뱀을 닮은 집요함을 지니고 있다.
(그곳의 예리한 광선이 우물을 들여다보듯 깊다.)
6. 경쾌한 계산기가 혀를 내민다, 혀를 내민다, 혀를 내민다.
7. 하얀 혀.
8. 매니큐어를 칠한 가는 여자의 손이다.
9. 1굴덴[42]의 은화를 그러모으는 손, 여자의 손.
10. 계산기가 멈춘다. 그 숫자의 최대치에 도달했기 때문이다.

---

42 네덜란드의 화폐 단위(gulden).

11. 자동차 후미의 배기통에서 나오는 가스의 단속(斷続). 하얀 가스다.

12. 커다란 갓난 아이

13. 독일문자로 「이 아이의 아버지를 찾고 있습니다」

14. 쇼윈도에 비치는 절규하는 군중.

15. 어머니는 유리 속에 고용되어, 살아 있는 인형 역을 맡고 있다.

— 이하생략. 다케나카 이쿠(竹中郁 1904-82). 「백화점(百貨店)」

『시와 시론』(1929.6)에 발표되었다가, 후술할 「럭비」와 함께 시집 『상아해안(象牙海岸)』(1932)에 수록된 작품이다. 다케나카는 『시와 시론』 시인들의 공통 성향인 선명한 시각적 이미지를 바탕으로 시네포엠을 시도한 대표적 시인이다. 모던 도시의 전형적 문화 공간인 "백화점"의 모습을 "승강기", "계단"의 내부와 "쇼윈도"에 비친 거리의 자동차 "(배기)가스", "군중"의 외부 영상으로 횡단하면서, 시네포엠 특유의 속도감을 유감없이 발휘하고 있다. "승강기"에서 시작해 "바닥", "신발", "보석 목장식", "계산기", "혀", "손" 등 꼬리에 꼬리를 물고 이어지는 단편적 영상들은 독립된 이미지의 화면을 구성한다.

카메라 렌즈의 객관적 재현력을 활용한 영상 처리와 영상의 조각인 쇼트(shot)의 불연속적 연속성을 종횡으로 구사하여 하나의 대상을 다시점(多視点)적으로 동시에 결합하는 몽타주 기법은 시네포엠의 전형적 묘사방식이다. 따라서 시네포엠에서 연결된 의미성을 추구하는 것은 무의미하다. 숫자로 매겨진 행간의 여백을 토대로 독립된 영상의 비약과 감각적 참신함을 음미하면 족하다. 이렇게 보면 시네포엠은 지극히 단면적이고 표층적 묘사에 치우친 언어적 실험으로 평가절하 되기 쉬우나, 다음 시는 그러한 형식상의 한계를 극복한 일본 시네포엠의 대표작이다.

1. 밀려오는 파도와 물거품과 그 아름다운 반사와.

2. 모자(帽子)의 바다.

3. Kick off! 개시(開始)다. 신발 바닥에는 징(鋲)이 있다.

4. 물과 공기에 녹아드는 공이여. 타원형이여. 비누의 슬픔이여.

5. (앗 어디로 가버렸지)

6. 다리. 스타킹에 감싸인 다리가 공장을 꿈꾸고 있다.

7. 올려다보는 굴뚝이 모두다 석탄을 피우고 있다. 웅대한 아침을 대비하고 있다.

8. 드러누운 청년. 생각중인 청년. 이마에 땀방울이 맺혀있는 청년. 외치고 있는 청년. 청년. 청년. 청년은 온갖 정열의 비속에 있다. 기뻐하는 청년. 햇살이 비추고 있는 청년.

9. 아름다운 청년의 이(齒).

10. 심장이 동력(動力)한다. 심장의 오후 3시. 심장은 공장으로 이어져 있다. 날고 있는 피스톤.

11. 상승하는 압력계.

12. 피로한 노동자. 비공(鼻孔)운동.

13. 태클. 옆에서 커다란 손이다. 다섯 손가락 사이로, 이끼 같은 인간풍경.

14. 인간을 인간으로까지 되돌리는 것은 깃발입니다. 깃발의 진폭. (잊고 있던 세계가 다시 눈앞에 나타난다.) 삼각형 깃발. 악의 깃발.

15. 공장의 기적(汽笛). 하얀 수증기. 하얀 수증기의 분출, 꽃이 된다.

16. 보이지 않는 다리에 짓밟혀, 계속 일어서는 풀(草)의 감정. 그 중에 일어나지 못하는 풀. 바람, 햇빛에 먼 바람이 부는 지면.

17. 드리블 6초. 굴러가는 공. 비가 되는 벨트의 회전.

18. 땀을 닦고 한숨짓는 청년. 일그러진 청년. (공은 바다가 보고 싶습니다.)

19. 발 돋음 하는 청년. 소나무의 뾰족한 가지들.

20. 밀집(스크럼)! 기계의 태내(胎內). 꽉 맞물려가는 톱니바퀴.

21. 축 늘어진 청년. 기계 속으로 먹혀들어가는 청년. 깊은 깊은 잠에 빠져들 듯.

22. 무엇을 차고 있는 것일까.

　　가슴에서 아래뿐인 청년.

　　(아 나는 나의 목을 차고 있다.)

23. Try!

24. 깃발, 깃발 깃발 깃발.

25. 와하고 쏟아진 노동자의 물결이, 공장 문에서 시가지를 향해, 석양처럼 검은 복장으로.

26. 날아가는 신문지, 공기 속에 해파리처럼 떠올라……

27. 건널목이 닫힌다. 근동(近東)급행열차가 지나간다. 완전히 밤.

28. 떨어져 있는 목.(어디선가 본 청년이다.)

29. 북의 울림, 둔탁하게, 둔탁하게.

30. 비다. 비다.

　　　　　　　　　　　　　　　　– 다케나카 이쿠, 「럭비(ラクビイ)」『상아해안』

　럭비 경기의 개시에서 "Try"에 이르는 일련의 과정 속에서 경기장 밖의 풍경을 조화시켜 시각적·심리적으로 구성해 나간다. 해변으로 밀려드는 무수한 "파도", "물거품"으로부터 도시의 공장으로 밀려가는 "노동자"의 "모자"를 떠올림과 동시에, 럭비의 "Kick off"로 영상을 선명히 클로즈업시킨다. 하늘 높이 차올린 "타원형"의 럭비공을 "비누" 덩어리로 감지하는 가운데, "앗 어디로 가버렸지"로 영상을 순간 전환시키는 속도감이 돋보인다. 이 때 시 속 카메라의 시선은 럭비 선수들의 "스타킹에 감싸인 다리"사이로 공장의 늘어선 "굴뚝"을 응시하는 한편, 격렬한 선수들의 열기가 어느 사이엔가 생산현장 속 공장 내부의 모습으로 이어진다. 젊은 청년 선수들의 경기장면을 현실 속의 공장 모습으로 연결하는 빠른 화면 전환과 영상의 비약은 "심장"의 "동력"과 "피스톤"등의 효과음과 더불어, 시네포엠 특유의 시와 영화 및 음악적 요소의 절묘한 장르 혼합을 나타내고 있다.

이 시를 일본 시네포엠의 대표작이자 수작으로 평가할 수 있는 이유는 럭비의 경기장면과 공장의 생산현장을 입체적으로 교차시킨 기법상의 참신함과 구성적 치밀함에 있다. 이를테면 (23)의 "Try"로 암시된 시합종료와 동시에 밀려나오는 관중을 (25)에서의 공장 노동자의 모습으로 연상시키는 한편, "건널목"에서 그들을 가로 막는 "근동급행열차"의 청각적 인상을 통해, 열기를 뒤로 하고 조용히 저물어 가는 "밤"의 존재를 부각시킨다. "떨어져 있는 목"(28)과 "둔탁"한 "북의 울림"(29), 그리고 마지막의 "비"는 격랑의 열기를 뒤로 한 도시의 밤을 선명하게 감각화한다.

가장 주목할 것은 무의미한 단편적 영상의 시각적 나열에 머물기 쉬운 시네포엠의 시적 한계와, 모더니즘 시에서 결여되기 쉬운 현실인식을 암암리에 내포하고 있는 점이다. 구체적으로 그라운드 풀밭 위를 짓밟으며 경기에 한창인 선수들의 모습 속에 공장의 기계에 압박당하는 "청년" 즉 노동자의 모습을 투영함으로써 일종의 사회풍자의 메시지를 함축하고 있다. 럭비 선수들과 노동자 청년을 직접적으로 연결시킨 시적 상상력의 배후에는 "정열"이 위치하며, 그것은 (8)의 "청년은 온갖 정열의 비속에 있다"에 의해 감지된다.

이렇게 보면 "공은 바다가 보고 싶습니다"(18)에서의 "공"은 "청년"의 꿈이나 이상을 암시하며, (19)에서의 "소나무의 뾰족한 가지들"처럼 "발돋음 하는 청년"의 의지에도 불구하고, "밀집(스크럼)" 속에 가두어지고 마는 인간은 "톱니바퀴"로서의 공장 노동자의 모습을 염두에 둔 것이다. 나아가 "아 나는 나의 목을 차고 있다"(22)는 자신의 생명을 소모시키는 노동자의 서글픈 자화상으로서, (28)의 "떨어져 있는 목"은 쓸모가 없으면 해고되고 마는 노동자의 가련한 현실을 비판적으로 응시한 것으로 파악 가능하다.[43]

* 쉬르레알리슴과 도시

『시와 시론』을 거점으로 한 일본의 모더니즘 시 운동은 새롭고 다양한
시 창작의 방법과 유럽의 최신 현대시론을 제시하고 있으나, 중심적 존재
로는 쉬르레알리슴으로 불리는 초현실주의를 간과할 수 없다. 제1차 세계
대전 후 프랑스의 시인과 화가들을 중심으로 시작된 극단적이고 전위적인
예술운동으로, 다다이즘의 좌절 후 앙드레 부르통(A. Breton 1896-1970)
의 선언(1924)에 의해 시작되었다. 인간의 잠재의식 혹은 무의식에 참된
리얼리티(reality)를 추구하여, 기존의 논리성과 사실성의 추구에서 벗어
나 유머와 신비, 꿈, 광란의 비현실적 세계를 지향한다. 부르통이 제창한
핵심적 기법인 '자동기술법(自動記述法)'은 인간이 지적으로 추구하는 이
성의 세계와 사회도덕에 억압된 내면의 무의식·잠재의식을 형상화하는
과정에서, 프로이드의 정신과학 학설을 응용하여 꿈이나 무의식의 상태를
언어로 표현할 것을 주문한다. 시인은 외부의 어떤 영향도 배제한 심리상
태에서 즉흥적 시적 서술을 도모하며, 그것은 논리적으로 인식되지 않는
대상의 원초적 이미지를 형성한다. 기존의 인습적 판단에 얽매여 온 모든
미적 의식이나 도덕적 사고를 제거하는 것이 궁극적 목적이다.
　한편 『시와 시론』의 시인들은 초현실주의에 지대한 관심을 드러내는
가운데,[44] 부르통의 이론을 비판적으로 수용하면서 새로운 이론을 추구하

43　杉山平一, 「竹中郁」伊藤信吉(外)編, 『モダニズムの旗手たち』「現代詩鑑賞講座」(9),
　　角川書店, 1969, p.247.
44　초현실주의와 직접 관련된 문장만 보더라도 부르통의 선언을 번역 소개한 하루야마
　　유키오의 「초현실주의 선언서」(제4·5책)와 「초현실주의 시론」(제7책 1930.4)을
　　비롯해, 우에다 도시오(上田敏雄)의 「나의 초현실주의론」과 기타조노 가쓰에의
　　「초현실주의의 입장」(이상 제4책 1929.6), 사토 나오히코(佐藤直彦)의 「초현실주
　　의와 꿈의 과학」(제7책 1930.4) 등 다수에 이른다.

였다. 그들은 초현실주의의 예술적 철학은 '현실주의(낭만주의 · 서정주의)'로부터 '반현실주의(신비주의 · 상징주의)'를 거쳐 '추상주의 · 이지주의(理智主義)'에 이르는 변증법적 발전 과정을 추구해 왔다고 간주한다. 다시 말해 초현실주의는 인간의 이지에 호소하는 '관념적 창작'을 중시하나, 부르통의 초현실주의는 감정에 호소하는 '감각적 창작'에 몰두한 결과, 결국은 현실주의에 환언하려는 논리적 · 실천적 오류를 범했다고 비판한다. 이러한 오류를 수정하기 위해서는 사물을 '즉물적', '유물론적'으로 포착하는 '객관적(과학적)' 방법이 중요하며, 그것은 '무엇을 어떻게 표현할 것인가'가 아닌, '무엇을 어떻게 조립할 것인가'의 예술상의 정의가 수반되어야 한다는 것이다.[45]

요약하자면 사물을 즉물적이고 유물론적으로 파악하는 과학적 태도가 초현실주의의 본령이며, 대상의 선명한 이미지에 중점을 둔 주지적 관념시로서의 지향점을 발견하게 된다. 결국 일본의 쉬르레알리슴은 자신들이 무시학적 시로 비판한 전대의 낭만주의나 상징주의로부터 통속적인 의미나 감정의 분출 및 상징을 박탈하고 선명한 회회적 이미지를 강조하는 가운데, 무의식과 투명한 시적 상상력을 토대로 신비하고 추상적인 공간의 창출에 주력하였다. 이미지는 하나의 어휘가 마음속에서 즉각적으로 떠오르는 감각적 인상 즉 심상(心象)을 가리키며, 『시와 시론』의 대다수의 시인들은 명확한 시각적 영상을 제시하여 감각적이고 회화적으로 시를 구성하였다. 그들에게 시의 어휘는 오직 즉물적으로 형상화될 뿐으로, 이를 통한 감각적 영상의 전개는 유파를 초월한 일본 모더니즘 시인들의 공통된 목표였다. 참고로 이미지 중시의 감각적 형상화에 감정이나 선입견

---

45 竹中久七, 「超現実主義とプロレタリア文学」 『詩と詩論』 第二冊, 厚生閣書店, 1929. 12, pp. 267-268.

을 배제하고, 대상의 지적 파악과 인간의 이성을 조화시킨 것이 주지주의이다. 일본의 초현실주의 시는 무의식이나 초현실적 감각을 주장하면서도, 기본적으로는 이미지즘과 주지주의에 입각하고 있다고 해도 과언이 아니다.

실제로 대표적인 초현실주의 시인이자 기타가와 후유히코와 함께 일본 모더니즘 시 운동의 핵심 존재로 주목되는 니시와키 준자브로(西脇順三郎 1894-1982)의 다음 작품에는 일본 초현실주의 시의 성격이 압축돼 있다.

날씨

(뒤집힌 보석) 같은 아침
몇 명이 문 앞에서 누군가와 속삭인다
그것은 신이 탄생한 날

이 시가 수록된 시집 『Ambarvalia』(1933)는 니시와키의 최초의 일본어 시집으로, 시집 속에는 이 시를 포함해 「그리스적 서정」이라는 제목의 시편들이 등장한다. "Ambarvalia"는 그리스어로 5월에 행해지는 곡물제(穀物祭)를 의미하며, 헬레니즘 문화를 동경하여 쉬르레알리즘 시법을 배웠다는 시인의 성향을 엿볼 수 있다. "신"의 "탄생"이 암시하는 원시적 감각과 서정을 투명한 근대적 지성으로 재구성하는 가운데, 선명한 시각적 이미지의 구사가 두드러진다.

먼저 "뒤집힌 보석"을 괄호 안에 넣음으로써, 단순히 아침을 수식하는 비유표현에 머물지 않고 독립된 이미지를 형성한다. "뒤집힌 보석"처럼 맑고 찬란한 시적 상상력이 "신이 탄생한 날"의 신비로운 공상적 분위기를 도출하면서, "날씨", "아침", "문"의 현실 세계 영상과의 긴밀한 조화 속에 초현실의 세계로 확대된다. "날씨", "보석", "아침", "문 앞", "신"은 특별한 의미상의 연결고리 없이 각각 독립적으로 존재하며, 신의 "탄생"은 현실과 초현실의 공존을 자연스럽게 암시한다.

"문"은 공간을 형성하는 유일한 시어로, "신"의 "탄생"이 암시하는 신화적 분위기 속에서 마치 고대 혹은 중세 도시적 분위기를 떠올린다. 니시와키가 추구한 쉬르레알리슴의 시법이 "'가장 상이한 종류의 ideas를 (언어의)폭력으로 결합'함으로서 무의미한 현실을 신선한 이미지로 변환하는 것"이었다고 할 때,[46] 현실적 공간의 "문"이 엮어내는 영상의 구체성 속에서 "신"의 초자연적 신비성과 신화성을 파격적으로 연결하는 이질적 발상이 돋보인다. 물론 "뒤집힌 보석"에 함축된 영롱함이 일본 초현실주의 시인의 기본자세인 참신한 시각적 영상미를 부각시키고 있음은 말할 것도 없다.

빨간 비늘의 물고기가 교묘하게 충돌하는 거리에
얼굴을 숨기고 있자니
정밀한 혈떡임의 내부에서
꽃이 무겁고
호랑이는 멀어져간다

갈대는
클라리넷의 번민을 한다
진주조개를 알아차린 소나기구름을
경사(傾斜)로 변경하여
눈이 움푹한 소녀가 아침거리에 흔들거리고 있다
보라색 유리를 두근두근 거리며
장미 꽃잎에 방화(放火)하여

---

46 浅井清(外)編,「詩」『新研究資料現代日本文学』第7卷, 明治書院, 2000, p.14.

보티첼리[47]의 소년을 흠모한 기억이
금도금(金鍍金)의 꽃 장식에 다가간다
그녀의 검은 옷은 미풍(微風)을 일으킬 정도로 파랗다

 - 「LINES」『다키구치 슈조의 시적 실험 1927-1937』(1967)

다키구치 슈조(滝口修造 1903-79)는 시인 겸 화가로, 니시와키의 영향으로 쉬르레알리슴에 관심을 가지고 『시와 시론』에 동인으로 참여하였다. 시집의 제목으로부터 쉬르레알리슴에 몰두하던 청년기의 시편임을 알 수 있다.

이 시의 초현실적 감각은 서두의 "빨간 비늘의 물고기가 교묘하게 충돌하는 거리"로부터 감지된다. 현실적 의미로는 파악이 불가능하며, "정밀한 혈떡임의 내부"나 "진주조개를 알아차린 소나기구름", "클라리넷의 번민", "장미 꽃잎에 방화하여"도 같은 부류에 속한다. "물고기", "꽃", "호랑이", "갈대", "소녀", "장미 꽃잎", "소년"은 모두 현실 속 영상이지만, 이들이 엮어내는 의미상의 관계는 연속성을 지니지 않는다. "빨간", "보라색", "파랗다"의 색채감과 "진주조개", "금도금"이 제시하는 선명한 이미지의 시어들이 무의식 속에서 몽상하는 상념 속 도시의 영상을 수놓고 있다.

1
제비꽃에 볼을 대고
아침 식탁에서 Membranologie라는 책을 읽고
그리고 당신은
희고 가는 계단이 있는 거리에 살았다

---

47 Sandro Botticelli(1445?-1510). 「비너스의 탄생」(1487)으로 유명한 르네상스 시대의 이탈리아 화가.

2

그녀의 녹색 타이프라이터와

단톤 풍의 외투와

게르베조르테와 휘파람은

그 생활의 정점이었다

3

투명한 날 오후에

당신의 작은 테라스가 빛난다

측백나무 가로수 위에 요트처럼

그것은 눈으로 가득했다

– 기타조노 가쓰에, 「하얀 거리(白い街)」『지치(むらさき)』(1937.2)

역시 초현실적 감각의 선명한 시각적 어휘구사가 시선을 끈다. 제목의 "하얀 거리"를 비롯해, "희고 가는 계단", 마지막의 "눈"에 함축된 투명에 가까운 그윽한 도시의 실루엣은 시인의 잠재의식 속에 내재된 미적 도시의 환영이다. "Membranologie"라는 의학용어와 "녹색 타이프라이터", "단톤 풍의 외투", 독일제 담배인 "게르베조르테" 등의 문명적 어휘 들이 "투명한 날 오후"의 "작은 테라스"에서 촉발된 아련한 도시의 미감을 형상화하고 있다. 모든 것이 현실 속 영상으로 등장하고 있으나, 이러한 몽상적 사고는 도시에 대한 무의식적 동경이 없이는 불가능한 것이다. 유기적 문맥과 논리성을 배제한 초현실적 사고의 단면을 드러낸다.

이상과 같은 선명한 시각적 어휘구사와는 달리, 다소 관념적 언어유희에 가까운 초현실의 세계를 제시한 『시와 시론』의 시인에 우에다 도시오(上田敏雄 1900-82)가 있다.

블란서어와 영어와 일본어 책을

팔고 있는 기노쿠니야(紀伊国屋)
라는 서점의 영업
과는 별도로
그 근처의 개의 매점에서
키워지는
개의 사고(思考)에 주의를 기울여다오
외계에서는
전차나 자동차 무리가
태풍 속의
오토매틱한 운동기구로서
나뭇잎처럼
흩어져 있었다
유독
인간 형태의 기술(記述)이
가장 복잡해서
왜라고 말해다오
녀석들에게는
전혀 오토매틱한 아반이타스를
찾을 수 없다
그 중에서도 여자라는 녀석인데
그 〈이브의 톱니바퀴〉에서
이런 혼돈을 정복하는 인종이
기어 나왔다는 것이
그 원동력은
어디에 숨어버린 건가?

— 「신주쿠 부근(新宿界隈)」『가설의 운동(仮説の運動)』(1929)

"기노쿠니야"를 비롯해 도쿄의 번화가 "신주쿠"의 실제 지명이 등장하여 현실적 리얼리티를 배가시킨다. 이 시가 초현실적 영역에 속해 있음은 "개의 매점"을 통해 감지된다. 이어 등장하는 "개의 사고"와 함께 정확한 의미는 불분명하지만, "인간 형태의 기술이/가장 복잡해서"가 암시하듯 동물과 인간, 그리고 인간의 사고와의 대비 속에서, 현실 속 도시풍경이 초래한 초현실적 인상을 나타내고 있다. "기노쿠니야"라는 "서점"으로부터 이와는 대극적 이미지의 "개의 매점"을 연결한 배경에는 "인간 형태의 기술"에 내포된 지적 사고의 유무가 인간과 동물을 구분하는 현실적 판단 기준임을 시사한다.

전술한 시 들에 비해 시각적 이미지의 구사는 두드러지지 않으며, 이를 대신해 관념적인 표현이 다수 등장한다. 먼저 주목할 것은 "혼돈을 정복하는 인종"이다. "혼돈"은 "태풍"처럼 질주하는 "전차나 자동차 무리"가 초래한 무의식적 연상으로, "외계"라는 공간적 경계를 거쳐 인간을 이지적으로 접근한 추상적 개념이다. 현실 속 공간인 "기노쿠니야"에서 비롯된 자유로운 상상이 "사고"라는 의식과 무의식을 넘나드는 인간의 특권을 통해 일종의 지적 형상화를 추구하고 있는 것이다. 따라서 반복적으로 등장하는 "오토매틱"은 "운동기구"의 물리적 속성을 초월해, 인간의 "복잡"하고 "혼돈"에 찬 무의식의 내면세계로까지 의미를 확장한다. "아반이타스"나 "이브의 톱니바퀴"는 정확한 의미를 알 수 없는 시어들로, 오히려 이러한 의미 불명의 어휘들이 "혼돈"으로 점철된 인간의 사고의 복잡성과 혼란의 현실 세계를 인상짓는다. 물론 이러한 초현실적 시상이 근본적으로 도시라는 번잡하고 건조한 현실 공간에서 비롯되고 있음을 간과할 수 없다.

이상 살펴본 바와 같이 다이쇼 말기의 전위시 운동과 『시와 시론』을 중심으로 한 모더니즘 시 운동은 시의 본질을 추구하는 입장에서 전대의 시와 확연히 구별되는 특징을 지니고 있었다. 동 잡지는 제목에서 드러나

듯 새로운 시대의 요구에 부합하는 시의 '이론'에 지대한 관심을 표출하였고 다양한 실험적 시 창작을 시도하였다. 일본 근대시의 본격적 시론으로 간주되는 하기와라 사쿠타로의 『시의 원리』(1928)에서는 시를 '내용론'과 '형식론'으로 이분하여 시의 본질에 접근하고 있으며, 이러한 태도는 『시와 시론』의 주장과 비교할 때 다음과 같은 차별성을 지니는 것으로 지적된다.

> (사쿠타로의 주장은)내용이든 형식이든 시의 표현에 관한 문제는 모두 「주관」과 「객관」의 이분법으로 나누어, 전자 속에 시의 본질을 정의하는 것이었다. 이렇게 해서 그는 「내용론」에서는 「시란 실로 주관적 태도에 의해 인식되는, 우주의 모든 존재이다」라는 결론을, 「형식론」에서는 「시의 표현에 있어서의 정의는 무엇? 시는 음악과 마찬가지로, 실제로 정상(情象)하는 예술」이라는 결론을 각각 나타내게 된다. (중략) 그러나 도시 모더니즘 속에서 출현한 현대시에 관한 주의, 주장의 대다수는 시의 본질에 접근하려는, 말하자면 사쿠타로처럼, 포에지(시의 본질)를 원리주의적으로(즉 시학으로서) 추구하는 자세는 보이지 않는다. 이와 같은 경향 속에서, 『시의 원리』와 같은 해인 1928년 9월에 간행된 하루야마 유키오 편집의 『시와 시론』은 사쿠타로의 시관(詩觀)을 전도(顚倒)시켜 시의 본질을 추구하는 것처럼, 반(反)사쿠타로의 기치를 전면에 내세우고, 도시 모더니즘을 배경으로 현대의 시학을 건설하려고 출발한 계간잡지였다.[48]

시의 본질에 대한 사쿠타로의 『시의 원리』의 주장은 키워드인 "주관"에서 드러나듯 기본적으로 시 창작의 주도권이 시인에 있음을 암시한다. 이에 비해『시와 시론』이 추구한 시학은 형식과 내용 모든 면에서 언어를 시 창작의 유일한 목적이자 수단으로 간주하는 순수시적 자각을 강조

---

48 沢正宏·和田博文, 앞의 책, pp.7-8.

한다.

인용문에서 주목할 표현은 "도시 모더니즘"이다. 다이쇼 말기의 전위시 운동과 쇼와 초기의 모더니즘 시 운동이 기본적으로 시와 시론의 현대화를 추구하는 과정에서 도시를 주요 매개공간으로 삼고 있으며, "도시"는 그들이 지향한 언어주체의 시에 필수불가결한 요소임을 알 수 있다. 전술한 대로 1920년대에 비약적으로 성장한 일본의 자본주의 경제는 모던 도시의 출현을 초래하였고, 전위파나 『시와 시론』의 시인들은 사회적 열기를 왕성한 언어의 에너지로 포착하였다. 거의 동 시기에 출현한 프롤레타리아 문학도 기본적으로는 도시 모더니즘의 격랑 속에 위치하고 있으며, 노동자들의 계급적 자각의 고취 또한 소외와 빈곤에 허덕이는 도시 시민들의 허무 심리를 반영한 사상적 도시시로서의 면모를 드러낸다.

Ⅶ 쇼와昭和적 서정과 도시

전위시와 모더니즘 시, 프롤레타리아 시 등 도시 모더니즘 문학들이 지닌 한계는 현실성과 예술성의 결여로 요약된다. 우선 프롤레타리아 시는 일반적으로 예술로서의 시에 무관심하였고, 세계관의 형성이나 정치활동에 무게를 둠으로써 예술 활동은 정치 활동에 예속된다는 공통 인식을 갖고 있었다. 모더니즘 시 또한 시의 모더니티를 추구하는 조직적인 언어실험의 무대로서, 과도한 시의 순수성 강조와 기법의 과잉에 따른 언어유희적 성격은 문학의 근본인 인간성의 표현과 현실인식을 간과했다는 비판적 시각을 수반한다.

이와 같은 반성적 자각 속에서 쇼와 전반기에는 시의 현실성과 예술성을 중시하는 다수의 시인들이 등장하였다. 쇼와 서정시의 요람으로 시단에 군림하게 되는 『사계』와 『역정』의 시인들을 중심으로, 근대문명과 도시풍경에 지대한 관심을 드러낸 기타 쇼와기의 시인들의 작품을 살펴보기로 한다.

1. 『사계四季』와 『역정歷程』의 시인들과 도시

1920년대 후반의 중국대륙으로의 침략 움직임은 전쟁에 기반을 둔 국가주의와 전체주의 사고의 확대를 초래하였고, 1930년대 초반에는 프롤레타리아 문학운동을 탄압하게 된다. 이러한 시대 흐름을 반영하여 많은 시인들은 국가권력의 억압에서 벗어나기 위한 필연적 움직임으로서, 정치적 이데올로기를 배제한 서정의 세계에 몰두하였다. 특히 잡지 『사계(四季)』와 『역정(歷程)』은 프롤레타리아 시에 결여된 서정성과 예술성, 모더니즘 시가 등한시한 현실성에 착목하여 쇼와 초기 시단의 틈새를 모색하게 된다. 두 잡지에 참여한 대다수 시인들은 『시와 시론』의 모더니즘 시에서 출발하여 훗날 서정시로 전향한 사람들로. 공통적으로 휴머니즘적 사고를 근저에 두고 지성과 감성이 조화된 절제된 정감을 추구하였다. 두 잡지는 1930년대 중반부터 1940년대 전반에 이르는 쇼와 10년대의 서정시 부흥 운동을 주도하였고 마침내 시단의 중심으로 성장한다. 프롤레타리아 시의 정치적 이데올로기를 부정하고 모더니즘의 기교일변도에 주의하면서, 풍부한 감수성과 정념이 결합된 시적 생명감을 중시하였다.

『사계』는 1933년부터 1975년까지 4차에 걸쳐 단속적으로 간행되었다. 자연 속에서 인간의 삶을 차분히 관조하는 낭만적 서정시로서의 전통과 신시대의 지성적 투명성과의 조화에 주력하는 가운데, 형식면에서 14행으로 구성되는 영시의 소네트(sonnet) 등을 도입하여, 서구시적 소양과 일본적 전통을 결합한 '사계파적 서정'을 모색하였다.

1935년 창간되어 현재까지 지속되고 있는 『역정』은 전통적 서정의 『사계』와는 다르게 현실에 입각한 개성적 시 세계를 구축하였다. 전체적 시풍은 특정한 시적 이념으로 통일되지 않는 개별적 성격을 지니며, 각 동인들은 인도주의, 다다이즘, 모더니즘(주지주의) 등 다이쇼 말기부터 쇼와 초기에 이르는 다양한 시적 스펙트럼을 형성하였다. 특정 주장이나 주의에 치우침 없이 시의 창조적 역할과 자기의 존재성을 발휘하는데 주력하였다.

＊『사계』적 서정과 도시

다로가 잠들도록, 다로 집 지붕에 눈 내려쌓인다.
지로가 잠들도록, 지로 집 지붕에 눈 내려쌓인다.

－ 미요시 다쓰지(三好達治 1900-64), 「눈(雪)」『측량선(測量船)』(1930)

일본 소학교 국어교과서에 수록될 정도로 널리 애송되는 작품이다. 미요시는 『사계』의 대표적 시인의 한 사람으로, 『시와 시론』 동인 시절 이미지즘 계열의 시로 출발하였다. 투명하고도 간결한 언어표현과 시각적 이미지에 의미를 심화시켜나가는 시법은 참신한 언어감각에 서정을 조화시킨 『사계』파 시인들의 공통적 지향점을 드러낸다.

"다로(太郎)"와 "지로(次郎)"는 일본인에게 가장 흔한 남자 이름으로, 어린 남자아이를 떠올린다. 집 바깥으로 소리 없이 눈이 내려 쌓이고 있는 가운데, 집 안에서 곤히 잠자고 있는 "다로"와 "지로"의 모습 속에 한적하고 평화로운 민화(民話) 속 겨울 풍경이 연상된다. "다로"와 "지로"를 같은 집 형제로 보아도 무방하나, 다른 지붕아래 잠들고 있는 아이들로 보는 편이 효과적이다. 동일어구의 반복에 따른 운율적 효과가 고요히 쌓여만 가는 하얀 눈에 뒤덮인 마을의 원경으로 확대되기 때문이다. 물론 평화로운 민가의 모습은 도시풍경에 국한된 것은 아니며, 한적한 시골의 영상으로도 볼 수 있다. 그러나 도시 속 광경으로 파악할 때 한낮의 온갖 도시적 소음과 열기마저도 식혀버리는 차가운 눈의 존재가 더욱 부각된다. 이러한 공간적 확장감이 영상의 깊이와 서정의 무게를 더하고 있다.

> 잘자요 상냥한 표정의 아가씨들
> 잘자요 검은 머리 곱게 묶고
> 그대들의 베개머리에서 밤색으로 빛나는 촛대 부근에는
> 쾌활한 무언가가 깃들어 있소(바깥은 온통 사락사락 가랑눈)
>
> 난 언제까지라도 노래를 불러 주겠소
> 난 캄캄한 창밖에 또 창안에
> 그리고 잠 속에서 그대들의 꿈 깊숙이
> 그리고 몇 번이나 몇 번이나 노래하며 있어주겠소
>
> 등불처럼
> 바람처럼 별처럼
> 내 노랫소리는 마디마디 여기저기로……
>
> 그러면 그대들은 하얀 사과 꽃을 피우고
> 아담하고 푸른 열매를 맺으며 상쾌한 속도로 빨갛게 익어 감을
> 짧은 시간 잠자며 보기도 하겠지요
>
>   — 「잠으로의 초대(眠りの誘ひ)」『새벽과 저녁의 노래(暁と夕の詩)』(1937)

『사계』가 배출한 가장 걸출한 서정시인인 다치하라 미치조(立原道造 1914-39)의 작품이다. 스스로를 "아가씨들"의 잠의 안내자로 자임하는 동화적 발상이 인상적이다. 자신이 불러주는 "노래"가 그녀들로 비유된 독자들의 잠 속에서 "마디마디 여기저기"로 퍼져나가, "하얀 사과 꽃"을 피우고 "푸른 열매"를 맺으면서 "빨갛게 익어 감"으로 묘사하고 있다. "노래"는 시의 비유적 표현으로, 제3연의 "등불", "바람", "별"은 "노랫소리"의 달콤한 매력을 자기도취적으로 표출한다. "가랑눈"이 내리는 겨울날 주위가 깊은 잠에 빠져 있는 지금, 오직 시인만이 창의 내부와 바깥을 바라다보며 "그대들"을 위해 "언제까지라도 노래를 불러 주"는 이유이기도 하다. "아가씨들"로 은유된 청춘의 개화와 성숙은 시의 궁극적인 메시지가 자신의 시에 의해 배양된 인생과 생명을 향한 찬가에 있음을 시사한다.

도시의 영상을 직접적으로 드러내고 있지 않으나, "베개머리에서 밤색으로 빛나는 촛대 부근"은 어딘가 서양풍의 침실을 떠올린다. 소네트 형식 속에서 "잘자요"(제1연), "난", "그리고", "–(해) 주겠소"(이상, 제2연) 등의 동일표현의 반복, "사락사락"의 의성어, 제1연의 "검은"과 "밤색", 제4연의 흰색, 푸른색, 빨간색으로 변화하는 다양한 색채표현이 결코 화려하지는 않으나 음악적 효과를 수반하면서, "가랑눈" 내리는 한적한 도시의 밤에서 비롯된 낭만적 상상의 세부를 수놓고 있다.

배가 닻을 내린다.
선원의 마음도 닻을 내린다.

갈매기가 담수에서, 삐걱대는 돛 줄에 인사를 한다.
물고기가 배 밑 오수 구멍에 몰려든다.

선장은 바닷바람에 물든 옷을 갈아입고 상륙한다.

밤이 되어도 거리에서 돌아오지 않는다.
이제 선체에는 굴 껍질이 얼마나 늘었을까?

저녁노을이 짙어질 때마다
아들인 선원이 혼자 뱃머리에 파란 램프를 켠다.

－「하구(河口)」『돛·램프·갈매기(帆·ランプ·鴎)』(1932)

『사계』의 시인 중 유독 바다 소재의 시를 다작한 마루야마 가오루(丸山薫 1899-1974)의 시로, 청년시절 도쿄고등상선(商船)학교에서 수학한 경험이 엿보인다. "하구"에 정박 중인 배의 모습에서 황혼 무렵의 어느 항구 도시의 일풍경이 연상된다. 오랜 항해를 마치고 돌아온 이 배의 "선장"은 지금 외출하여 어느 술집에서 그동안 쌓인 회포라도 풀고 있는 것일까. 그러한 시간의 경과를 나타내듯 "선체"에는 "굴 껍질"이 늘어가고, 선장의 "아들"은 "뱃머리"에 "파란 램프"를 "켜"고 선장이 돌아오기를 기다리고 있다. 한적하고 조용한 항구마을의 모습이 쓸쓸함 속에서 번잡한 도시의 풍경과는 대조적인 목가적 서정을 자아낸다. 자연적 정감과 조화된 신선하고도 감각적 영상이 과도한 감정의 분출 없이 일상 속 풍경으로 잔잔하게 다가온다.

한편 『사계』의 시인 중 『사계』파적 서정을 도시의 모습과 조화시킨 대표적 시인으로 기노시타 유지(木下夕爾 1914-65)를 들 수 있다.

바람이 우리들의 목덜미와 볼에 질레트[49]를 갖다 댄다
공기는 아름다운 흰 이를 드러내 보인다

---

49 1901년에 등장한 남성용 면도기(Gillette).

오늘 내 마음은 중년처럼 차분하고
물이 뿌려진 포장도로처럼 얌전하다

푸른 실크 하늘을 미끄러지며
여객기가 우리들에게 신호를 보낸다
──내일 여행길에 나서지 않겠냐고

구재판소(区裁判所) 돌담 옆구리에
다시 저 하얀 꽃이 피었다
노스탤지어로 내 머리 속이 가득하도록
내 동전지갑은 텅 비어 있다
벗이여
쓸쓸한 내력이 들러붙어 있듯이
와이셔츠의 얼룩이 오늘따라 묘하게 신경 쓰이지 않는 가

– 「신추서정(新秋抒情)」『시골의 식탁(田舎の食卓)』(1940)

  일요일──우리들은 행복을 포켓에 넣고 걷는다 때때로 꺼내거나 또 집어넣
으며 닦인 구두 가벼운 모자 우리들은 독신 샐러리맨들입니다 그래서 도회여
그대는 언제나 신간서다 오렌지에이드 바람 뒤로 보거라 저 포장도로 위
또다시 저 플라타너스 가로수 그늘은 일제히 아름다운 시를 인쇄한다 상쾌한
박수와 함께

  백화점──엘리베이터여 마음이 내키면 지옥까지 떨어져 다오 천국까지
올라가 다오──이곳은 옥상정원이다 머언 산맥 그리고 푸른 하늘과 애드벌룬
아 지금 우리들은 느낀다 저 철망의 동물들보다 훨씬 슬프게 도회여 그대의
커다란 손바닥에 쥐어져 있는 우리들 자신을

– 「도회의 데생(都会のデッサン)」『시골의 식탁』

『사계』가 추구한 신선한 언어감각과 투명한 지적 서정을 엿볼 수 있는 작품들이다. 「신추서정」은 초가을 도시의 서정적 풍경에 촉발된 감각적 인상을 평명하면서도 선명하게 묘사하고 있다. 서두의 "바람이 우리들의 목덜미와 볼에 질레트를 갖다 댄다"를 비롯해, "공기는 아름다운 흰 이를 드러내 보인다", "푸른 실크 하늘을 미끄러지며"의 선명한 시각적 영상미는 『사계』 시인들의 대다수가 모더니즘 시 운동의 이미지즘 기법의 세례를 받고 있음을 암시한다. 제1연의 "차분하고", "얌전하다"의 감정표현을 각각 "중년처럼", "물이 뿌려진 포장도로처럼"의 비유로 포착하거나, 초가을 화사한 도시의 정경 속 "노스탤지어"를 "텅 비어 있"는 "동전지갑"에 연결시킨 발상의 참신함이 돋보인다. "여객기"의 원경으로부터 "와이셔츠의 얼룩" 등으로의 세세한 시선의 이동도 인상적이다. "와이셔츠의 얼룩"에 함축된 바쁜 도시생활 속에서, 문득 도시를 떠나 호젓한 "여행길에 나서"고 싶은 소소한 욕망이 애틋한 도시적 정감으로 다가온다.

「도회의 데생」 또한 기발하면서도 재치 있는 감각적 묘사로 넘쳐난다. 제1연에서 "행복"을 "포켓" 속에 "(집어)넣"거나 "꺼내"기도 하는 "독신 샐러리맨"들의 모습이 경쾌하다. 그들에게 "도회"는 새로운 지식이나 다양한 정보를 전해주는 "신간서"와 같은 존재로, 도시를 인간의 지적 소산으로 파악하려는 태도가 느껴진다. "오렌지에이드"에 내포된 상큼함과 "플라타너스 가로수 그늘"이 제공하는 그윽한 자연의 모습이 그들의 감성을 자극하고, 마침내 "아름다운 시를 인쇄"하기에 이른다. 전체적으로 제1연은 자유롭게 일상을 즐기고 있는 "독신 샐러리맨"의 모습으로 도시생활의 즐거움을 예찬하고 있다.

이에 비해 제2연은 도시가 자아내는 일종의 페이소스를 담고 있다. 제1연의 "일요일"의 시간대에 내포된 자유로움이나 느긋함과는 달리, 도시생활의 부정적 이미지가 다소 관념적으로 다가온다. "백화점"을 끊임없이 오르내리는 "엘리베이터"의 기계적 상하운동 속에서, "마음이 내키면 지옥까지 떨어져 다오 천국까지 올라가 다오"의 "천국"과 "지옥"의 대비는 도시생활의 첨예한 양극단을 비유적으로 나타내고 있다. 시인이 도착한 곳은 "옥상정원"으로, 원경으로 "머언 산맥", "푸른 하늘", "애드벌룬"을, 근경으로 "철망" 속 "동물들"의 모습을 시야에 넣고 있다. 문맥적으로 옥상정원에 설치된 동물들의 우리를 떠올리며, 아름다운 자연과 대조되는 서글픈 풍경이다. 그것은 "슬"픈 "도회"의 단면에 다름 아니며, "우리들" 인간 또한 도회의 "커다란 손바닥에 쥐어져 있"다는 현실인식이 생명체의 자유를 속박하는 비정한 도시의 단면을 드러낸다. 제1연의 '명'과 제2연의 '암'의 이미지가 교차하는 근대 도시의 이중성을 표현한 작품이다.

종합해 보면 『사계』의 시인들에게 도시는 자연의 서정적 풍경을 상대화시킬 수 있는 공간이었다. 단순한 화조풍월의 자연이 아닌, 인간의 실생활 속에 영위되는 안식처로서의 자연이 궁극적인 지향점이었다면, 도시는 메마른 인간 정서를 우회적으로 표현하는 대비적 공간으로 인식되고 있다.

* 『역정』의 시인들과 도시

전체적으로 『사계』파의 시에는 도시의 모습이나 인상을 직시한 작품은 많지 않으나, 『역정』에서는 도시의 풍경과 밀착된 시편들이 등장한다. 일본의 전통적 서정의 핵심인 자연과 인간 감정의 조화를 추구했던 『사계』와는 달리, 『역정』의 시인들은 현실 속 인간들의 서민적 감각이나 정신을 자연이라는 제재의 제한 없이 보다 자유롭게 구사했기 때문이다.

달은 하늘에 메달처럼,
거리 모퉁이에 건물은 오르간처럼,

놀다 지친 남자들끼리 노래하며 돌아간다.
——원통형 옷깃이 굽어 있다——

그 입술은 벌어져 있고
그 마음은 어딘가 서글프다.
머리가 어두운 흙덩어리가 되어,
그저 라라라 노래하며 간다.

상용(商用)이나 선조(先祖)를
잊고 있는 것은 아니지만,
깊어가는 도회의 여름 밤——
죽은 화약과 깊숙하게
눈에 외등불빛 번져나고
그저 라라라 노래하며 간다.

　　　　　　－「도회의 여름 밤(都会の夏の夜)」『염소의 노래(山羊の歌)』(1934)

아 12시의 사일렌이다, 사일렌이다 사일렌이다
졸졸졸졸 나온다, 나온다 나온다
월급쟁이의 점심시간, 하릴없이 손을 흔들며
뒤를 이어 뒤를 이어 나온다, 나온다 나온다
커다란 빌딩의 새까만, 조그만 조그만 출입구
하늘은 멀리까지 엷게 흐리고, 엷게 흐리고, 먼지도 약간 일고 있다
야릇한 눈길로 올려보아도, 눈을 떨구어도……
무슨 내가 벚꽃이려나, 벚꽃이려나 벚꽃이려나
아 12시의 사일렌이다, 사일렌이다 사일렌이다
졸졸졸졸 나온다, 나온다 나온다

커다란 빌딩의 새까만, 조그만 조그만 출입구
하늘에 부는 바람에 사일렌은, 울리고 울려 사라져 가는 가

    – 「정오–마루빌딩 풍경(正午―丸ビル風景)」 「지난날의 노래(在リし日の歌)」(1938)

『사계』와 『역정』의 동인으로 활약한 나카하라 추야(中原中也 1907-37)의 작품들이다. 그의 시는 짧은 생이 말해 주듯 고독한 인간관계 속에서 좌절해가는 애틋한 사랑의 슬픔과 상실감, 상념적인 청춘의 자화상 등 쓸쓸한 생의 모습을 노래한 것이 다수이다. 두 시 모두 인칭표현을 최소화한 독특한 어법이 인간에 부수된 도시의 모습이 아닌, 도시 자체의 심상풍경을 투명한 언어와 감성으로 제어하고 있다.

「도회의 여름 밤」에서 "죽은 화약"은 시인이 전하려는 도시의 인상을 관념화한 표현이다. 폭발할 일이란 결코 없는 "죽은 화약"과 같은 암울한 도시, 그 속을 걸어가는 "벌어"진 "입술"과 "서글"픈 "마음", "어두운 흙덩어리"의 "머리"는 무겁고 암울한 도시인들의 일그러진 내면을 표상한다. 도회의 늦은 여름밤 "놀다 지친 남자들"의 "굽어 있"는 "원통형 옷깃"과 반복된 "그저 라라라 노래하며 간다"가 술에 취해 거리를 배회하는 도시 서민들의 모습을 떠올린다. 그들은 "상용"이나 "선조" 등 자신들의 삶과 관련된 것들을 잠시나마 뒤로 한 채, 그저 오늘만큼은 무거운 삶의 피로를 잊고자 한다. 그것은 분명 "서글"픈 모습으로 다가오지만, 이들을 바라보고 있는 것은 "메달" 같은 무미건조한 "달", "오르간" 건반처럼 단조롭게 늘어선 "거리 모퉁이"의 "건물"들 뿐이다. 모두 고독하고 서글픈 도시 서민의 자조적 모습이다.

「도회의 여름 밤」이 밤의 시간대인데 비해, 「정오–마루빌딩 풍경」은 정오 점심시간의 시작과 더불어 거리로 쏟아져 나오는 직장인들의 모습을 통해

대도시의 한낮 풍경을 원경으로 포착하고 있다. 「도회의 여름 밤」과는
달리 시인의 상념을 표현한 구절은 등장하지 않으나, "12시"의 "사일렌"과
함께 총총걸음으로 꼬리를 물고 밀려나오는 사람들의 존재가 메마른 도시
정서에 대한 페이소스를 느끼게 한다. "무슨 내가 벚꽃이려나, 벚꽃이려나
벚꽃이려나"는 벚꽃 잎이 휘날리듯 점점이 움직이는 도시인들의 모습을
감성적으로 포착한 부분으로, 무의미한 기계적 동작을 반복하는 현대 도시
생활의 단면을 풍자적 시선으로 응시하고 있다.

> 아파트 2층 일실에는
> 어둔 곳에 흔히 있는 여자가 한 마리 있었다
> 키우는 주인은 콧대 높은 거무스름한 안경과 반지가 빛나는 신사였다
> 콧대 높은 신사는 가부토초(兜町)[50]에서 왔다.
> 그의 하루는
> 밤을 저쪽 집으로 나르고
> 낮을 이쪽 2층에 가져와 온종일 여자를 길들였다
> 그들의 방이 또한 특별한 방으로 둘이 그곳에 있는 동안
> 한낮에는 문을 잠그고 지내고 있었다
> 채소가게입니다
> 가 오면 문을 열고
> 쌀가게입니다
> 가 오면 문을 열고
> 일일이 문을 열어 코를 내밀고 이내 틀어박혀 잠그고 만다
> 어지간히 웃기는 방이었지만
> 아무렇지 않게 지내던 어느 날
> 밖에서는 화약 냄새로 소란스러웠다

---

50 도쿄 추오구(中央区) 니혼바시 근처의 지명. 메이지초기부터 제일국립은행이나 도
쿄증권거래소가 들어서는 등 증권회사, 은행이 밀집한 금융가로 알려져 있다.

콧대 높은 신사는 문을 열고 나와 보았지만 이윽고 그냥 나가 버렸다
얼마 후 방에는 달그락 소리가 나더니 주위가 어질러졌다
연기 나는 세기(世紀)와
그을린 하늘
콧대 높은 분은 이제 돌아오지 않는다
그곳에 떡하니 선 슬픈 아파트
아파트 옆구리에 뻥 뚫린 하나의 구멍이다
그곳에서 새어나오는 식기와 보자기 뭉치
그곳에서 삐져나오는 찻장과 여자.

– 야마노구치 바쿠(山之口獏 1903–63),
「탄흔(弾痕)」『사변의 뜰(思弁の苑)』(1938)

야마노구치 바쿠는 『역정』에 참여한 시인 중 서민적 감각과 자기풍자적인 시법으로 알려진 개성적 존재이다. 시집 『사변의 뜰』이 간행되기 1년 전 『역정』 제3차 동인으로 참가한 그는 결혼에도 불구하고 중일전쟁과 2차 세계대전의 틈바구니에서 일정한 주거도 없이 여러 직업을 전전하면서 방랑상태의 궁핍한 생활을 영위하게 된다.[51] 제목인 "탄흔"을 비롯해 "화약 냄새" 등은 전쟁의 그림자를 떠올리며, "콧대 높은 신사"와 그에 의해 동물처럼 사육되는 "여자"의 대비는 전쟁의 여파로 인한 인간성의 상실과 차별의식을 유머러스하게 풍자하고 있다.

어느 허름한 "아파트"의 "일실" 속 "신사"와 "여자"의 주위와 격리된 폐쇄적 생활 모습이 이야기풍으로 전개되면서 기묘한 인상을 자아낸다. "가부토초"로부터 이 "콧대 높은 신사"는 금융업에 종사하는 샐러리맨, 그에 의해 사육되는 "여자"는 부인으로 여겨진다. 이러한 일그러진 인간관

51　分銅惇作(外)編, 앞의 책, p.493.

계가 암시하는 것은 전쟁의 상흔 속에 뒤틀려버린 서글픈 현실생활의 자조적 모습이다. "연기 나는 세기"와 "그을린 하늘"에 응축된 시대비판의 시선은 전쟁의 비극성을 도시와 자연의 풍경으로 절묘하게 조화시키면서, "떡하니 선 슬픈 아파트"와 그곳에서 쏟아져 나오는 가재도구에 의해 구체화되고 있다. 마지막 부분의 "그곳에서 삐져나오는 찻장과 여자"에서 물질인 "찻장"과 "여자"를 동일 선상에서 포착함으로써, 시의 주제인 인간성의 상실을 부각시킨다.

서민적 휴머니즘에 입각한 인간미의 추구는 『역정』 시인들의 공통 관심사였다. 동 잡지가 배출한 선 굵은 사상시인인 구사노 심페이(草野心平 1903-88)의 다음 시편은 도시의 변모 속에 인간의 존재를 사변적으로 응시하고 있다.

납(鉛) 차가운 흐린 하늘을.
갈매기들 날지 않고.
크레인. 움직이지 않고.
배탈이 난 진눈깨비가 내리기 직전의 한 때를.
하늘은 온통 숨을 죽이고.

1933년 하고 11개월 10일의 역사를 싣고.
지구는 지금 굽이치며 힘껏 돌아가고.
그리고.
미동도 없이.

그대와 내가 여기에 이렇게.
있는 것만으로 벅찬 나는 뜨거워져 눈에는 흙탕물 바다.
원래 역사란 개개각각이 세계의 역사를 살아가는 것으로.
더구나 서로.

역사는 없고.

꿈은 가지고.

쓰키시마(月島)⁵² 일대의 굴뚝에서는.

연기가 몇 줄기 무겁게 흐르고.

　　　　– 「시바우라 매립지에서(芝浦埋立地にて)」『내일은 쾌청하다(明日は天気だ)』(1931)

　제목의 "시바우라"를 비롯해 "쓰키시마" 등 도쿄만 매립지를 나타내는
실제 지명이 당시 공간적 외연 확대를 지속하던 도쿄의 모습을 떠올린다.
주목할 것은 도시의 인위적 변화를 바라다보는 시인의 심정과 사상의
표출에 있다. 단서가 되는 표현이 서두의 "납 차가운 흐린 하늘"로, "납"의
차가운 금속성과 "흐린 하늘"의 어두움이 도시의 변화를 바라보는 시인의
우울한 심정을 대변한다. "갈매기들 날지 않"는 자연의 황량함과 동작을
멈춘 "크레인"의 을씨년스러운 영상이 감각적 조화를 이루고 있다. "배탈
이 난 진눈깨비가 내리기 직전의 한 때"로 잔뜩 흐린 겨울 하늘의 모습을
다소 우스꽝스럽게 묘사하고 있지만, 시의 전체적 분위기는 제2연 이후의
사상적 메시지로 인해 묵직하게 다가온다. 구체적으로 "역사"와 "지구"의
관념적 대비는 인간성이 결여된 도시의 인공화를 비판적으로 인식한다.

　주제는 제3연에서 찾을 수 있다. 우선 첫 행의 "그대"와 "나"는 도시의
무분별한 개발 속에서도 엄연히 존재하는 인간을 가리킨다. 그것은 "역사"
의 비정함 속에서도 묵묵히 자신의 삶을 지속해 가며, 인간으로서의 "꿈"을
망각하지 않는 존재이다. 무게감과 비장함을 수반한 사상적 메시지 속에서
도, 도시의 풍경을 과다한 감정의 과잉 없이 선명하게 포착하고 있다.

52　도쿄 추오구 연안부의 지명으로, 1892년부터 도쿄만(東京湾)에서 준설한 토사(土
　砂)를 이용해 매립지가 들어섬.

이를테면 제1연의 "납 차가운 흐린 하늘"이나 "배탈이 난 진눈깨비", 제3연의 "쓰키시마 일대의 굴뚝"을 흐르는 "몇 줄기"의 "연기" 등이 그것이다. 『사계』파와는 차별되는 지적 요소이다.

2. 기계문명 속의 도시와 서정

전술한 대로 쇼와 초기의 시단은 프롤레타리아 시에 결여된 예술성, 모더니즘 시가 등한시한 현실인식의 반성적 자각 속에서 다양한 시인들이 시적 행보를 이어가게 된다. 『사계』를 중심으로 한 복고적 서정이나 『역정』이 강조한 인간성의 중시는 분명 쇼와 시단의 가장 핵심적인 축으로 군림하였으나, 이와는 별도로 특정 주의나 주장에 치우치지 않은 채 사회적 현실을 응시하고 새로운 시정을 추구하려는 움직임이 대두되었다. 특히 1920년대의 모던 도시 성립 이후 나날이 변모해 가는 산업도시나 공업도시의 모습은 다수의 시인들에게 강렬한 시적 영상을 제공하였다. 이를테면 다음에 인용하는 작품들은 기계문명에 뒷받침 된 공업도시의 분위기를 왕성한 인공적 에너지의 분출로 파악하고 있다.

거인의 팔의 철골,
검고 우람한 늑골 기둥
기중기는 계속 삐걱대며
하늘로 끌어올리고는 내던지는 쇠 부스러기
강은 가득 넘쳐나며
봄 구름은 조용한 그림자를 떨군다.
새카만 철의 거인이여.
부르짖는 발동기 사이사이로
너는 제작한다, 도회를,

그 시시각각의 고동을 교차시키는
거리와 거리 간의 현수교
땀과 먼지로 범벅돼 꿈틀대는 인부
쇠망치 소리는 맑은 하늘에 점을 찍는다.
강기슭 간석지에 버려진 쓰레기
집 없는 개는 코를 킁킁대며 무언가를 찾아다닌다.
비처럼 내리는 오후의 햇살, 기계의 삐걱거림.

— 가와지 류코, 「기중기(起重機)」

『풍속잡지(風俗雜誌)』(1930.7)

신은 있다, 철탑의 애자(碍子)[53]에 있다.
신은 있다, 기중기의 사선(斜線)에 있다.

신은 있다, 철주(鉄柱)의 정점에 있다.
신은 있다, 철교의 호선(弧線)에 있다.

신은 있다, 청천(晴天)과 함께 있다.
신은 있다, 동철(銅鉄)의 빛에 있다.

신은 있다, 근대의 풍경과 있다.
신은 있다, 철판의 울림과 있다.

신은 있다, 기괴한 기관에 있다.
신은 있다, 모터와 회전한다.

신은 있다, 장갑차(탱크)와 달린다.

---

53 전선의 가선 공사 시 전류의 흐름을 막기 위해 지주(支柱) 등의 구조물에 부착하는
도자기로 된 절연 기구(insulator).

신은 있다, 포탄으로 작렬한다.

신은 있다, 원형의 이도(利刀)에 있다.
재단음(裁音)은 하늘까지 깎는다.

신은 있다, 발전기(dynamo)의 영음(靈音)에 있다.
신은 있다, 일순간에 전광(電光)을 발한다.

신은 있다, 철근의 극장에 있다.
신은 있다, 철공의 메이데이에 있다.

– 이하생략, 기타하라 하쿠슈,
「동철풍경(銅鉄風景)」『해표와 구름(海豹と雲)』(1929)

「기중기」에서는 우렁찬 "기중기" 소리에 휩싸인 공업도시의 건조한 풍경
이 시각과 청각으로 어우러져 나타난다. 문맥적으로 "거리와 거리 간의
현수교"는 교각의 건설현장을 떠올리며, "거인의 팔의 철골"과 "검고 우람
한 늑골 기둥"으로 비유된 거대한 기중기에 산업화의 열기로 가득한 근대
도시의 모습을 감지할 수 있다. "너는 제작한다, 도회를"과 "땀과 먼지로
범벅돼 꿈틀대는 인부", "쇠망치 소리"로 인공도시 건설에 여념이 없는
쇼와 초기의 사회적 분위기와 노동자의 모습을 연상한다. "강기슭 간석지
에 버려진 쓰레기"나 "코를 킁킁대며 무언가를 찾아다"니는 "집 없는 개"로
건조하고 메마른 도시의 분위기를 묘사하면서도, "조용한 그림자를 떨"구
는 "봄 구름"과 "맑은 하늘", "비처럼 내리는 오후의 햇살" 등을 교차시켜,
정서적 색채를 조화시키고 있는 점이 인상적이다. 민중이나 노동자의
애환이라는 사회적 메시지의 제시 없이, 산업화와 공업화가 한창인 쇼와
초기의 도시를 그리고 있는 점에서, 전술한 민중시파나 프롤레타리아 시

속의 도시와의 차별성과 이후 도시 관련 시의 방향성을 가늠해 볼 수 있다.

「동철풍경」 또한 "기중기", "철교"를 비롯해, "철판의 울림", "모터", "장갑차(탱크)", "포탄", "발전기" 등의 청각적 어휘와 "철탑의 애자", "기중기의 사선", "철주의 정점", "철교의 호선", "원형의 이도" 등 근경과 원경을 아우른 시각적 묘사, 인용부 마지막의 노동자를 염두에 둔 "철공의 메이데이"에 이르기까지 전체적 분위기는 「기중기」와 유사하다. 공업도시 · 산업도시의 건설이 한창인 기계문명의 근대 도시의 활기와 에너지를 "근대의 풍경"으로 포착하고 있다. 특기할 표현은 매 행 서두에 등장하는 "신은 있다"이다. 시가 수록된 『해표와 구름』이 1912년 세상을 떠들썩하게 만든 유부녀와의 간통사건과 고향 친가의 파산 등을 경험하면서, 기타하라의 시 세계가 기존의 화려하고 현란한 감각적 시풍으로부터 범신론적 자세의 동양적이고 한적한 고담(枯淡)의 세계를 관조하던 무렵의 시집임을 암시한다.

인간미가 결여된 채 획일적으로 추진된 기계화와 과학화는 시간이 지날수록 도시주변의 자연의 모습을 근본에서 변화시켰고, 이에 대해 시인들은 전통적 서정으로는 수렴될 수 없는 상실감을 드러낸다. 특히 1930년대 후반 중일전쟁을 거쳐 2차 세계대전으로 치닫던 전쟁의 기운 또한 도시의 영상이나 이를 에워싼 사상의 표현에 적지 않은 영향을 미치게 되었다. 다음 시편들은 도시를 에워싼 산업화와 공업화의 그림자를 자연과의 대비 속에서 문명 비판적으로 응시한 것들이다.

저 멀리
파도 소리가 난다.
잎이 마르기 시작한 드넓은 갈대밭 위로

고압 전선줄이 크게 늘어져 있다.
지평에는
중유 탱크.
차갑고 투명한 늦가을 햇살 속을
유파우시아[54]를 닮은 실잠자리가 바람에 떠밀리고
유안(硫安)과 소다(曹達)와[55]
전기와 강철 밭에서
노지국화[56] 한 무리가 오그라들어
절멸(絶滅)한다.

− 오노 도자부로(小野十三郎 1903−96),
「갈대지방(葦の地方)」『오사카(大阪)』(1939)

언젠가
지평에는
나트륨 광원(光源) 같은
아름다운 샛노란 태양이 비춘다.
초목의 그림자는 검고
수 백 년 혹은 수 천 년 동안
끊기어 오지 않는
작은 새의 무리가
다시 찾아온다.
삼각형 모양의
테두리만이 전동(顫動)하는 금속판이
아득히

---

54 Euphausia. 남극대륙 주변에 서식하는 새우류의 부유(浮遊)동물의 일종.
55 유안은 유산(硫酸) 암모니아의 속칭으로 질소비료의 일종이며, 소다(soda)는 탄산 나트륨을 말함.
56 국화과의 다년초 식물로, 일본에서는 오사카 서쪽 지역에 많이 분포.

창공 속에서 빛난다.
기계는 무섭게 발달해서
땅 속을 파고들고
보이지 않는다.
태고(太古)의 고사리 풀의 고요 속으로
되돌아간다.
이윽고 언젠가
그런 날이
혹여 오지 않는다고는 할 수 없다.
여기에 다소 여유가 생겨
마음의 평정과
희망이 있어
그들을 치밀하게 계량(計量)할 수 있다면
이 나라의 강철에는
이 나라의 석탄과 석유에는
이 나라의 산소와 수소
염산과 초산(硝酸)과 이황화탄소에는 그 만큼의 준비도 있을 것이다.
고사리 풀잎이나
새들의 순수한 비상(飛翔) 같은
뭔가 두렵도록 조용한
아득한 꿈같은 것도.
혹은.

— 「갈대지방」(四) 『풍경시초(風景詩抄)』(1943)

두 편 모두 오사카의 중공업지대의 갈대밭을 자연의 구성물과의 대비 속에서 묘사한 작품으로, 배후에는 과학의 발전에 따른 도시의 인위적 변화가 자리하고 있다. 수록 시집은 다르지만 동일 주제의 연작시로 볼 수 있다. 오노 도자부로는 1923년 시 잡지 『적과 흑』에 동인으로 참가한 이래 사회비판적 시선의 아나키즘 계열의 시를 다작한 시인으로, 두 시를 관통하고 있는 근대 과학문명에 대한 비판적 시선이 뒷받침한다. 자연의 서정을 말살하는 공업화의 배후에는 당시 범국가적으로 추진된 전쟁의 그림자가 투영돼 있으며, 철저하게 생명체의 존재와 존엄성을 상실한 황량하고 메마른 자연의 정경으로 나타나고 있다.

첫 시의 내용을 요약하자면 과학과 자연과의 보이지 않는 항쟁으로 꿈틀대는 건조한 현실풍경이다. "고압 전선줄", "중유 탱크", "유안", "소다", "강철"로 표상된 공업화의 물결이 "갈대밭", "실잠자리", "노지국화"의 자연 구성물을 "절멸"하려 한다고 말한다. 자연과 과학의 대립과 이에 대한 비판의식이 시인이 추구한 리얼리즘적 사상시로서의 도시풍경을 엿보게 한다.

그러나 시인의 시선이 단순히 자연과 과학의 대립이라는 이념적 구도에만 갇혀 있는 것은 아니다. 중공업의 발전을 강조하는 시대조류의 배후에는 전쟁을 염두에 둔 과학 기반의 근대화라는 국가권력과 자본가의 정책이 위치하며, 어둡고 무기력한 현실이 자연을 메마르고 황폐한 존재로 만들어버린다. 시인은 시의 상황에 대해 갈대는 전쟁으로 치닫던 일본의 정치적 현실을 떠올리며, 당시의 자신의 생활과 사상에 특별한 의미를 부여한 것으로 적고 있다. 구체적으로 "갈대는 결코 자연의 추이 속에서 바람에 흔들리고 있던 것은 아니다. 내 갈대는 그런 곳에는 한 그루도 자라고 있지 않았다. 전쟁, 그 무시무시한 환영(幻影)이 흔들리는 시간과 장소 이외에 갈대는 모습을 드러내려 하지 않았다"고 회상한다.[57] "강철 밭"에서 "절멸"하려는 "노지국화"가 메말라 가는 자연에 대한 감상적 기분에 머물

57 古海永二編, 『現代詩の解釈と鑑賞事典』, 旺文社, 1980, p.511.

지 않고, 전쟁이 초래한 시대의 위기감과 불안감을 현실 풍경에 위탁하고 있다는 해석이 가능하다.

자연과 문명 혹은 과학과의 대립 구도는 「갈대지방」(四)에서도 견지되고 있다. "아름다운 샛노란 태양", "작은 새의 무리", "태고의 고사리 풀" 모두 "수 백 년 혹은 수 천 년"의 영겁의 시간 동안 갈대밭을 지탱해 온 유구한 자연의 모습이다. 그러나 지금은 흔적도 없이 사라진 채, 그 자리를 "테두리만이 전동하는 금속판"이나 "땅 속을 파고"든 "기계"가 대신하고 있다. 이에 대해 시인은 "아름다운 샛노란 태양"이 비추고, "작은 새의 무리"가 다시 찾아오는 "그런 날"이 있기를 기원한다.

주목할 표현은 "여기에 다소 여유가 생겨/마음의 평정과/희망이 있어/그들을 치밀하게 계량할 수 있다면"으로, 반어적으로 그러한 희망의 미래가 찾아올 리 없음을 암시한다. "강철"을 비롯해 "석탄과 석유", "산소와 수소" 등 화학 물질을 앞세운 공업화의 현실에 "고사리 풀잎"과 "새들의 순수한 비상"을 "꿈"꾸는 것도 불가능한 일이다. 시의 주제인 과학만능주의에 대한 회의 내지는 허무감을 역설적으로 표현한 부분이다. 자연의 숨길과 정서를 말살해 버리는 과학기술과 근대문명의 풍경 속에 인간이 관여할 여지는 존재하지 않는다. 두 편 모두 생물체로서의 인간을 전혀 등장시키지 않은 이유가 여기에 있다.

한편 시집 『풍경시초』에는 도시풍경을 염두에 둔 시편이 적지 않은데, 다음 작품도 이에 속한다.

도회에서는
저런 것을 보아도
이제 조금도 흥분을 느끼지 않으나
역시 문득 이런 곳에서 그것을 보면 가슴이 철렁한다.

터널을 나서니 바다였다.
그 바다 돌출부의 그대의 고독.
태양은 다소 비스듬히
하얀 콘크리트 몸통에 흔들리는 매연 그림자도 고요하다.
도시의 한 성격을 파괴하는 듯한
혹은 공업의 오랜 개념을 부정하는 듯한
씻겨나간 선렬(鮮烈)한 것이 그곳에 솟아있다.
아니 오히려 이 세계의 것으로는 여겨지지 않는
야릇하고 조용한 세계를 꿈꾸게 하는 것이
그곳을 지나간다.

— 「시골스러운 해안의 대 굴뚝에(鄙びた海岸の大煙突に)」

해안에 우뚝 선 공장 굴뚝의 을씨년스러운 모습을 도시와의 상념적 비교로 묘사하고 있다. "터널을 나서니 바다였다"의 선명한 화면 전환 속에서, 터널을 경계로 펼쳐진 자연의 바다와 기계문명의 상징인 공장의 이질적 대비가 돋보인다. 검은 연기를 내뿜는 굴뚝들이 늘어선 공업도시의 모습이 시인이 익숙하게 여기는 "도시의 한 성격"이라면, 해안에 우뚝 선 "하얀 콘크리트 몸통"의 거대한 굴뚝은 마치 "공업의 오랜 개념을 부정"하는 위화감으로 다가온다. "야릇하고 조용한 세계를 꿈꾸"는 자연의 공간인 바다에, "파괴"와 "부정"을 수반한 기계화의 손길이 "고독"한 "바다 돌출부"까지 미치고 있다. 장소를 가리지 않고 확산되는 과학 기계문명의 암울한 그림자를 풍자적으로 꼬집고 있다.

녹슨 철로 사이에서
달맞이꽃은 매년 그 종자가 끊겨간다.
알루미늄 페인트를 칠한

은회색의 거대한 공(球)이
작렬하는 모래 위로 늘어선다.
통속과학서가 설파하는
태양열과 조석(潮汐)의 이용이라는 것은 나를 조금도 흥분시키지 못한다.
나의 공상은 지극히 겸손하다.
이제 이삼십 년만 지나면 이 지상에서 파헤쳐질 것이라는 저 비린 새까만
　진흙을 미래라고 말하고 있다.
바다를 보아라.
분명
하나의 설계가
그곳에서 창조될 때
지상의 풍경은 얄미울 만큼 황폐해 보인다.
나는 사물보다
조금 일찍
그곳으로 가야지.
발명과
자본과
철골과 궤도(軌道)의 집적보다
조금 일찍.

- 「인조 석유공장 하나(人造石油工場一つ)」

　역시 『풍경시초』에 수록된, 「시골스러운 해안의 대 굴뚝에」와 거의 동일한 풍자적 시선의 작품이다. 제목의 "인조"가 암시하는 인간의 무분별한 개발 의지가 "달맞이꽃" 등으로 표상된 자연의 모습을 인위적으로 파괴하고, 시인은 이에 대해 "지상의 풍경은 얄미울 만큼 황폐해 보인다"는 리얼리스트로서의 인식을 드러낸다. 무자비한 자연파괴에 대한 우려와 비판은

"이제 이삼십 년만 지나면 이 지상에서 파헤쳐질 것이라는 저 비린 새까만 진흙을 미래라고 말하고 있다"에 분명하게 응축돼 있다. 암울한 인류의 "미래"에 대한 "지극히 겸손"한 "나의 공상"은 "통속과학서"나 "발명" 등 인류가 미래의 삶을 위해 "설계"하고 "창조"해 온 지적 소산의 모순을 꼬집으며, 시인은 이에 대해 "나를 조금도 흥분시키지 못한다"고 말한다. 오노 도자부로의 시는 무분별한 자연파괴에 수반된 공업화와 기계문명에 대한 우려를 삭막한 자연풍경과의 대비 속에 사상적으로 직시하는 도시 풍경시로서의 성격을 지니고 있다.

덜컹덜컹덜컹덜컹
하늘 가득 울려 퍼져
내 울부짖음 외에 말도 통하지 않는다
석탄가루와 철분의 계층을 흘러 떨어지는 구릿빛 태양
그 일대에 뭉게뭉게 자라난
굴뚝과 철 기둥과 크레인과
거미줄 같은 전선(電線)
부풀어 오르는 가스탱크
흘러 떨어지는 태양 속을
덮개를 두른 조청색 트럭이 꼬리를 물고 간다
모래먼지를 일으키며 대지는 부들대고
진동하는 세기(世紀)의 통행이 한창
도로 끝에 시선을 옮기고
　　　숨을 돌리려는 순간―
그을려 기울어진 지붕들 위로
굴뚝 연기를 찢고 뿜어대며
중유(重油)와 쓰레기 먼지가 수면의 무지개를 때리며 불고 지나간다

황량한 초봄의
바람의 호령

– 오카모토 준, 「운하지대(運河地帶)」『밤의 기관차』(1941)

잡초의 싹이 겨우 자라고 있다
군데군데
풍화(風化)한 곡식껍질 파편이 흙과 엉켜있다
펼쳐진 매립지의 건너편
돛대가 교차하고
연기가 얽히어
흐르고 있다

태양은 보이지 않고
바다도 보이지 않고
저물어가는 넓고 푸른 공간 가득히
폭격의 프로펠러를 떠올리는 전기와 철강의 물결이 메아리치고 있다
저쪽
가라앉은 지평선에 기하도형을 그리는
크레인
철골

어느 사이에 모여든 것일까
무수한 까마귀 무리가
저쪽에서
이쪽에서
까악까악 까악까악

까오오 까오오

울어대고 퍼득이고

순식간에 평면 일대를 새까맣게 만들어버렸다

－「까마귀가 있는 풍경(鴉のゐる風景)」「밤의 기관차」

　전술한 아나키즘 계열의 전위파 시인인 오카모토 준은 도시 관련 시편에서 오노 도자부로와 유사한 시적 정서를 드러낸다. 공업화의 한창인 대도시 해변의 매립지를 무대로, 황량한 과학문명의 손길 속에 "초봄"의 계절적 감각과 "바다" 등의 자연적 풍물을 대조적으로 배치하고 있다.

　「운하지대」에서 주목할 표현은 "진동하는 세기의 통행"이다. 매립공사가 한창인 해변을 쉴 새 없이 통과하는 "트럭"을 염두에 둔 표현으로, 산업화를 앞세운 도시의 인위적 외형 변화가 당시의 거스를 수 없는 시대적 조류임을 암시한다. 삭막하기 짝이 없는 건조한 영상 속에서도, "석탄가루와 철분의 계층을 흘러 떨어지는 구리색 태양"이나 "중유와 쓰레기 먼지가 수면의 무지개를 때리며 불고 지나간다"의 신선한 감각묘사가 언어표현에 민감했던 전위적 시인으로서의 면모를 나타낸다.

　「까마귀가 있는 풍경」 또한 선명한 시각적 영상이 두드러지며, 차이점을 든다면 제3연의 "무수한 까마귀"의 존재가 인간미를 상실한 비정한 과학문명을 바라보는 시인의 심정을 암묵적으로 표출하고 있는 점이다. "까마귀"의 "까악까악", "까오오"의 반복된 울음소리에 내포된 불길함이 생물체의 생명을 말살하는 기계문명의 폐해를 암시한다. 이 메마르고 황폐한 땅에는 생명력이 강한 "잡초의 싹"조차 "겨우 자라고 있"을 뿐이다.

　오노 도자부로와 오카모토 준의 시적 메시지는 중화학공업 중심의 무차별적인 공업도시화를 우려하는 목소리에 찾을 수 있다. 환언하자면 획일화된 도시의 산업화와 자연의 존재를 무시한 인위적 도시건설을 비판하고, 아나키스트로서의 무조건적인 문명 비판을 넘어 인간을 비롯한 생명체의 생과 사의 의미로까지 외연을 확대한다.

> 그대들도 매일 경험하고 있을 것이다
> 요즘의 도쿄를 보면
> 가는 곳곳에 함정이 있고
> 가는 곳곳에 낙하물이 있고
> 가는 곳곳에 다모클레스의 검(劍)[58]이 매달려 있다
> 그렇지 않아도 배기가스와 소음의 거리에서
> 나는 하루에도 수십 번
> 냉정하게 발광한다
> 냉정하게 발광하는 것만으로 아직 살아있는 듯하지만
> 내일도 오늘과 같다는 것은
> 살아있지만 죽은 것이다
> 오늘도 나는 냉정하게 발광하여
> 거리에 서서 큰 소리로 외친다
> ──그만 두어라
>   맘모스 도시건설이 뭐란 말이냐!

— 「냉정한 발광(冷静なる発狂)」『밤의 기관차』

시인을 "발광"시키는 것은 "도쿄"로 암시된 "맘모스 도시"의 모습이다. 표면적인 "발광"의 주체는 시인이지만, 실제로는 "배기가스"와 "소음"으로 점철된 도시의 어두운 자화상이다. "함정"과 "낙하물", "다모클레스의 검"

58　The Sword of Damocles. 고대 그리스 디오니시스 왕과 그의 일꾼인 다모클래스에서 유래된 고사로, 행복과 번영 뒤에는 언제나 위험이 따른다는 비유.

이 도처에 도사리고 있는 도시는 인간으로 하여금 "살아있지만 죽은 것"과 같은 절망의 공간이다. 마지막 부분의 "그만 두어라/맘모스 도시건설이 뭐란 말이냐"에 내포된 강한 분노의 외침이 인간성을 상실한 기계문명의 도시를 강력히 비판하고 있다.

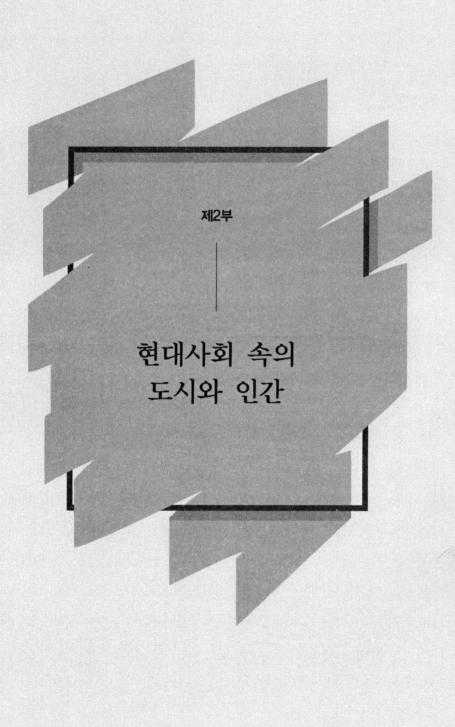

제2부

현대사회 속의
도시와 인간

—

일본 근·현대시 속의
도시와 인간

—

20세기에 인류가 경험한 두 차례의 세계대전은 인간의 삶과 가치관, 인식체계 등을 근본에서 변화시키며, 과학을 비롯한 근대학문과 문학 등의 예술분야에 많은 변화를 초래하였다. 특히 2차 세계대전 후에 대두된 포스트모더니즘과 페미니즘은 현대사회와 문화 전반에 지대한 영향을 미치며 오늘에 이르고 있다. 본 장에서는 전후시를 비롯해, 포스트모더니즘, 신체와 성 등의 세부 주제를 통해 현대사회 속의 도시와 인간의 모습을 중점적으로 논하고자 한다. 현대사회를 살아가는 우리에게 문학작품은 사회나 문화적 현상을 첨예하게 반영하고 있으며, 현실 삶을 에워싼 제반 문제가 단순한 허구 세계의 미적 형상화가 아닌, 우리가 일상 사회생활 속에서 획득하게 되는 구체적 의미성을 드러내기 때문이다.

I 전후시戰後詩 속의 도시와 인간

만주사변(1931)을 시작으로 중일전쟁(1937)을 거쳐 태평양전쟁(1941)으로 이어지는 전화의 소용돌이는 국가정책인 전쟁을 찬미하거나 이에 동조하는 참여시 · 애국시 등의 출현을 초래하였다. 국가권력이 개인의 사생활까지 간섭하거나 통제하는 전체주의 사고가 만연하면서, 전제적

군국주의의 이데올로기에 협력하는 국책문학(国策文学)이 등장하였다. 이러한 현실을 반영하여 대다수 시인들은 침묵을 지키거나 정치적 이념과는 무관한 전통적 서정시를 추구하게 된다. 동 기간을 역사적으로 문학적 침체기 혹은 암흑기로 간주하는 이유가 여기에 있다. 일본의 군국주의는 중앙집권적인 독재정책을 추진하는 과정에서 모든 노동운동이나 민주운동을 비롯해, 문학 등 예술을 이념적으로 철저히 탄압하였다. 국책문학의 입장에 선 일본문학보국회(日本文学報国会)[1] 등의 어용(御用) 단체들은 전쟁을 찬양하는 시국색(時局色) 성격의 시집을 다수 간행하였고, 이로 인해 훗날 전쟁이 끝나자 그들의 전쟁책임 문제가 문단의 화두로 대두되었다.

한편 전쟁기간 중 시단의 일익을 지탱하던 고전과 전통으로의 회귀현상은 기존의 시 세계에 안주하려는 것이었으므로, 전쟁의 종언과 더불어 새로운 시적 방향성을 모색하는 움직임이 활발히 나타난다. 전쟁으로 활동이 위축되었거나 정치적으로 우울한 입장에 있던 시인들이 전쟁의 아픔과 후유증 속에서도 희망의 미래를 추구하는 전후시의 성립으로 이어지게 되었다. 전후시의 공통적 지향점은 시를 통해 전쟁의 정신적 상처와 고뇌를 극복하고 보상받으려는 현실인식에 있으며, 통상적으로 일본의 전후시는 패전 후인 1950년대부터 60년대에 등장한 시 작품을 가리킨다.[2]

---

1 총력전시체제의 일환으로, 1942년 전(全)문단적으로 조직된 사단법인. 제2차대전 하에서 일본주의적인 세계관의 확립과 국가정책의 선전을 목적으로 삼았다. 이에 앞서 태평양전쟁이 시작되던 해「대일본시인회」가 발족해, 당시 시단의 대가적 위치에 있던 다카무라 고타로를 시부회(詩部会) 회장으로 추대하였다.

2 시기적으로 일본의 전후시는 1세대인「황지」그룹의 등장으로부터, 1950 · 60년대의 최성기를 거쳐 소비사회가 도래하는 70 · 80년의 변용기까지를 말하며, 70 · 80년대의 변용기는 '포스트 전후시'에 해당한다고 지적된다.(野村喜和夫,「戦後詩展望」, 城戸朱理 · 野村喜和夫編,『戦後名詩選』(1), 思潮社, 2000, p.204.) 참고로 여기서 '포스트 전후시'는 '현대시'의 명칭으로 대체 가능하다.

1. 1차 전후파 시 속의 도시와 인간

1950 · 60년대의 전후시는 다시 1차 전후파와 2차 전후파로 세분되며, 1차 전후파(1세대)는 모더니즘 성향의 시 동인지인 『황지(荒地)』[3]와 프롤레타리아 계열의 『열도(列島)』(1952.3-55.3) 등을 거점으로 활동한 시인들을 가리킨다. 연령적으로는 1920년을 전후로 출생하여 출정(出征)을 포함해 전쟁을 몸소 체험하고, 1940년 직전에 시적 청춘을 맞이한 세대이다.

우선 『황지』는 전후시의 역사적 출발을 알린 기념비적 잡지이다. 영국의 시인 엘리엇(T.S. Eliot)이 시집 『The Waste Land』(1922)를 통해 제1차 세계대전으로 황폐해진 유럽의 문화와 정신 풍토를 황무지로 간주하고 재건하려했던 것처럼, 전쟁으로 폐허가 된 일본의 사회적 · 정신적 현실을 황무지로 인식하고, 인간성의 회복과 새로운 시적 이상을 추구하였다. 『황지』시인들의 대다수는 전쟁이 환기하는 생존 문제와 현실 세계의 틈새를 시로 메우려는 의식을 갖고 있었다.

공통된 시풍은 전쟁기의 전제적이고 획일적인 사고아래 붕괴해 버린 지식인 · 시인들의 사상적 결함과 근대문명의 위기를 직시하고 극복하려는 것이었다. 시에서 의미나 정신의 추구를 경시한 결과 수사기교에 치우치고 말았던 전대의 모더니즘 시의 언어유희적 태도를 비판하면서, 동시대를 살아가는 인간의 존재성을 묻는 실존적 태도를 견지하게 된다. 시를 인간이라는 존재의 표현형식으로 간주하고 현실의 정황인식을 시인의 윤리적 가치로 도입시킨 점에서, 동 잡지가 전후시의 방향에 미친 영향은

---

3 전쟁 기간 중인 1939년에 창간되었다가 1년 만에 중단된 후, 실질적 창간인 1947년
   부터 1958년까지 연간시집 『황지시집』(전 8권)과 함께 전후 시단을 주도하였다.

지대하다. 시를 쓰는 이유와 주제를 명확히 하고, 시인의 사회적 책임을 자각한 그들의 태도는 일본 전후시의 방향성을 제시하고 있다.

『황지』가 지향한 정치적 이데올로기의 배제와 실존의식의 추구와는 대조적으로, 좌익 성향에 입각해 전전의 프롤레타리아 시를 비판적으로 계승한 그룹에 『열도』가 있다. 동 그룹은 제국주의 전쟁에 협력하지 않고 저항한 문학자를 대상으로 1945년 12월에 결성된 「신일본문학회」의 정신을 바탕에 두면서, 전후 사회 전반에 대두된 민주주의 문학운동을 의식하고, 사회적·정치적 관심을 전면에 내세운 시의 창출을 모색하였다. 『황지』가 시의 의미성을 획득하여 전대의 모더니즘을 비판적으로 극복하려 했다면, 『열도』의 시인들은 『황지』 시인들이 거부한 모더니즘의 전위적인 아방가르드 기법을 도입하고 민중의 연대를 시도함으로써, 전대의 프롤레타리아 시를 초월하려 하였다. 『황지』가 제시한 전후시의 방향성을 의식하는 한편, 전위적 요소와 사회적 풍자성의 접목이라는 독자적인 시 세계를 구축하였다.

특히 『열도』는 사회에 대한 정치적 관심과 전전의 프롤레타리아 시에 결여된 예술성을 동시에 추구하는 과정에서, 현대시의 가장 두드러진 특징인 초현실주의적 기법을 도입하여 시의 조형성과 전위성, 풍자성을 강조하였다. 아울러 전후 민주화의 풍조에 따른 일반적인 대중문화가 형성되는 시대분위기 속에서 1950년대 전반기에 고조된 「서클(Circle)시 운동」[4]과의 제휴를 통해, 일반 민중의 공감대에 선 국민시와 정치적·예술적 전위시의 가능성을 동시에 모색하였다. 동 잡지가 강조한 시의 사상화(思想化)는 전전(戰前)의 시로부터의 질적 변혁을 추구한 전후시의 특징을 명확히 드러낸다.

---

4 특정 전문가 집단에 의한 시가 아닌, 직장이나 지역 단위의 보편적 문학으로서의 국민시의 성립을 시야에 둔 운동.

예컨대 안개와
모든 계단의 발자국 소리 속에서,
유언집행인이, 희미하게 모습을 드러낸다.
----이것이 모든 것의 시작이다.

머언 어제……
우리들은 어두운 술집 의자 위에서,
일그러진 얼굴을 주체스러워하거나,
편지 봉투를 뒤집어본 적이 있었다.
「사실은, 그림자도, 형체도 없다고?」
----죽을 뻔 해보니 분명 그 말 대로였다.

M이여, 어제의 차가운 창공이
면도날에 언제까지나 남아 있구나.
하지만 난, 언제 어디에서
그대를 놓치고 말았는지 잊어버렸다.
짧았던 황금시대----
활자 바꾸기와 하느님 놀이----
「그것이, 우리들의 낡은 처방전이었다」고 중얼거리며----

언제나 계절은 가을이었다, 어제도 오늘도,
「쓸쓸함 속에 낙엽이 흔들린다」
그 소리는 사람 그림자 속으로, 그리고 거리로,
검은 납(鉛) 길을 계속 걸어왔던 것이다.

　　　 – 이하생략, 아유카와 노부오(鮎川信夫 1920-86), 「죽은 남자(死んだ男)」

1951년의 『황지시집』을 거쳐 훗날 『아유카와 노부오 시집』(1955)의 권두를 장식한, 일본 전후시의 출발을 알린 기념비적 작품이다. 아유카와 노부오는 도시적 영상 속에서 현대문명에 대한 비판과 위기의식을 선명하게 노래한 『황지』의 이론적 지도자이다. 시 속 "M"은 『황지』의 동료시인으로 전쟁 중 미얀마 전선에서 사망한 모리카와 요시노부(森川義信 1918-42)를 말하며, 제1연의 "유언집행인"은 고인이 생전에 남긴 유지를 이어받아 실현시키려는 시인 자신을 가리킨다.

제1연은 "유언집행인"의 등장을 그리고 있다. 이것을 "모든 것의 시작"으로 묘사하여, "M"을 대신해 살아가게 되는, 전쟁에 살아남은 자로서의 역할을 자임한다. 제2연에서는 전쟁으로 치닫던 당시 젊은 지식인들의 모습 속에 암울한 시대분위기를 투영한다. "어두운 술집"은 도시적 영상을 암시하는 표현으로, 시대의 울분을 암묵적으로 표상하고 있다. "일그러진 얼굴"과 뒤집혀진 "편지 봉투"는 어긋나 버린 시대의 자화상의 비유적 표현으로, "그림자도 형체도 없다"는 "M"의 말을 거쳐, 삶의 공허감, 존재의 허무감으로 의미를 확장한다. 이러한 암울한 삶의 현실인식은 전쟁에서 죽을 뻔한 체험의 공감을 거쳐, 지금은 "면도날"처럼 날카롭게 차가워진 시인의 지적 응시를 이끌어 낸다. 나아가 "M"과의 과거의 회상 속에 "황금시대"로 표상된 청춘기를 떠올리고, 모더니즘 시인으로서 언어표현에 집중하던 "활자 바꾸기"와 자신들의 천재성을 과시하던 "하느님 놀이"로 이를 구체화시킨다. 그러나 자신들의 과거의 화려한 시적 행보가 지금의 병든 시대를 치유할 수 없는 임시방편("낡은 처방전")이었음을 자각하는 순간, 시간의 흐름을 가늠할 수 없는 회의 심리를 드러낸다. "언제 어디에서/그대를 놓치고 말았는지 잊어버렸다"의 상실감이 그것이다.

제4연에서는 "가을"의 계절적 쓸쓸함과 "검은 납 길"의 메마르고 비정한 정신성이 전쟁으로 얼룩진 "어제"와 전후의 "오늘"에 이르기까지 절망과 비극의 시간이었음을 자각한다. "검은 납 길"에 응축된 관념적 이미지는 전쟁으로 치달아 온 시간의 비극성을 공간적으로 자각하면서, "납"의 차가운 금속성을 통해 그것이 얼마나 메마르고 냉혹한 것이었음을 암시한다. 제2연의 "어두운 술집"과 함께 시의 주된 무대 공간이 도시적 영상에서 비롯되었음을 뒷받침하며, 배후에는 아유카와의 시에 나타난 문명 비판성이 기본적으로 소비적이고 물질적인 도시문명에 기인하고 있음을 나타내고 있다. 시인이 비판하는 전쟁의 비극성이 인류의 문명화 의지가 초래한 필연적인 귀결점 내지는 숙명임을 의미하기 때문으로, 도시는 곧 전쟁의 처절한 기억을 감각적으로 비추어 온 문명 발전의 결과물이다.

> 독일의 부각화에서 본 한 풍경이 지금 그의 눈앞에 있다 그것은 황혼에서 밤으로 접어드는 고대도시의 부감도(俯瞰図) 같기도 하고 혹은 심야로부터 새벽으로 안내되는 근대의 낭떠러지를 모사한 사실화 같다고도 여겨졌다
>
> 이 남자 즉 내가 말하기 시작한 그는 젊은 나이이면서 아버지를 죽였다 그 가을 어머니는 아름답게 발광(発狂)하였다
>
> — 다무라 류이치(田村隆一 1923-88), 「부각화(腐刻画)」
> 『사천의 날과 밤(四千の日と夜)』(1956)

다무라 류이치는 『황지』 시인들의 공통적 특징인 현대문명의 위기감을 선명한 모더니즘적 언어감각으로 묘사하였다. "독일의 부각화에서 본 한 풍경"은 전쟁으로 황폐해진 일본의 모습을 관념적으로 포착한 시적 비유이다. "고대도시의 부감도"와 "근대의 낭떠러지"의 통시적 대비 속에서, "부감도"가 암시하는 시선의 수직성과 높이는 전쟁의 황폐가 초래한 정신적 충격을 감각적으로 형상화한다. "황혼에서 밤으로"의 어둠 속에 싸인 "고

대도시"는 인류의 역사와 더불어 끊임없이 지속되어 온 전쟁의 암흑의 그림자를 떠올리고, "심야로부터 새벽으로 안내되는 근대의 낭떠러지"는 여전히 전쟁의 어둠에서 헤어나지 못하고 있는 암울한 현실을 "사실화"처럼 생생하게 투영한다. 도시를 매개로 "고대"와 "근대"가 공존하는 시간적 모순성은 인류의 신화적 망상인 전쟁을 통해서만 인지할 수 있는 관념의 세계로서, 후반부의 반윤리적 오이디프스(Oidipous) 설화의 비극성으로 이어진다.

시의 키워드인 "근대의 낭떠러지"는 전쟁으로 절체절명의 위기에 처한 근대 문명국가 일본의 모습을 표상한다. 시인은 모든 권위의 상징인 "아버지"를 죽임으로서, 기존의 습속이나 전통을 정면에서 부정하고 단절하려는 초(超)윤리적 자세에 자신을 위치시킨다. 결국 "아버지"는 인류의 비극인 전쟁과 전후의 황폐를 초래한 일본 근대의 시적 비유에 다름 아니다. 마지막 부분 "아름답게 발광한 어머니"는 전쟁의 소용돌이에 휩싸인 모국의 모습을 감성적으로 확인한 표현으로서, 전쟁으로 치닫던 우울한 시대상황이 자신의 시 세계를 자극하고 성립시킨 원동력임을 나타낸다. 문명국가를 표방하면서도 인류사의 모순이자 비극인 전쟁을 답습한 일본의 어리석은 모습을 "고대"에서 "근대"로 이어지는 역사의 시간성과 도시의 공간성으로 관념화하고 있다.

봄은 모든 무거운 창에 거리의 그림자를 비춘다.
거리에 비는 그치지 않고,
우리들의 죽음이 마침내 오게 될 부근도 부옇다.
언덕 위의 공동묘지.
묘지는 우리들 각자의 눈 속까지 십자가를 태우고,
우리들의 쾌락을 측정하려한다.
비가 묘지와 창 사이에,

제라늄(geranium)이 장식된 작은 거리를 선염(渲染)한다.
차바퀴의 회전 소리는 조용한 빗속으로,
비는 삐걱대는 차바퀴 속으로 사라진다.
우리들은 묘지를 바라보고,
죽음이 스치며 부르는 소리를 묘석 아래로 추구한다.
모든 것은 그곳에 있고,
모든 기쁨과 괴로움은 순식간에 우리들을 그곳으로 연결한다.
언덕 위의 공동묘지.
벽돌로 만든 빵을 굽는 공장에서,
우리의 굴욕 때문에 타는 냄새가 흐르고,
거리를 편안한 환영(幻影)으로 채운다.
환영은 우리들에게 무엇을 주려는가.
무엇으로 인해,
무엇을 위해 우리들은 관(管) 같은 존재인가,
다리 밑의 블론드(blond)의 물결,
모든 것은 흐르고,
우리들 창자에 죽음이 흐른다.
오전 11시,
비는 삐걱대는 차바퀴 속으로,
차바퀴의 회전 소리는 조용한 빗속으로 사라진다.
거리에 비는 그치지 않고,
우리는 무거운 유리 뒤에 있어,
누워있는 손발을 움직인다.

- 기타무라 다로(北村太郎 1922-92), 「비(雨)」 『기타무라 다로 시집』(1966)

『황지』시인들의 작품은 죽음의 이미지로 채색되어 있을 정도로 죽음 관련 시편이 다수 등장한다. 전쟁의 암울한 기억에서 자유로울 수 없는 1세대 시인들에게 죽음은 전쟁이 초래한 필연적 결과물이었고, 정신적 상처의 극복은 새로운 시적 삶을 추구하기 위한 필연적 과제였다. 숙명과 같은 죽음의 그림자가 시 전체를 감싸고 있는 이유이다. 추적추적 내리는 "비"로 "부옇"게 채색된 "봄"의 "거리"에 시인은 "죽음이 스치며 부르는 소리"를 도시의 "환영" 속에 듣는다. "언덕 위의 공동묘지"는 죽음으로 축적된 시간의 역사를 자각하는 공간이자, 전쟁의 상흔을 내포한 도시의 표상물이다. 이를 염두에 둔 "우리들의 죽음이 마침내 오게 될 부근"은 비록 전쟁에서 살아남았다고는 하나, 여전히 죽음의 상처에서 자유로울 수 없는 1세대 전후시인의 보편적 심리를 드러낸다.

그러나 시의 감상 포인트는 죽음의 무거운 그림자에 싸인 도시의 "환영" 속에서도 본능적으로 감지하는 생의 암시가 모더니즘의 세례를 받은 『황지』파 시인들의 선명한 언어감각으로 표출되고 있는 점이다. 이를테면 "우리들 각자의 눈 속까지 십자가를 태우고/우리들의 쾌락을 측정하려한다"를 비롯해, "제라늄이 장식된 작은 거리", "다리 밑의 블론드의 물결"은 죽음의 상념 속에서 꿈틀거리는 희미한 생의 윤곽을 감각적으로 포착한 부분이다. "우리들 창자에 죽음이 흐른다"로 죽음의 굴레와 상처를 숙명적으로 인지하면서도, "십자가를 태우고", "모든 것은 흐르고"와 마지막의 "누워있는 손발을 움직인다"에 의해 삶의 필연성을 확인하려는 의지를 관념화한다. "우리들"이 위치한 "유리 뒤"라는 공간도 생의 가시(可視)를 무의식적으로 표출한 결과물이다. 결국 이 시는 죽음을 가까이에서 체험한 1세대 전후시인으로서의 생과 사의 착종심리를 봄비 내리는 도시의 영상 속에서 은유적으로 표현한 것으로, 생과 사의 교차가 "모든 기쁨과 괴로움"으로 점철된 채, 때로는 "쾌락"으로 때로는 "굴욕"으로 다가오고 있는 이유를 가늠해 볼 수 있다.

한편 다음도 『황지』파 특유의 죽음의 그림자가 드리운 도시의 모습 속에서 미래를 향한 삶의 의지를 추상적으로 묘사한 작품이다. 작자인

요시모토 다카아키(吉本隆明 1924-2012)는 아유카와 노부오, 다무라 류이치와 함께 『황지』의 관념적 시풍을 대표한다.

이례(異例)의 세계로 내려간다 그는 아쉽고
애석한 듯하다
남겨진 세계의 소녀와
사소한 생활의 비밀을 서로 나누지 않았던 것
또한 욕망의 한 조각이
풍요로운 빵의 향기나 타인의
겸손한 경례
로 바뀔 때의 쾌감을 알지 못했던 것이

하지만
그 세계와 세계와의 결별은
간단했다 어두운 혼이 타 문드러졌다
수도(首都)의 쓰레기 위에서 지배자를 향해
고개를 가로젓고
너덜너덜한 전재(戰災)의 소년이
재빠르게 그의 지갑을 훔쳐 달아났다
그때 그의 세계도 도둑을 맞은 것이다

무관계하게 세워진 빌딩과
빌딩 사이
를 그물코처럼 지나가는 바람도 즐거운 듯한
군중 그 속의 밝은 소녀
도 그의
마음을 울려퍼지게 할 수는 없다
살아있는 육체 쏟아붓는 듯한 애무
도 그의 혼을 결정할 수가 없다

사는 이유를 잃었을 때
살아 죽음에 가깝고
죽는 이유를 추구하지 않을 수 없다
그의 마음은
일찌감치 이례의 세계로 내려갔지만
그의 육체는 십년
화려한 군중 속을 걷고 있었던 것이다

비밀에 둘러싸여 가슴을
흐르는 것은 이룰 수 없을지도 모르는 꿈
굶주려 배접(褙接) 없는 종이 같은 정사(情事)
사라져가는 꿈
그는 종이 위에 쓰여진 것을 부끄러워한 후
미래로 떠난다

― 「이례의 세계로 내려가다(異数の世界へおりてゆく)」
『요시모토 다카아키 시집』(1963)

시의 주제는 마지막 2행에 암시돼 있다. '자연'과 '사랑'에 의해 나아가야
할 방향을 가늠하지 못했던 전후 "십년"간의 고뇌와 혼미를 떨쳐버리며,
가까스로 "마음"만이 아닌 "육체"와 함께 자신의 전체와 과거의 세계와
"결별"하고, 실천적 "미래"를 향해 출발하는 결의를 드러낸다.[5]

"이례의 세계"란 시인이 지향하는 "풍요로운 빵의 향기"와 "타인의 겸손
한 경례"와는 무관한 비일상적 세계이다. "그"로 표상된 시인을 포함한
기성세대에 대해, "소녀"와 "소년"의 미래세대와의 대비가 전후 "십년"의
시간적 경과 속에서도 여전히 전쟁의 아픈 기억을 떨쳐버리지 못하고

---

5 伊藤信吉(外)編, 앞의 책(「近代詩集」), p.192.

있음을 시사한다. 그러한 시인의 암울한 상념을 구체적으로 형상화하고 있는 것이 제2연의 황폐하고 병든 전후 사회의 도시적 영상이다. "수도의 쓰레기 위"에서 "지갑을 훔쳐 달아"나는 "전재의 소년"의 비행은 "죽음"으로 점철된 기성세대의 절망감을 암묵적으로 떠올린다. 깊은 정신적 자괴감 속에서 제3연의 "그물코처럼 지나가는 바람"이나 "군중" 속의 "밝은 소녀"는 시인의 "혼"을 "죽음"에 가까운 것으로 인식하게 만든다. 그럼에도 궁극적으로 시인이 새로운 출발을 다짐할 수 있는 것은 전술한 대로 정신이 결여된 채 육체적 "욕망"에만 몰두해 온 과거의 삶을 "부끄러워"하는 자성의 태도 때문으로, 그것은 "화려한 군중"으로 비유된 도시의 환상으로 연결된다. 전체적으로 지극히 추상적이고 관념적 성격의 작품이지만, "풍요로운 빵의 향기나 타인의/겸손한 경례", "그물코처럼 지나가는 바람", "굶주려 배접 없는 종이 같은 정사" 등의 신선하고도 감각적인 어휘구사가 모더니즘의 세례를 받은 황지파 시인으로서의 면모를 드러내고 있다.

이처럼 『황지』의 시인들은 죽음의 그림자에만 갇혀 있었던 것은 아니며, 오히려 죽음을 통해 삶의 의미를 자문하고, 인간의 존재가치를 현실과 이상의 괴리 속에서 발견하려는 공통된 의식을 갖고 있었다. 위의 두 편이 암시하는 생의 미래를 향한 사고가 이를 뒷받침하며, 그것은 전후시로서의 일관된 시적 사상성을 제시하는 것이었다. 실제로 다음 시편들은 암울한 과거의 시간 인식에 대한 관념적 사고에서 벗어나, 도시생활 속의 소소한 일상풍경을 풍자적으로 꼬집으면서, 생을 영위하는 자의 허무의 심정과 삶의 의미성을 현실 속 영상으로 포착하고 있다.

    침묵과 행동 사이를
    배추흰나비처럼
    가뿐히

아름답게
나는 일찍이 날아 본 적이 없다

잠자코 있을 수 없어
큰 소리로 외친다
그러자 무언가가 내 꼬리를 거칠게 꿇어앉힌다
잠자코 있어야
잠자코 있어야 했다고

무엇을 해도 소용없다고
천연덕스럽게 입을 다문다
그러자 무언가가 난폭하게 내 다리를 밟아 누른다
잠자코 있을 놈이 있는가
한 발짝이든 두 발짝이든 앞으로 나가야 했다고

저녁 비어홀은 사람으로 가득하다
모두가 제각각 멋대로 열을 올리고 있다
그 속에서 혼자
잔을 기울이는 내 귀에는
그러나 무엇 하나 말 같은 소리는 들리지 않는다

설령 내가 무슨 말을 해도
설령 내가 아무 말을 안 해도
그것은 이곳에서는 마찬가지
본 적 없는 사람들 사이에서 마음 편하게
한 잔의 맥주를 마시는 쓸쓸한 한때

나는 그저 무심하게 맥주를 마시고
도회 군중의 머리 위를 날아가는

한 마리의 배추흰나비를 눈에 그린다
그녀의 눈에 비치는
멀리 펼쳐지는 유채꽃밭을

　　　　　　　－「비어홀에서(ビヤホールで)」『어느 날 어느 때(ある日ある時)』(1968)

　작자인 구로다 사부로(黒田三郎 1919-80)는 평이한 일상성을 담담하고 소박하게 표현한 시인으로 정평이 있다. 도시 "비어홀"에서 "한 잔의 맥주"를 기울이며 떠올리는 쓸쓸한 삶의 상념이 평범한 도시인의 하루를 소묘한다. 주목할 표현은 제1연의 "침묵과 행동"으로, 과거에서 현재에 이르는 삶의 과정을 자성적으로 포착한 결과물이다. 자신의 삶이 "침묵과 행동"의 균형을 상실한 것이었다는 자각이 제2·3연에서 일종의 회의 심리로 회고되면서, 지나온 과거를 쓸쓸하다고 여길 수밖에 없는 필연적인 이유로 제시되고 있다.

　그러나 시인은 비록 자신의 과거의 삶을 후회스럽게 여기면서도 삶에 대한 고고한 이상을 숨기지 않는다. "도회 군중의 머리 위"를 날고 있는 "한 마리의 배추흰나비"는 도시의 소음에 소외된 채 고독한 삶을 살아가는 시적 자화상에 머물지 않고, 도시생활에서 꿈꾸는 "멀리 펼쳐지는 유채꽃밭"을 통해 자신이 추구하는 그윽한 삶의 향기를 서정적 원경으로 포착하고 있다. 제4연에서 시끄럽게 떠들어대는 사람들의 말소리는 시인에게는 공허한 도시의 소음에 불과하며, "본 적 없는 사람들 사이에서 마음 편하게" 맥주를 마실 수 있는 이유이기도 하다. 다수의 "군중"에 소외된 개인으로서 도시를 쓸쓸하게 살아가는 인간에 대한 관심과 조명은 분명 『황지』 시인들의 또 다른 시적 지향점이라고 할 수 있다. 고독하지만 소박한 도시적 삶을 통해 현재를 살아가는 인간으로서의 존재성을 차분히 관조한다.

「분명, 차기 지점장이에요, 당신은」
얼굴빛을 살피면서 아첨을 떤다,
이 말을 들은 쪽은 싱글벙글하면서,
「자, 한잔 하게」라며 술잔을 내민다.

「그 과장, 사람 부릴 줄 몰라」
「부장 승진은 무리라고 하더군」
온 일본이, 회사로 넘쳐나므로,
술집에서의 이야기도 인사에 관한 것 뿐.

이윽고 헤어져서 모두 혼자가 되는,
이른 봄의 밤바람이 모두의 얼굴을 쓰다듬고 간다.
술이 깨서 쓸쓸해진다,
빈 담배각과 작은 돌을 걷어차 본다
어릴 적에는 꿀 꿈이 있었건만
회사에 들어오기 전에는 작은 이상도 있었건만.

– 나카기리 마사오(中桐雅夫 1919–83),
「회사의 인사(会社の人事)」『회사의 인사』(1979)

나카기리 마사오는 대학 졸업 후 25년간 신문사에 근무하면서 샐러리맨 생활을 체험하게 되는데, 이 시는 그때의 경험을 토대로 한 작품이다. 시기적으로 전후의 고도 경제성장기를 거쳐 1970년대에 이르는 사회의 분위기를 떠올린다.

매년 이른 봄이 되면 회사는 인사이동으로 분주해지고, 인사를 에워싼 전망과 기대는 현재까지도 도시 직장인들의 가장 큰 관심사이다. 퇴근 후 어느 "술집"에서 벌어지고 있는 도시 샐러리맨들의 소소한 대화들이 현대사회를 살아가는 인간들의 평범한 삶의 모습으로 의미를 확장한다.

문맥적으로는 샐러리맨들의 대화에 국한돼 있으나, 그들의 인사를 에워싼 관심사는 곧 소시민적 삶의 반영물이기 때문이다. 제3연에서 술집에서의 열띤 대화를 뒤로 하고 귀가하는 사람들의 발길은 평범한 일반 서민들의 모습으로 파악 가능하다. 술집을 나온 후 "이윽고 헤어져서 모두 혼자가 되는/이른 봄의 밤바람이 모두의 얼굴을 쓰다듬고 간다"의 장면 전환을 통해 조금 전까지도 열기와 소음으로 넘쳐나던 분위기를 단숨에 정적 상태로 환원해 버린다. 마치 열띤 토론이 아득한 과거의 일처럼 여겨지는 이유이다. "술이 깨서 쓸쓸해진다/빈 담배각과 작은 돌을 걸어차 본다"는 샐러리맨과는 무관한 평범한 소시민의 행동으로 볼 수 있다. 마지막 두 행의 "꿈"과 "이상"이라는 관념적 시어를 배치하면서도, 이 시가 추구하는 소박한 도시인의 삶의 애환이 진솔한 공감으로 다가오는 이유이기도 하다. 1970년대라는 시기가 암시하듯 『황지』 시인들의 관심은 이제 과거보다는 현재, 관념보다는 현실의 생활에 집중돼 있었다. 기본적으로 도시는 여전히 그들의 시적 출발점인 문명비판의 테제로 인식되고 있지만, 그들의 관심은 집단적 이상보다는 개인의 현실이나 생활의 정감으로 변화하고 있다.

* 『열도列島』의 시인들과 도시

전술한 대로 『열도』는 전전의 프롤레타리아 시를 비판적으로 계승한 그룹으로, 전후 사회에 대한 사회적 · 정치적 관심을 전면에 내세우면서 시의 사상성과 이데올로기적 요소를 강조하였다. 죽음의 그림자가 빈출한 『황지』파와는 달리, 현실을 살아가는 민중에 대한 관심과 연대를 바탕으로 그들의 일상적 삶에 집중하고 있다는 차별성을 지닌다.

굉장하다!

이 녀석은 정말 참을 수 없다

모처럼 왔는데

마천루도 보이지 않는다

뭐가 뭔지 오리무중

그도 그럴 것!

미국은 무엇이든 최고

안개도 런던보다 깊다

거짓이라고?

직업안정소에

가서

시험해 봐라!

뉴욕에서는

안개를

삽으로

나르고 있다!

— 세키네 히로시(関根弘, 1920–94), 「무엇이든 최고(なんでも一番)」

『그림의 숙제(絵の宿題)』(1953)

세키네 히로시는 『열도』를 주도한 인물로, 위의 시는 간결하면서도 풍자와 위트에 넘치는 그의 초기 시풍을 엿볼 수 있는 대표작이다. 제목의 "무엇이든 최고"는 세계 최고의 문명국가인 미국을 조롱하는 반어적 표현이다. "마천루"는 고층빌딩가가 늘어선 첨단도시 "뉴욕"의 중심부이지만, 깊은 "안개"로 뒤덮인 지금 위용을 가늠할 수 없다. "오리무중"에는 안개로 유명한 "런던"과의 대비 속에 혼돈과 불확실로 가득 찬 현대 물질문명에 대한 회의와 비판이 담겨 있다. 안개는 단순한 기상현상의 의미를 넘어 스모그 등의 도시 공해를 암암리에 떠올림으로써, 공업화에 수반한 기계문명의 폐해를 환기한다. 결국 "오리무중"은 문명을 찬양하는 인류의 어리석음과 미래의 불확실성을 이중적으로 투영한 표현으로 볼 수 있다. 이 과정에서 "뉴욕에서는 안개를 삽으로 나르고 있다"의 감각적 풍자는 경직된 사상의 직설적 어휘구사로 일관한 전대의 프롤레타리아 시인들에게는 볼 수 없었던 현대적 언어감각이다.

주목할 표현은 "직업안정소"이다. "뉴욕"으로 표상된 거대한 현대 도시의 이면에는 직업을 갖지 못한 수많은 노동자들로 넘쳐나며, "직업안정소"는 이들의 운명을 좌우하는 도시적 공간이다. 화려한 대도시와 가난한 노동자들의 암묵적 대비가 이 시가 표현하려는 현대 도시문명의 아이러니를 선명하게 인상짓는다. 『열도』시인들이 추구한 프롤레타리아 시의 정치의식을 현대 물질도시의 부정적 단면으로 조화시킨 수작으로서, 우회적이지만 강렬한 시적 메시지가 압축된 언어표현으로 전개되고 있다.

> 폐선(廃線)이 된 K급행열차 철교에 올라 하구를 바라보았다
> 매립공사는 휴식인가
> 김을 양식하는 배도 석탄을 나르는 거룻배도 끊긴 기묘한 시간이다
> 썰물이 쑥쑥 빠져나가는 물의 움직임이
> 공허한 정적으로 피어오르고 있었는데
> 하구에 홀연히
> 작은 배가 나타났다
> 보트 모양의 작은 배다 눈을 비비니
> 중년을 넘긴 여자 어부인 듯하다
> 격하게 팔이 움직이고 있다
> 썰물을 거슬러 올라온다
> 시선을 빼앗기고 있자니 문득
> 인기척을 느꼈다
> 주위를 둘러보고 깜짝 놀랐다

철골에 웅크린 나와 나란히
남자들 몇 명이 물끄러미 하구의 배를 보고 있다
어디 사는 누군지 분별이 안 간다
역광 속에 검게 얼굴을 두고
한 덩어리의 남자들이 배를 보고 있다
그럴 리 없는 이곳에 올라온 것은 한사람이다
라며 멈춰 섰다
내일이라도 진료소의 친구를 찾아 갈 필요가 있을까
환각을 치료하지 않으면 안 되는 것인가
아니 그래서는 안 돼 왠지 안 돼 라고 여기고
다시 철골에 웅크린다
역광 속에 검게 얼굴을 두고
한 덩어리의 그림자들과 함께
발밑으로 다가오는 여자 어부의 배를
응시했다

— 구로다 기오(黒田喜夫 1926–84), 「하구 조망(河口眺望)」

『불안과 유격(不安と遊撃)』(1959)

프롤레타리아 시의 비판적 계승과 『황지』의 시인들이 거부한 모더니즘적 전위시를 결합시키려는 『열도』시인들의 시적 의도를 잘 드러낸 작품이다. "여자 어부"가 암시하는 현실 노동자로서의 모습과 "내일이라도 진료소의 친구"에게 "환각을 치료하지 않으면 안 되는 것인가"의 "환각"의 표현이 현실과 초현실적 분위기를 조화시킨 전위적 시의 성격을 나타낸다.

무대는 "매립공사", "석탄을 나르는 거룻배"로부터 도시화가 한창 진행 중인 "하구"이다. 서두의 "폐선이 된 K급행열차 철교"의 살풍경(殺風景)적 분위기는 인간의 손에 의한 인위적 도시 산업화의 그림자가 조용한 자연 속 바다 어귀에도 미치고 있음을 암시한다. "김을 양식하는 배도 석탄을

나르는 거룻배"도 보이지 않는 "기묘한 시간"은 "역광 속에 검게 얼굴"로부
터 땅거미가 내려앉는 저녁 무렵을 연상시키며, 홀연히 나타난 "중년을
넘긴 여자 어부"의 "배"가 이질적 분위기로 다가온다.

"그럴 리 없는 이곳에 올라온 것은 한사람"으로 포착된 "중년을 넘긴
여자 어부"의 출현은 시의 전체적 긴장감을 야기하고 있다. 이를 "웅크"리
고 바라보는 시인을 포함한 "한 덩어리의 남자들"의 방관자적 시선 속에
주위가 "공허한 정적"에 싸인 시간대에 오직 이 "여자 어부"만이 "격하게
팔이 움직이"며 "썰물을 거슬러 올라"오고 있다. "중년"이 지난 나이에도
시간을 거스르며 작업에 임해야 하는 "여자 어부"의 움직임은 이 시의
메시지인 노동자들의 현실생활의 고통을 암시한다. 느닷없이 등장한 "내
일이라도 진료소의 친구를 찾아 갈 필요가 있을까/환각을 치료하지 않으
면 안 되는 것인가"는 마치 "환각"을 보고 있는 듯한, 믿고 싶지 않은
현실에 대한 비판적 메시지에 다름 아니다. 반복적으로 등장하는 "역광
속에 검게 얼굴을 두고"는 시인의 눈에 비친 삭막한 도시영상의 단편적
표상으로, 쓸쓸한 매립지의 저녁 모습을 뚜렷하게 부각시킨다. 인간성을
거스른 메마른 노동자의 현실의 배후에는 산업화가 초래한 도시의 우울한
그림자가 투영돼 있다.

한편 전후시 특유의 특징으로는 전쟁의 직접적인 상흔에 대한 회고적
응시를 간과할 수 없으며 다음과 같은 시편은 전형적인 예에 속한다.

점점
잠수하니
순양함 초카이(鳥海)의 거체(巨体)는
수면(水綿)에 흔들리는 해조(海藻)에 휩싸여
털썩 가로누어 있었다.

1932년이었나 준공 때
미쓰비시 나가사키(三菱長崎)에서 본 것과 변함이 없다
그러나 구경 20센티 포(砲)는 여덟 문(門)까지 사라지고
3센티 고각(高角) 기관포는 하나도 남아있지 않다
처참히 당하고 만 것이다.
나는 대략 2000만 엔으로 어림잡고
점점
올라갔다.

신주쿠의 어느 이발소에서
정면에 낀 거울 속의 손님이
그런 이야기를 하며 목을 뒤로 젖혔다.
매끄럽지만 빛이 물결치는 서양 칼날이
그의 까칠한 검은 얼굴을 미끄러진다.
미끄러지는 이발사의 붉거진 손뼈는
이제 바야흐로 그의 눈꺼풀 아래에
비스듬히 걸렸다.

― 하세가와 류세이(長谷川竜生 1928-), 「이발소에서(理髪店にて)」
『파울로의 학(パウロウの鶴)』(1957)

"초카이"는 제1연에 나와 있듯이 1932년 건조되어 1944년 태평양전쟁 기간 중 미국함대의 폭격으로 침몰한 일본해군의 거대 순양함으로, 패전의 쓰라린 흔적과 기억을 상기한다. "구경 20센티 포는 여덟 문까지 사라지고" 와 "3센티 고각 기관포는 하나도 남아있지 않다"에 이은 "처참히 당하고 만 것이다"가 뒷받침한다. 흥미로운 것은 "잠수"를 통해 "초카이"의 잔해를 확인하고 "대략 2000만 엔"이라는 가격을 매기고 있는 점이다. 일종의 유머를 수반한, 전쟁이라는 과거 역사의 어리석음을 비웃는 방관자적 응시

이다.

제2연에 이르러 시간과 공간이 순식간에 현재의 "신주쿠"의 "어느 이발소"로 전환된다. 제1연에서의 '역사'가 제2연에 이르러 느닷없이 '일상'으로 연결되고 있는 것이다. 문맥적으로 "정면에 낀 거울 속의 손님"은 "초카이"의 잔해를 직접 눈으로 확인한 잠수부로, 이하 전개되는 일련의 영상을 "거울"이라는 물질로 투사시켜 처리하고 있는 것이 신선하다. 비정하지만 있는 그대로의 모습을 비추는 "거울"을 통해, 전쟁의 기억을 감각적으로 반추(反芻)하고 재현한다. "그런 이야기"를 나누는 "손님"과 "이발사"의 대화는 지나버린 과거이지만 아직도 떨쳐버릴 수 없는 전쟁의 내상을 암시하고 있다.

관념적 해석일 수도 있으나, "정면에 낀 거울 속의 손님"의 불안정한 자세는 암울한 과거를 회상하는 모든 전후시인들의 내면심리로 파악해 볼 수 있다. 실제로 "매끄럽지만 빛이 물결치는 서양 칼날"의 예리함은 아직도 생생한 연합국의 예봉(銳鋒)을 떠올리며, "그의 까칠한 검은 얼굴"은 여전히 전쟁의 기억에서 자유로울 수 없는 전후 일본사회의 자화상으로 의미를 확대해 볼 수 있다. 결국 마지막 3행의 야릇한 심리적 긴장감과 불안감은 곧 이러한 과거와 현재에 대한 상념의 무의식적 재현이다. 이 과정에서 "이발사의 불거진 손뼈"가 "눈꺼풀 아래에 비스듬히 걸렸다"로 포착한 영상의 세밀함이 돋보인다. "어느 이발소"에서의 일 풍경을 전쟁의 역사로 의미를 확장하는 절묘한 시상의 전개가 『열도』의 시인들 중 간결하고도 선명한 즉물적 묘사로 정평이 있는 하세가와 류세이의 진면목을 드러낸다.

겨울 소나기가 내리는 산을
한 대의 케이블카가

산 위에 매달려 올라가다가
번개와, 천둥이
급강하는 하늘 아래에서
괭이 모양의 장수풍뎅이처럼
송전이 끊겨, 움직이지 않게 되었다.

산의 어둠에 싸여
일그러진 사변형 차체의
계단 형상이 된 박스에서
스톨(stole)을 몸에 휘감은 여자가
새파랗게 질린 안색이 되었다.
매달리는 여자를 껴안으며
미군병사가 보드라운 귓불에 큰 코를 비비고
귀걸이를 물고, 끌어당겼다.

춘뢰(春雷)의 섬광에 비추어져
나는, 초조해졌다.
그러자, 차체 밑의 톱니바퀴가,
역회전하기 시작했다. 산 위에서 뻗은 줄이
질질, 늘어나, 느슨해지기 시작했다.
이대로 천둥과 함께 떨어져
산기슭 정거장에 충돌할 지도 모른다.
나는, 이를 깨물며
신음하고, 번민했다.

ー「케이블카 속(ケーブルカーの中)」『파울로의 학』

시인은 자신의 시의 특징에 대해, "내 작품에는 이야기 시(物語詩)적 요소가 크게 작용하고 있다. 빼어난 단어의 사용이나, 아름다운 표현,

형상화, 그런 것보다도, 시 속에 등장하는 인간의 심리의 복잡한 추이, 혹은 드라마틱한 것, 그런 것을 적확하게, 보다 리얼하게 표현하려는 노력에 사로잡힌다"고 말하고 있다.[6] "이야기 시적 요소"는 전술한 「이발소에서」도 느껴지는 특징으로, 그가 추구한 즉물시(即物詩)가 언어의 원초적 감각에 입각해 인간의 행위와 심리를 기호적으로 생생하게 형상화하고 있음을 시사한다.

시의 전체적 분위기는 "산의 어둠" 속에서 고장 나 멈춰 선 케이블카가 "천둥과 함께 떨어져/산기슭 정거장에 충돌할 지도 모른다"는 극한 상황에서의 긴장감, 불안 심리로 요약된다. 중요한 것은 허공에 정지한 케이블카로 야기된 생명의 위기감과 초조감이 전후 일본사회를 바라보는 시인의 위태로운 시선을 언외에 함축하고 있는 점이다. "미군 병사"는 단순한 케이블카의 탑승객의 의미를 넘어 전쟁의 기억을 환기하는 존재이며, 이에 매달리는 "새파랗게 질린 안색"의 "여자"는 시기적으로 미국의 정치적 영향 하에 있던 일본의 모습으로 확대 해석해 볼 수 있다. 시인이 바라다본 전후 일본의 모습은 고장으로 산 위에서 멈춰버린 케이블카처럼 위태롭고 불안한 것이었으며, 케이블카가 지닌 높이의 아찔함이 전후 일본사회를 바라보는 시인의 "번민"의 심정을 수직적으로 암시한다. 참고로 케이블카가 설치된 산이 도시 속의 존재인지는 불확실하나, 그렇게 본다면 케이블카에서 조망하는 도시의 정경은 곧 현재 일본의 모습으로 유추 가능하다. 전술한 「이발소에서」와 더불어 전후시로서의 관념적 메시지를 일상적 영상으로 조화시킨 하세가와 시의 특징과 『열도』의 시인들이 추구한 사회에 대한 정치적 관심 및 풍자적 시선을 명확히 읽어낼 수 있는 작품이다.

---

6 伊藤信吉(外)編, 『戦後の詩人たち』「現代詩鑑賞講座」(11), 角川書店, 1971, p. 150.

2. 2차 전후파 시 속의 도시와 인간

『황지』와 『열도』로 대표되는 1차 전후파 시인들이 연령적으로 전쟁의
암울한 기억이나 상처로부터 자유로울 수 없는 세대였음에 비해, 2차
전후파를 주도한 2세대 시인들은 1930년을 전후로 출생하여 중학생 정도
의 나이에 패전을 맞이한 시인들이다. 따라서 전쟁에 이르는 과오의 역사
에 얽매일 수밖에 없던 1세대 시인들과는 달리, 부정해야 할 과거를 자신들
의 내부에서 발견할 수 없었다. 그들은 패전이라는 가치전환의 변동을
직접 목격하면서도, 자신들의 감성을 전폭적으로 신뢰하고 자기회복을
추구하였다.[7] 결국 그들에게 전쟁체험이란 유ㆍ소년기의 아련한 기억 속
에 위치하며, 패전을 통해 발견한 것은 새로운 미래를 향한 진취적 삶과
밝은 감성이었다. 이들 2차 전후파 시인들의 주요 거점이 된 중심 잡지로
『노(櫂)』와 『악어(鰐)』를 들 수 있다. 공통적으로 구성원 각자의 시적 지향
점이나 방법에서 독자적인 다양성을 나타내고 있는 점에서, 집단적 문학운
동으로서 정치적 목적의식이나 행동강령을 의식한 『황지』와 『열도』등의
1차 전후파의 핵심 동인지와 차별된다.[8]

---

7 이러한 특징에 대해 동 세대 시인인 이와타 히로시(岩田宏 1932-2014)는 "전쟁의
대의명분에 절망적으로 도취하기에는 너무 젊었으며, 전쟁의 현실을 간과해 버리
기에는 다소 나이를 먹은 상태"로, "핍박한 시대"속에 있으면서, "그 어떤 시대의 중
학생보다도 날카롭고 순수한 감각"을 바탕으로, "저 하늘과 땅과, 한여름의 태양"에
"자신들의 존재의 암호를 푸는 열쇠"를 추구하였다고 설명한다.(分銅惇作(外)編,
『現代詩物語』, 有斐閣ブックス, 1978, p.268.)

8 伊藤信吉(外)編, 앞의 책(『戦後の詩人たち』), p.19.

* 『노櫂』의 시인들과 도시

『노』(1953.5-57.11)는 가와사키 히로시(川崎洋 1930-2004)와 이바라기 노리코(茨木のり子 1926-2006)를 창단 멤버로, 요시노 히로시(吉野弘 1926-2014), 다니카와 슌타로(谷川俊太郎 1931-), 오오카 마코토(大岡信 1931-2017), 나카에 도시오(中江俊夫 1933-) 등이 주요 동인으로 참가하였다.[9] 동 시인들은 문학운동이라기보다는 『황지』와 『열도』의 시인들이 미처 표현하지 못한 것을 메꾸자는 본능적 충동으로 출발하였으며, 전쟁으로부터 해방된 싱싱한 감수성에 입각한 형이상학(metaphysik)적인 시를 강조하였다.[10] 주요 동인들의 생몰년(生沒年)에서 나타나듯 대다수가 일본의 전후시 나아가 현대시를 견인한 중심적 존재로서, 전전(戰前)의 군국주의로부터 패전을 거쳐 부흥기까지 전후시적 언어표현에 주력하였다. 전대의 시가 전쟁을 매개로 한 시간적 역사성을 의식하고 있음에 비해, 언어를 시의 유일한 도구이자 대상으로 여기는 순수시적 자각과 2차 전후파 시인들의 공통된 성향인 감성의 강조에 특징이 있다.

> 내가 가장 예뻤을 때
> 거리는 와르르 무너져 내려
> 생각지도 못한 곳에서
> 푸른 하늘같은 것이 보이곤 하였다
>
> 내가 가장 예뻤을 때

---

9 참고로 1965년12월 가와사키 히로시와 도모타케 다쓰(友竹辰), 미즈오 히로시(水尾比呂志)에 의해 제2기가 12호의 형태로 복간되었으나, 일반적으로 전후시로서의 『노』는 1957년 11월호까지를 가리킨다.

10 分銅惇作(外)編, 앞의 책(『日本現代詩辞典』), p.105.

주위 사람들이 무수히 죽었다
공장에서 바다에서 이름도 없는 섬에서
나는 멋 부릴 기회를 놓치고 말았다

내가 가장 예뻤을 때
아무도 내게 다정한 선물 따위 바치지 않았다
남성들은 거수경례 밖에 모르고
해맑은 눈동자를 남긴 채 모두 떠나 버렸다

내가 가장 예뻤을 때
내 머리는 텅 비었고
내 마음은 굳어서
손발만이 밤색으로 빛났다

내가 가장 예뻤을 때
내 나라는 전쟁에 지고 말았다
그런 어처구니없는 일이 어디 있단 말인가
블라우스 소매를 걷어 붙이고 비굴한 거리를 활보하였다

내가 가장 예뻤을 때
라디오에선 재즈가 흘러 나왔다
금연을 깼을 때처럼 현기증을 느끼며
난 이국의 달콤한 음악에 빠져들었다

내가 가장 예뻤을 때
난 참으로 불행하였고
모든 것이 어긋나 버렸고
난 무척이나 쓸쓸하였다

그래서 마음먹었다 가급적 오래 살기로
나이 들어 무척이나 아름다운 그림을 남긴
프랑스의 화가 루오 할아버지처럼
　　말이다

- 「내가 가장 예뻤을 때(わたしが一番きれいだったとき)」
『보이지 않는 배달부(見えない配達夫)』(1958)

『노』의 창단 멤버인 이바라기 노리코의 대표작으로, 그는 패전을 맞이할 당시 대학 재학 중이었다. 그로부터 약 10여년이 지난 후 전쟁으로 상실된 청춘의 애틋함을 회상하는 내용이다. 자신이 한창 아름다웠을 때 이를 정당하게 인정받을 수 없었던 애절하고도 안타까운 심정이 매연 서두에 반복된 "내가 가장 예뻤을 때"에 담겨 있다. 모든 여성들의 특권이자 간절한 소망인 아름다움은 타인 특히 남성들의 시선에 의해 수동적으로 부여되는 것이기에, 전쟁에 의한 청춘의 상실감은 클 수밖에 없다.

첫 연에서는 자신의 꽃 같은 청춘을 앗아간 전쟁의 기억이 폐허로 변한 도시의 영상 속에서 회상되고 있다. 거리의 "와르르 무너져 내"린 건물 사이로 나타난 "푸른 하늘"은 시인의 슬픔의 강도를 감성적으로 투영하며, "블라우스 소매를 걷어 붙이고 활보"하는 "비굴한 거리"는 쉽게 치유될 수 없는 전쟁의 상흔을 간접적으로 떠올린다. "라디오"에서 "재즈" 등의 "이국의 달콤한 음악"이 흘러나오는 "거리"를 배회할 수밖에 없는 청춘의 정열과 고뇌가 "금연을 깼을 때"와 같은 "현기증"으로 다가오는 이유이다.

전쟁의 비극성을 환기하고 전쟁 후의 암담한 현실을 묘사하고 있는 점은 일반적 전후시와 다르지 않아 보인다. 그러나 마지막 연에서의 "그래서 마음먹었다 가급적 오래 살기로"를 통해, 전쟁으로 상실된 아름다움을 충실한 미래의 삶으로 보상 받으려는 긍정적이고 적극적인 인생관을 제시하고 있다.[11] 마지막의 "말이지"는 시적 여운이 느껴지는 표현으로, 동시대 여성들은 물론 젊은 나이에 전쟁을 체험한 많은 독자들의 공감과 감동을 효과적으로 이끌어 내고 있다. 전반부의 전쟁 중의 상황으로부터 후반의 전쟁 후의 시간적 경과를 내포한 구성 속에서, 전쟁의 목적이나 이데올로기와는 무관하게 꽃다운 삶을 바쳐야 했던 전쟁의 비극성이 시인의 눈에 비친 도시적 영상과 감성적 조화를 이루고 있다.

> 저 푸른 하늘 파도 소리가 들여오는 언저리에
> 뭔가 엄청난 것을
> 나는 분실해 왔던 것 같다
>
> 투명한 과거 역에서
> 유실물 보관소 앞에 서니
> 나는 더더욱 슬퍼지고 말았다

> − 다니카와 슌타로, 「슬픔(かなしみ)」
> 『이십억 광년의 고독(二十億光年の孤独)』(1952)

『이십억 광년의 고독』은 다니카와 슌타로의 첫 시집이자 1950년대 일본 전후시의 본격적 출발을 알린 기념비적 시집으로 평가된다. 이 시는 다니카와의 초기시의 대표작으로, 투명한 감수성의 강조가 2차 전후파 시인들의 시적 본령임을 시사하고 있다.

인간에게는 누구나 소년기부터 성년기에 이르는 동안 한번쯤은 뭔가 "엄청난 것"을 어딘가에서 상실한 체험이 있기 마련이며, 잃어버린 것의

---

11 마지막 연의 "프랑스의 화가 루오"는 조르주 루오(Georges Rouault 1871-1958)를 가리키며, 종교화와 인간애를 주로 표현한 실존 인물로 늦은 나이에 활약하였다.

소중함은 그것이 부재하는 상황에서 비로소 실감하게 된다. 상실한 것이 무엇인지는 감각적으로는 불확실하나 분명 소중한 무언가를 상실하였고, 나아가 그것을 원래의 상태로 되돌릴 수 없다는 새삼스런 자각이 '슬픔'을 초래하고 있다. 시인은 그 상실이 "푸른 하늘 파도소리"가 들리는 추상적 (자연)공간에서 행해졌음을 자각하지만 그것을 되돌리기는 불가능하다. 제2연의 "투명한 과거의 역"이라는 '투명한' 감수성이 낳은 실체가 없는 부재의 공간이 뒷받침하며, 이를 통해 현재의 자신의 삶이 슬프고 쓸쓸한 것임을 인식하게 된다. 물론 배후에는 과거에 대한 상실을 인지할 때 비로소 현재의 인생이 시작된다는 사변적 메시지를 담고 있다.

주목할 표현은 "역"이다. 인생의 경과 속에서 맞이하게 되는 갖가지 전환점을 관념적으로 암시하며, "유실물 보관소"에서의 '무엇을, 언제, 어디서'의 사무적 질문의 연상이 과거 시인의 상실한 것에 대한 불확실함의 기억을 선명하게 부각시킨다. 현대 독자의 관점에서 본다면 바쁜 도시생활에서 일어날 수 있는 분실의 상황을 일상적인 감각으로 유추해 볼 수 있다.

한편 이 시는 표현론 혹은 반영론적 관점에서 전후시적 해석이 가능하다. 시인이 패전을 맞이한 것은 중학생 정도의 소년기로, 전쟁과 패전의 사회적 변화를 맛본 숙명적인 슬픔이 떠오른다. 소년이 상실한 것은 '전쟁'이 아닌 "푸른 하늘"의 "투명한 과거"라는 감성적 여운은 연령적으로 전쟁에는 직접 관여하지 않았으나 전쟁의 기억에서 자유로울 수 없는 세대임을 환기한다. 전후시인으로서의 전쟁에 대한 아픔(슬픔) 및 상실감을 암시하는 한편, 이제는 전쟁에서 해방되었다는 싱싱한 감수성에 대한 자각이 자연과의 추상적 교감에 입각한 일종의 형이상학적 세계로 전개되고 있다.

늘 있는 일이지만
전차 안은 만원이었다.
그리고
늘 있는 일이지만
젊은이와 아가씨가 앉아 있었고
노인이 서 있었다.
고개를 숙이고 있던 아가씨가 일어나
노인에게 자리를 양보했다.
허둥대며 노인이 앉았다.
고맙다는 말도 없이 노인은 다음 역에서 내렸다.
아가씨는 앉았다.
다른 노인 하나가 아가씨 앞으로
옆쪽에서 떠밀려 왔다.
아가씨는 고개를 숙였다.
그러나
다시 일어나
자리를
그 노인에게 양보했다.
노인은 다음 역에서 인사를 하고 내렸다.
아가씨는 앉았다.
두 번 있는 일은 세 번....이라 하듯이
다른 노인이 아가씨 앞으로
떠밀려 왔다.
안쓰럽게도.
아가씨는 고개를 숙이고
그리고 이번에는 자리에서 일어나지 않았다.
다음 역도
그 다음 역도
아랫입술을 꼭 깨물며

경직된 몸으로……
나는 전차에서 내렸다.
굳은 자세로 고개를 숙인 채
아가씨는 어디까지 갔을까.
상냥한 마음을 가진 자는
언제든 어디서든
나도 모르게 수난자(受難者)가 된다.
왜냐고?
상냥한 마음의 소유자는
타인의 고통을 자신의 고통처럼
느끼니까.
상냥한 마음에 시달리면서
아가씨는 어디까지 갈 수 있을까.
아랫입술을 깨물며
괴로운 심정으로
아름다운 저녁노을은 보지도 않고.

— 요시노 히로시, 「저녁노을(夕焼け)」『환(幻)·방법』(1959)

요시노 히로시는 연령적으로 1세대와 2세대의 중간 세대에 해당하지만, 1세대 작품 특유의 정치적 관념성이나 부채의식과는 무관하게, 혹독한 전후 상황 속에서 사회적 소외에 노출된 사람들을 냉정한 비평정신과 공감에 찬 따뜻한 눈길로 응시한 서민적 민중 시인이다. 이 시는 대인 관계가 황폐해져버린 오늘날 현대인의 일상 깊숙한 곳에 내재된 상냥함과 이로 인한 고통을 스케치하듯 사실적으로 포착한 작품으로, 국어 교과서에 실릴 정도로 널리 애송되고 있다.

시 속 광경은 도시의 바쁜 일상생활 속에서 누구나 한번쯤은 체험하게 되는 만원전차 속 풍경이다. 일상적 상황을 비일상적 세계인 시 속에서 담담하게 표현하고 있는 점에 요시노 시의 특징이 있다. 참고로 시인에게는 버스나 전차 등 도시의 생활공간의 체험을 소재로 한 작품이 다수 전해진다. 현대인의 평범한 삶의 모습을 인생론이나 존재론, 윤리관으로 확장시키는 시법은 자칫 난해함을 수반하기 쉬우나, 시인은 이를 쉽게 묘사한 것으로 정평이 있다.

일본에서 자신 앞에 선 노인에게 자리를 양보하는 것은 당연한 일인지도 모른다. 그러나 동일한 상황이 반복되면서, 시 속 "아가씨"는 도대체 몇 번이나 자리를 양보해야 하는가라는 "상냥한 마음의 소유자"로서의 심신의 피로와 한계를 실감한다. 마침내 "그리고 이번에는 자리에서 일어나지 않았다"는 그녀의 행동에 독자들은 현실적으로 공감하게 된다. 시의 묘미는 시적 화자인 '나'가 전차를 내린 후, "아가씨"가 취한 행동과 심리를 상상하고 있는 점에 있다. "아가씨는 어디까지 갔을까"에는 "아가씨"가 가게 되는 공간적 거리가 그녀의 겪게 되는 정신적 고통의 시간적 거리를 거쳐, "아가씨는 어디까지 갈 수 있을까"의 인생의 거리로까지 의미를 확장한다. 이 시의 주제는 "상냥한 마음의 소유자"가 시간과 장소에 관계없이, 그리고 무의식적으로 "수난자"가 되는 이율배반적이고 모순된 논리에 있다.

한편 지극히 담담한 일기풍의 서술에 예술적 방점을 찍고 있는 것은 마지막 "아름다운 저녁노을은 보지도 않고"이다. 고독하고 피곤한 현대 도시인의 삶을 직시하는 따뜻한 인간애와 서정성을 감성적으로 조화시킨 부분으로, 하늘을 온통 붉게 물들인 저녁노을의 아름다움이 "아가씨"의 지친 일상의 피로를 포근하게 위로해 주기 때문이다. 각박한 도시생활의 일 풍경과 촉촉한 감성이 조화를 이룬 인상적 작품이다.

* 『악어鰐』의 시인들과 도시

　『악어』(1959.8-62.9)는 『노』에도 참여한 오오카 마코토, 이지마 고이치
(飯島耕一 1930-2013)를 비롯해, 이와타 히로시(岩田宏 1932-2014), 기
요오카 다카유키(淸岡卓行 1922-2006), 요시오카 미노루(吉岡実 1919-90)
의 5인이 동인으로 참가하였다. 연령적으로 기요오카 다카유키와 요시오
카 미노루의 1세대 시인들을 아우르는 형태로 성립되고 있는 배경에는
쉬르레알리슴이라는 시법 상의 공통분모가 존재한다. 실제로 1956년 오오
카 마코토와 이지마 고이치, 미술평론가인 도노 요시아키(東野芳明
1930-2005) 등이 주도한 '쉬르레알리슴연구회'가 동 잡지 결성의 산실이
되었음을 간과할 수 없다. 이들은 『시와 시론』으로 대표되는 전대의 쉬르
레알리슴을 시대적 종언을 고한 '하이칼라 취미의 모더니즘'으로 단죄하면
서, 일본의 시 현실에 맞는 새로운 검토가 필요하다는 견해를 피력한다.[12]

> 미끌거리는 이끼 위에서 타오르는 그림자
> 내 속의 불타는 가시나무
> 내 두 눈에 집을 짓고
> 우거짐 속으로 거리에 바람을 나르는 작은 새들
>
> 아침 햇살은 나뭇잎 뒤에서
> 오후의 신록을 어느덧 꿈꾸고 있다
> 길 저 멀리 먼지가 일고 있다

12　구체적으로 '초현실(쉬르레알)'의 개념은 단순한 종교적, 초월적 원리인 초자연(쉬
　르내추럴)이 아니며, 현실과 대립하거나 비현실로 해소되지 않는, 현실과 비현실을
　모두 총괄하는 총체로서의 일원론적 입장임을 강조하고 있다.(이상, 大岡信(外),
　『シュウルレアリスムの展開』「シュウルレアリスム読本」(2), 思潮社, 1981, p.189,
　pp.185-186.)

그 속에서 춤추는 아이들 사이를 누비며
오래 전에 돌아가신 너의 어머니의 다정한 손이
동그란 작은 돌을 뿌리고 간다
작은 호수의 가장자리까지……

연못에 울리는 작은 새의 발소리
그것은 우리들의 꿈의 날갯소리이다
그 날개 짓은
계절의 지붕을 날아 옮겨 다니며
개인 하늘이 있는 곳을 찾는 다섯 손가락이다

이끼 위에서는 별이 오랜 잠에서 깨어나
나의 밤이 너의 희미하게 벌어진
입술 위에서 밝기 시작한다

　　　　　　－ 오오카 마코토, 「신화는 오늘 속에만 있다(神話は今日の中にしかない)」
　　　　　　　　　　　　　　　　　　　　　『기억과 현재(記憶と現在)』(1956)

　『악어』를 주도한 오오카 마코토는 평론가로서도 유명하며, 『황지』로
대표되는 제1차 전후파의 관념적·사상적 경향을 의식하여 '자연'을 전면
에 내세운 감성적 언어의 중요성을 자각하고, 특정 사상에 함몰되지 않는
정신의 자유를 추구하였다. 참고로 『기억과 현재』는 오오카의 첫 시집이
다. 시인은 자신을 포함해 1950년대에 등장한 2차 전후파의 시가 감수성
자체를 출발점으로 삼고 있다는 인식 하에, 동 시기를 '감수성의 축제의
시대'로 명명하고 있다.[13]
　제목의 "신화"가 암시하듯, "우리들"이 추구하는 현실의 사랑을 신화의

13　伊藤信吉(外)編, 앞의 책(『戦後の詩人たち』), p.327.

영원성에 위탁해 묘사한 지적 서정시이다. 제3연의 "우리들의 꿈의 날갯소리"로 묘사된 "연못에 울리는 작은 새의 발소리"와 "나의 밤이 너의 희미하게 벌어진/입술 위에서 밝기 시작한다" 등으로부터 "너"와 "나"의 "우리들"은 다정한 연인 관계를 연상시킨다.

그러나 시인은 제목을 통해 자신들의 사랑의 신화가 "오늘 속에만 있다"고 전제한다. 환언하자면 시 속 사랑은 초일상의 신화 속에서만 존재하며, 영원히 지속되지 않는 "꿈"에서만 인지할 수 있는 것으로 자각되면서. 어딘가 불완전하고 불안한 느낌으로 다가온다. 제1연의 열정적이고 밝은 분위기로부터 제2연의 "오후의 신록"을 "꿈꾸"는 "아침 햇살"에 "길 저 멀리"에서 "일고 있"는 "먼지"와 "오래 전에 돌아가신 너의 어머니의 다정한 손"의 이질적 결합이 사랑의 어두운 이미지를 형성하고 있다. 도시적 영상은 제1연의 "집"과 "거리" 등 소수에 불과하나, 이 시는 도시라는 공간성을 초월하여 전개되는 초현실적 몽상의 세계에 특징이 있다.

가장 두드러진 것은 "이끼", "가시나무", "바람", "작은 새", "연못", "하늘"의 자연의 영상 속에, "두 눈에 집을 짓고", "동그란 작은 돌을 뿌리고 간다", "계절의 지붕을 날아 옮겨 다니며"의 감수성 풍부한 시각적 어휘를 조화시키고 있는 점이다. 선명한 이미지의 영상들이 현실에는 존재하지 않기에 더욱 아름다운 초현실적 사랑을 형이상학적으로 떠올리며, 비현실의 꿈에서만 감지할 수 있는 사랑의 가치를 역설적으로 표현한다. 패전으로 기존의 가치가 모두 붕괴해 버린 전후 사회에서 신화처럼 영원히 지속되는 것은 존재하지 않으며, 가장 아름답고 영원해야 할 사랑 또한 마찬가지였다고 할 수 있다. 이처럼 풍부한 감수성과 형이상학적 요소의 조화는 2세대 전후시인들의 공통된 성향이다.

그는 눈을 감고 지도에 피스톨을 마구 쏘고

구멍 뚫린 도회의 구멍 속에서 지낸다
그는 아침 레스토랑에서 자신의 식사를 잊고
근처 좌석에서 홀로 슬퍼하고 있는 여인의
입 속에 넣어진 비프스테이크를 추적한다
그는 거리에 반세기 만의 홍수가 나자
물 위에 가까스로 얼굴을 내밀고 있는 지붕 위의
짖고 있는 개의 그 꼬리 끝을 찍는다
그러나 그는 평소의 동물원에서 기분전환이 불가능하다
우리에서 먼 어느 창고의 어둠 속에서
박제된 맹수들과 다정하게 면회를 하는 것이다
그래서 그는 일부러 전쟁의 폐허의 대낮에
그 위를 나는 생물 같은 최신 무기를 우러러본다
그는 경기장에서 흑인 팀이
백인 팀을 이기는 농구 시합을
또 그것을 바라보는 황인종 관객을 감탄하며 바라본다
그리고 그는 탁한 강에 떠 있는
연인들의 해맑은 포옹을 가까이서 들여다본다
그는 저녁의 교외에서 부모를 찾고 있는 아이가
군중 속으로 뒤섞여 버리는 것을 망연히 바라본다
그에게는 느긋하게 말할 여유가 없다
그는 밤에 친구의 침대에서 잠이 든 후
잠꼬대로 스토리를 만든다

- 기요오카 다카유키, 「유쾌한 시네카메라(愉快なシネカメラ)」
『얼어붙은 불꽃(氷った焔)』(1959)

전술한 대로 『악어』의 시인들은 전대의 쉬르레알리슴의 기법을 계승한 초현실적 시를 지향하였다. 기요오카 다카유키는 연령적으로는 1세대 시인이지만, 대표적인 초현실주의 시인으로서 동 잡지의 핵심 동인으로 활약하였다.

시집 『얼어붙은 불꽃』에는 꿈이 빈번히 등장하는데, 시인은 이를 심층의식 속의 내부세계와 외적 현실과의 경계에 위치시키고 있다. 환언하자면 꿈은 단순히 각성(覚醒) 상태와 대치되는 독립적 공간이 아닌, 현실과 비현실, 나아가 의식과 무의식이 조화된 특별한 일원적 공간으로 간주된다.[14] 실제로 마지막 부분 "그는 밤에 친구의 침대에서 잠이 든 후/잠꼬대로 스토리를 만든다"는 이 시의 전체적 상황이 꿈에 입각하고 있음을 시사한다.

"시네카메라"는 영화를 찍는 카메라를 의미하며, 시 속 광경은 영화 속의 다양한 컷을 마치 몽타주 기법으로 배치하듯 시선을 자유자재로 이동하면서 단편적으로 나열하고 있다. 서두의 "지도에 피스톨을 마구 쏘고/구멍 뚫린 도회의 구멍 속에서 지낸다"의 비현실적 발상 속에서, "그"의 시선은 꿈 속 '카메라 눈(camera eye)'에 비친 "도회"의 모습을 단절과 비약으로 점묘한다.

영상들의 전체적 인상은 어둡고 우울하다. "홀로 슬퍼하고 있는 여인", "거리"의 "홍수", "지붕 위의 짖고 있는 개", "박제된 맹수", "부모를 찾고 있는 아이"는 "전쟁의 폐허의 대낮"이 암시하는 전후 사회의 혼란이 초래한 무의식적 상념의 세부이다. "흑인 팀"과 "백인 팀", 그리고 "그것을 바라보는 황인종 관객"은 전쟁에 내포된 인종 투쟁의 불합리성을 암암리에 떠올린다.

그러나 이 시를 반드시 관념적으로 해석할 필요는 없다. 이를테면 "그"와

---

14 구체적으로 기요오카의 시는 "반(半)수면 상태에서 중얼대는 말을 옆에서 기록하거나, 자신이 꾼 꿈을 그대로 기술"하는 "꿈의 옮겨쓰기(夢の書取り)" 기법을 적극 활용하고 있다고 지적된다.(伊藤信吉(外)編, 『現代詩集』『日本の詩歌』(27), 中公文庫, 1984, pp.283-284.)

"여인", "연인들" 등 시 속에 등장하는 인간들은 서로 특별한 관련성을 맺고 있지 않으며, 시인의 엉뚱한 환상 속에 등장하는 다양한 구성물의 일부에 불과하다. 독자들은 특별한 논리적 인과관계에 대한 고려 없이 오직 종횡으로 이동하는 시선과 다양한 장면의 전환에 일종의 속도감을 음미하면 그만이다. 서두의 "구멍 뚫린 도회의 구멍"에서 비롯된 "레스토랑", "동물원", "경기장" 등의 다양한 도시적 영상들이 현실과 초현실을 넘나들며 등장하는 것도 결국은 시인의 "유쾌한" 상상에서 비롯된 시적 산물임을 환기한다. 인간의 눈에 비친 도시의 영상이 아닌 도시의 시선에서 포착된 환상 속 인간의 모습으로, 꼬리를 물고 펼쳐지는 도시의 다채로운 영상들을 감각적으로 즐기면 된다.

내가 턱이 작은 알처럼
귀중한 비밀로 삼고 있는
짧고 익살스러운 초여름 길가의 풀 이야기
부디
웃지 말고 들어다오.

장려(壯麗)한 대도회의
소란과 먼지의 대낮.
거의 서로를 모르는 인간들의 시간이
자동차의 홍수를 이루며
분주하게 스쳐지나가고 있는 십자로(十字路)에서
나태함의 광분한 너구리에게 홀린 것처럼
소중한 일을 뒷전으로 밀어낸
엉덩이 포켓에 손을 쑤셔 넣고
내가 문득 찾고 싶어진 곳은
백화점의 밝고 쓸쓸한

저 옥상정원의 높은 곳도 아니고
극장의 어둡고 활달한
저 나락(奈落)의 열띤 공기도 아니었다.
그것은
잊혀 진 듯이 솟아있는
모서리를 잘라낸 그림 속 육면체처럼 기하학적인
사람 없는 스타디움.
빛과 그림자의 교차가 나른하고
약간 곰팡내 나는
그 건물의 매우 긴 기둥복도를 지나
내부의 경기장에 내려가
까칠까칠한 눈먼 거울 같은 흙에
나는 살며시
볼을 비볐다.

보는 눈이 없음을 다행으로 여기며
나는 부끄러운 기색도 없이 더욱이
양 손으로 그 품에 어색하게 안겼다.
그리고 햇살에 흐느끼는
인공적이고 동시에 원시적인
그 지구의 민낯의
야릇한 냄새를 맡았던 것이다.
그러자
어찌된 것일까?
어떤 도회보다 크다고 여겨지던
나의 굶주림이
잠시 채워진 것이다.

(중략)

아

양 손바닥에 남은

가련한 흙덩이의 알맹이들이여.

그곳으로 상쾌하게 불어대는

낡고 새로운 바람이여.

내가 무시무시한 불운의 연속인

열병 같은 피폐함 속에서

전율하며 맡은 것

오랜만에 황홀해하며

가슴 가득 들이마신 것은

공룡과 함께 사라진

저 천사들의

아련한 땀 냄새였음에 틀림없다.

― 「스타디움의 적막(スタジアムの寂寥)」『기요오카 다카유키 시집』(1968)

　도시 속의 "사람 없는 스타디움"을 찾아 드넓게 펼쳐진 그라운드의 "까칠까칠한 눈먼 거울 같은 흙"에 대지(大地)를 발견한 감동과 기쁨을 몽상적으로 묘사한 작품이다. 그 흙은 "인공적이고 동시에 원시적인 그 지구의 민낯"이라는 이색적 발견의 배후에는 제2연의 "소란과 먼지"로 가득하고, "분주"와 "나태함", "나락"의 부정적 이미지로 점철된 "장려한 대도회"의 "열병 같은 피폐함"이 자리하고 있다. 번잡한 도시생활의 피로감에 촉발된 전후 시인으로서의 시대적 착종심리를 읽을 수 있다.

　시의 묘미는 "스타디움"의 "흙"이라는 무기물(無機物)을 "냄새" 등의 인간의 신체적 감각으로 연결시키고 정신의 영역과 조화시킨 점에 있다. 이를테면 제3연의 "지구의 민낯의 야릇한 냄새를 맡"음으로써, "어떤 도회보다 크다고 여겨지던/나의 굶주림이/잠시 채워진 것이다"의 관념적 표현이 뒷받침한다. "굶주림"은 마지막 연에서 나타나듯, "무시무시한 불운의 연속인/열병 같은 피폐함 속"에서 "내"가 갈구해 온 영혼의 "황홀"경에 다름 아니다. 또한 마지막의 "공룡과 함께 사라진/저 천사들의/아련한 땀 냄새"는 시인이 오랫동안 잊고 있던 원초적인 생명감에 대한 지적 동경의 비유이다.

이처럼 이 시의 가장 큰 특징은 일상의 도시생활 속에서 떠올린 전후 시인으로서의 추상적인 몽상의 세계를 일종의 형이상학적 에로스의 세계로 감각화하고 있는 점이다. 시인이 추구한 쉬르레알리슴의 세계가 현실 속에서 자각되는 일상의 영상으로서 초속(超俗)의 시간성을 수반하고 있음을 암시한다.

아침 8시
어제 밤 꿈이
전차 문으로 미끄러져 들어와
우리들에게 부르는 싫은 노래
「졸리운가 이봐 졸리운가
 자고 싶은가 싶지 않은가」
아 싫다 오 싫다
자고 싶어도 잘 수 없다
자지 못해도 자고 싶다
    억지스런 아가씨 헛된 사랑
    교활한 마음과 얼어붙은 사랑
    네모난 관습 바다의 성게

점심시간
옛 사랑이
빚쟁이 옷을 입고

우리들에게 부르는 싫은 노래
「잊었는가 이봐 잊었는가
 잊고 싶은가 싶지 않은가」
아 싫다 오 싫다
잊고 싶어도 잊을 수 없다
잊지 못해도 잊고 싶다
　　억지스런 아가씨 헛된 사랑
　　교활한 마음과 얼어붙은 사랑
　　네모난 관습 바다의 성게

저녁 6시
내일의 바람이
검은 다정한 손을 내밀고
우리들에게 부르는 싫은 노래
「꿈을 꾸었는가 이봐 꿈을 꾸었는가
 꿈꾸고 싶은가 싶지 않은가」
아 싫다 오 싫다
꿈을 꾸고 싶어도 꿈꾸지 않는다
꿈을 꾸지 않아도 꿈꾸고 싶다
　　억지스런 아가씨 헛된 사랑
　　교활한 마음과 얼어붙은 사랑
　　네모난 관습 바다의 성게
　　바다의 성게!

　　　　　　　　　　　　　　　－ 이와타 히로시, 「싫은 노래(いやな唄)」『싫은 노래』(1959)

　이 시에도 꿈이 등장하고 있으나, 기요오카의 시와는 달리 현실 생활
속의 일상적 감각으로 뚜렷이 자각되고 있다. 문맥적으로 흔들리는 전차에
몸을 싣고 회사로 향하는 도시 샐러리맨("우리들")의 아침, 점심, 저녁을

묘사하고 있다. 제1연에서는 졸음에 싸인 피곤한 몸으로 출근하는 모습을, 제2연은 "빚쟁이 옷"에 내포된 경제적 궁핍함을, 제3연의 "검은 다정한 손"은 어두운 일상의 반복 속에서 희망과 꿈을 상실한 도시생활의 심신의 피로를 내포한다.

시의 묘미는 「 」안에 반복된 "싫은 노래"가 리듬감을 수반하면서 샐러리맨의 삶의 애환을 자조적으로 탄식하고 있는 점에 있다. 매연 말미에 반복된 "억지스런 아가씨 헛된 사랑/교활한 마음과 얼어붙은 사랑/네모난 관습 바다의 성게"도 인상적이다. 원문에 따르면 압운(押韻)을 염두에 둔 시인 특유의 언어유희적 표현으로,[15] 문맥적 의미 파악은 무의미하다. 전체적으로 유머를 수반한 어휘와 어법의 구사가 두드러지며, 바쁜 일상에 지친 도시 샐러리맨의 모습을 간결하고 리드미컬하게 포착하고 있다.

> 인간은 집 안에 살고 있다
> 라는 느낌을 강하게 가진 것은
> 처음으로 가리마타(狩俣)와 이케마(池間)에 갔을 때이다
> 거리를 걸어가는 나를
> 커튼과 판자문 틈새로 들여다보는
> 두 개의 눈을
> 몇 번이나 느꼈다
> 거의 전율하면서
> 구부러진 길을 걸어갔다
> 가느다란 길은 마을 마을로
> 고대(古代) 그대로 굽이쳐 달리고
> 간판이 없는 상점이

---

15 원문은 "無理(むり)なむすめのむだな愛/こすい心(こころ)と凍(こご)えた恋(こい)/四角(しかく)なしきたり 海(うみ)のウニ"로 되어 있다.

몇 채인가 있었다
그 굽어진 길은 내 몸속으로 들어왔다
이미 몸속에 들어와 있다
길 길 하고 중얼거리며
군중으로 북적대는 지하도를 헤쳐 나간다.

　　　　　－ 이지마 고이치, 「미야코지마의 길(宮古島の道)」『미야코(宮古)』(1979)

　"미야코지마"를 비롯해 "가리마타", "이케마"는 오키나와(沖繩)의 실제
지명으로, 시인은 1977년 두 차례에 걸쳐 오키나와를 방문한 적이 있다.
이와 관련해 시인은 시집 『미야코』에 수록된 「이케마 안내」라는 문장 속에
서 다음과 같이 적고 있다.

　　미야코라는 여자 이름 같은 섬의 이름이 이제는 나의 부적, 주문(呪文)처
　럼 둔갑한다. 그것은 때로는 다음과 같은 중얼거림이 된다. 버스나 전차
　속에서, 군중 속에서 나는 끝없이, 소가 침을 흘리듯이 중얼댄다.

　미야코는 도쿄가 아니다
　도쿄는 미야코가 아니다
　미야코는 도쿄가 아니다
　도쿄는 미야코가 아니다

　　이 주문 같은 것, 이것이 오늘날의 나의 시다. 혼(魂)을 조금이라도 짙게
　만들기 위한 기도이다. 우리들의 혼은 이 도시에서 너무나 엷게, 얇은 조각처
　럼 떠 있다.[16]

16　이상, 高橋順子, 「飯島耕一」, 大岡信編, 앞의 책, p.121.

인용문의 "미야코는 도쿄가 아니다/도쿄는 미야코가 아니다"의 단순명료한 상대적 대비는 시 속 "고대"가 암시하는 유구한 역사의 "미야코"와 현대적 대도시 "도쿄"의 모습을 암묵적으로 떠올린다. 주문처럼 반복되고 있는 '중얼거림'에는 도쿄에서는 미처 느낄 수 없는 무언가가 이 남단의 도시에 존재함을 시사한다. 그것은 "인간"의 체취나 숨결이 느껴지는 도시의 모습이다. 이를테면 서두의 "인간은 집 안에 살고 있다"나 "거리를 걸어가는 나"를 응시하는 "두 개의 눈"은 무관심과 무표정으로 일관하는 거대도시 도쿄의 존재를 대조적으로 연상시킨다.

비록 도시의 분위기는 "구부러진 길", "가느다란 길"과 "간판이 없는 상점" 등 초라하고 보잘 것 없지만, 시인은 이곳 "미야코"에서 정신적 안도감을 느끼며 "그 굽어진 길"이 "내 몸 속으로 들어왔다"는 일체감을 피력한다. 시의 성립 시점이 1970년대 후반임을 염두에 둘 때, 전후 부흥기와 1960년대의 고도 경제성장기를 거쳐 바야흐로 세계경제의 중심국가로 성장한 일본의 상징인 도쿄의 위용을 언외로 떠올린다. "미야코는 도쿄가 아니다/도쿄는 미야코가 아니다"의 "주문" 같은 중얼거림은 도쿄로 표상된 비정한 대도시 속에서, 인용문의 "얇은 조각"처럼 인간미를 상실한 채 부유(浮遊)하는 고향 상실자의 덧없는 향수를 함축한 표현이다.

* 기타 전후시 속의 도시

고향의 악령들의 잇몸에서
나는 찾았다 수선화 빛의 진흙의 도시
파도처럼 상냥하고 기괴한 발음으로
마차를 팔자 삼나무를 사자 혁명은 무섭다

울어 눈이 부은 나무꾼의 딸은
바위의 피아노를 향해
새로운 나라의 노래를 피어오르게 하라

발에 걸려 복받쳐 오르는 철도의 끝
별보다도 고요한 풀을 베는 곳에서
허무의 까마귀를 쫓아내라

아침은 깨지기 쉬운 유리이니까
도쿄에 가지마라 고향을 만들어라

우리들의 엉덩이를 식히는 이끼 낀 객실에
뱃사람 농부 선반공 광부를 초대하라
헤아릴 수 없는 치욕 하나의 눈초리
그것이야말로 풀고사리로 숨겨진 이 세상의 수도
달려가는 뒤틀림의 안쪽인 것이다

— 다니카와 간(谷川雁 1923-95), 「도쿄에 가지마라(東京へゆくな)」
『대지의 상인(大地の商人)』(1954)

다니카와 간은 사회주의적 시선의 리얼리즘 시를 다작한 1세대 시인으로, 상징적 색채의 작품이 대다수를 차지한다. 시 속 "혁명"을 비롯해 "나무꾼"과 "뱃사람 농부 선반공 광부"의 계급적 요소를 지닌 일련의 표현들이 자본주의 물질문명의 상징인 "도쿄"에 대한 비판과 "고향"으로 표상된 변경(邊境) 혹은 지방과의 대립 구도를 형성한다.

특히 "도쿄"를 에워싼 "수선화 빛의 진흙의 도시", "풀고사리로 숨겨진 이 세상의 수도" 등은 신랄한 비판의 메시지를 언어적 선명함으로 절묘하게 조화시키고 있다. 이 과정에서 제2연의 "바위의 피아노를 향해/새로운 나라의 노래를 피어오르게 하라", 제3연의 "별보다도 고요한 풀을 베는 곳에서/허무의 까마귀를 쫓아내라"의 외침은 감각적 예리함을 넘어 시인이 전하려는 사상적 메시지를 명확하게 제시한다.

이처럼 시 전체가 은유적 표현들로 넘쳐나는 가운데, "도쿄에 가지마라 고향을 만들어라"에 응축된 명확한 사상적 메시지는 모든 것이 "도쿄"로 집중되는 대도시 중심주의의 어리석음과 그 과정에서 소외된 무산자들의 존재를 꼬집고 있다. 추상이나 관념에 함몰되지 않는 신선한 감각적 비유가 두드러지며, 이를테면 "고향의 악령들의 잇몸", "파도처럼 상냥하고 기괴한 발음", "발에 걸려 복받쳐 오르는 철도의 끝", "우리들의 엉덩이를 식히는 이끼 낀 객실"은 즉물적이면서도 선명한 영상으로 다가온다. 1세대 시인들의 공통된 특징인 관념적 사상성 속에서도, 투명하고도 지적인 언어 구사의 태도가 현대시로서의 면모를 유감없이 발휘하고 있다.

> 올해 봄도
> 쓸쓸한 도쿄의 울퉁불퉁한 길에서
> 신참 버스차장이
> 새빨갛게 상기된 얼굴로
> 정류소 이름을 호명하겠지
> 신학기의 영어책을 읽듯이
>
> 올해 봄도
> 쓸쓸한 도쿄의 만원전차에서
> 아침밥인 푸른 잎사귀를
> 어금니에 끼운다
> 나의 장녀가 어느 남자에게
> 스커트를 만져지겠지

올해 봄은
쓸쓸한 도쿄의 어딘가에서
나의 여자 친구들 중 한 둘은
덜컥 미망인이 되겠지
그녀들의 푼돈은 은행이 확실히
맡아 주겠지

올해 봄도
쓸쓸한 도쿄의 여기저기에서
나는 행상(行商)을 계속하겠지
화창한 날씨인 날에도
앞 유리의 고장 난 와이퍼를
펄럭이며
자신의 눈물을 닦겠지
신차로 바꾸는 것이 불가능해도
참지 않으면 안 되겠지

올해 봄도
함석지붕의 수도에서
나는 팔다 남은 시 뭉치를
잔뜩 껴안고 있겠지.

– 안자이 히토시(安西均 1919-94), 「올해 봄도(ことしの春も)」
『밤의 소나기(夜の驟雨)』(1964)

  "쓸쓸한 도쿄"의 일상적 풍경을 매연 반복된 "올해의 봄"이라는 계절적
정취로 스케치한 작품이다. 5개의 연에 각각 전개되는 영상들은 일상에서
흔히 접하거나 접할 수 있는 평범한 것들이다. 당연하고 아무렇지도 않게
여겨지는 광경들이지만, 봄의 화사한 계절적 이미지와는 달리 도시생활의

무상감 같은 것을 느끼게 한다.

각 연에 등장하는 "나"를 비롯한 사람들의 모습에는 궁색한 삶에 지친 피곤함과 애상이 감돈다. 제1연의 "신참 버스차장"의 "상기된 얼굴"에는 여유가 없으며, "만원전차"에서 "푸른 잎사귀"의 "아침밥"으로 끼니를 때우거나, "스커트를 만져지"는 "장녀"의 모습도 가난한 서민들의 평범하지만 서글픈 모습이다. 다소 관념적 인상을 주는 것은 제3연으로, "덜컥 미망인이 되"어 버리는 "여자 친구들"의 존재는 매일 어딘가에서 사람이 죽어가는 현실 삶의 실감적 표현이다. 그녀들이 유산으로 손에 쥐게 되는 얼마 되지 않는 "푼돈"도 넉넉지 않은 전후 일반 서민들의 쓸쓸한 현실이다.

도시 속 일상생활의 단편적 영상 속에서, 제4연에서는 "나"를 통해 시인의 생활을 서술하고 있다. "행상을 계속"해야 하며, "고장 난 와이퍼"와 "신차로 바꾸는 것이 불가능해도"의 표현들은 시인을 포함한 가난한 도시 서민들의 물질적 궁핍함을 떠올린다. 그러나 시인은 "눈물을 닦겠지", "참지 않으면 안 되겠지"로 고통을 인내해야 하는 현실인식을 드러낸다.

마지막 연의 "팔다 남은 시 뭉치"는 다소 자조적 표현으로, 허술한 "함석 지붕의 수도"가 암시하듯 아직까지 경제적으로 힘든 생활을 영위하지 않으면 안 되었던 전후 대도시 도쿄의 "쓸쓸"한 "봄"의 모습을 담담하게 그리고 있다.

> 자신이 사는 곳에는
> 스스로 표찰을 내거는 것이 제일이다.
>
> 자신이 자고 머무는 장소에
> 남이 달아 주는 표찰은
> 항상 제대로 된 것이 없다.

병원에 입원했더니
병실 이름표에는 이시가키 린 사마라고
사마가 붙었다.

여권에 묶어도
방 밖에 이름은 나오지 않지만
마침내 화장장 소각로에 들어가면
닫힌 문 위로
이시가키 린 도노라는 표찰이 붙겠지
그때 난 거부할 수 있을까?

사마도
도노도
붙어서는 안 된다.

자신이 사는 곳에는
자신의 손으로 표찰을 내거는 것이 제일이다.

정신의 안주처 또한
외부에서 표찰을 내걸어서는 안 된다
이시가키 린
그것으로 족하다.

— 이시가키 린(石垣りん 1920-2004),
「표찰(表札)」『표찰 등(表札など)』(1968)

　이시가키 린은 연령적으로는 전후시인에 속하면서도, 전후시 특유의
전쟁의 상처나 부채의식 등의 역사성을 배제한 채, 평생을 여성의 시선으
로 서민들의 생활실감을 표현한 생활시인·노동시인(근로시인)으로 기억

된다. 자작 연보에 따르면 14세에 가정 형편이 어려워 일본흥업은행(日本興業銀行)에 사무견습생으로 취직하여 사회활동을 시작하였고, 55세의 정년까지 직장 생활을 영위하면서 전문시인으로서 시 창작을 병행한 독특한 이력의 소유자이다. 이 시는 평생을 도시에 거주하면서 생활독신으로 지낸 시인의 자주적 사고를 "사마", "도노" 등의 일본어 경칭표현 속에서 피력한 대표작이다.

시인은 사회 관습적인 호칭에 대해 "제대로 된 것이 없다"고 부정적으로 말한다. 호칭이 자신이 처한 사회상황이나 타인과의 관계에 의해 성립되는 일시적이고 가변적인 것이기 때문으로, 결국 자신을 향한 상대의 자의적이고 가식적 태도, 즉 진실성의 결여로 이어진다는 견해를 드러낸다. 그러한 가변성을 "병원"에 입원하였을 때의 "사마"와, 고인이 되어 "화장장 소각로"에 들어갔을 때의 "도노"의 미묘한 뉘앙스의 차이로 설명하고 있다. 일본어에는 상대에 따라 '씨(氏)', '상(さん)', '사마(様)', '도노(殿)' 등 다양한 호칭표현이 존재하는데, 시인은 이와 같은 언어표현의 가식적 관계설정을 비판한다.

병원에 있든 여관에 투숙하든 심지어 화장장 소각로에 누워있더라도 그곳에 엄연히 존재하는 것은 "이시가키 린"이라는 단 하나의 인간이므로, 호칭으로 이를 구분하고 상대화하는 것은 모순이라고 지적한다. 소학교 졸업 후 일찌감치 은행에 취직하여 평생을 어려운 경제상황에서 살아온 시인에게 진실성이 결여된 격식이나 체면에 구애받는 사회풍조는 비판의 대상이었다. 특히 도시생활자에게 학력이나 이력을 중시하는 사회풍조는 필연적 숙명으로서, 이를 냉소적으로 바라다보는 태도가 "안 된다", "제일이다", "족하다"의 단정조의 어법에 내포돼 있다. 외부적 사회요인이나 타인과의 관계의 속박 없이 스스로를 평가하고 응시하려는 자율적 사고는 반복적으로 등장하는 "자신이 사는 곳에는/스스로(자신의 손으로) 표찰을 내거는 것이 제일"에 응축되어 있다. 사회적 구속이나 타인의 속박에 구애되지 않은 채, 자신의 유일한 존재 장소로서의 "정신의 안주처"를 추구하는 자립적이고도 전향적인 인생관이야 말로, 오늘날까지 이어지는 각박한 도시적 삶 속에서의 이상적 자세라 해도 과언이 아니다. 이시가키는 그러한 자신의 생활상의 좌우명을 몸소 실천하고 시를 통해 이를 형상화하는데 주력하였다.

> 졸음기에 피곤해진 개는
> 쇠사슬 소리를 내면서
> 울타리 바깥을 엿보고 있다
> 말라버린 길에는
> 잠자리도 나비도 날아오지 않는다
>
> 「따분하겠네요」
> 여자 아이는 말한다
> 그리고 노인은
> 「이번에는 인간으로 태어나렴」
>
> 나는 아무런 말도 할 수 없어
> 쓰다듬어 주기만 할 뿐
> 물끄러미 올려보는 눈!
> 산도 들판도 모르는 눈!
> 어디선가 본 듯한 눈!

> — 다카다 도시코(高田敏子 1914-89), 「도회의 개(都会の犬)」
> 『다카다 도시코 시집(1946-1978)』(1971)

다카다 도시코는 도시생활 속 평범한 일상의 기쁨이나 슬픔 등을 인간애의 따뜻한 심정으로 표현한 1세대 시인이다. "도회지의 개"를 바라보는 인간들의 시선에 시인이 추구한 일상생활의 애환이 느껴진다. 우선 제1연에서 목에 "쇠사슬"을 한 채 피곤한 잠에서 깨어나 "울타리 바깥"을 들여다보는 한 마리의 "개"와 "말라버린 길"과 "잠자리도 나비도 날아오지 않는다"의 무미건조함이 이 시의 주제인 삭막한 도회의 이미지를 직접적으로 떠올린다.

제2연에서는 이러한 개의 모습을 바라다보는 '인간'의 대화가 제시되고 있다. "따분하겠네요"라는 "여자 아이"의 솔직한 느낌에 대해, "할아버지"의 "이번에는 인간으로 태어나렴"은 도회생활의 무료함이 마치 인간 세계에는 존재하지 않는 듯한 말투이다. 그러나 다음 연의 "나는 아무런 말도 할 수 없어"는 그 말에 전적으로 동의할 수 없는 시인의 심리를 암시한다. 결국 그것은 도시를 살아가는 인간들에게도 공유되는 것이라는 일종의 동질의식이 다음 행의 "쓰다듬어 주기만 할 뿐"의 위로의 심정으로 표출되고 있다. "여자 아이", "할아버지", "나"는 모두 도시를 살아가는 다양한 인간의 모습으로서, 이러한 각각의 반응은 도시생활의 삭막함을 제대로 인지하지 못한 채 무감각하게 살아가는 현대인들의 서글픈 현실이기도 하다. 시인은 이를 "쇠사슬"에 의해 신체의 자유를 억압당한 "개"를 통해 부각시키고 있다.

마지막 3행은 시인의 메시지를 여실히 드러낸다. "물끄러미 올려보는 눈"과 "산도 들판도 모르는 눈", "어디선가 본 듯한 눈"은 모두 개의 눈이지만, 이는 곧 도시를 살아가는 인간들의 정서와 밀접히 연관되는 것들이다. 특히 "물끄러미 올려보는 눈"에는 각박한 도시생활 속에서도 꿈꾸는 이상 같은 것이 느껴지며, 자연의 아름다움을 제대로 인지하지 못하는 "산도 들판도 모르는 눈"이 결국은 우리 인간들의 비정한 도시생활자의 모습임을 자각한다. 그러한 동질감이 마지막의 "어디선가 본 듯한 눈"에 함축돼 있다. 이렇게 보면 "도회지의 개"는 곧 현대 인간들의 모습을 자조적으로 타자화(他者化)한 표현이다.

Ⅱ 현대시 속의 도시와 인간

1. 신화적 토포스로서의 도시

신화란 세상의 이치를 설명하거나 의식(儀式)을 확립하고 준수하기 위한 구실과 명분을 제공하는 일련의 이야기로서, 한때 특정 집단에 의해 진실이라고 간주되었던 것이 더 이상 진실이라고 여기지 않게 되었을 때 성립되는 개념이다.[17]

1960년대의 프랑스의 구조주의 문화이론가인 롤랑 바르트(R. Barthes)나 클로드 레비스트로스(Levi Strauss)에 따르면, '신화(myth)'란 그리스·로마 신화와 같은 신비적이고 초자연적인 것에 국한되지 않고, 현대사회의 다양한 현상이나 사건, 그리고 이에 내재된 숨은 의미를 포괄적으로 지칭한다. 자본주의 물질문명이 팽배한 현대사회의 온갖 현상들이 마치 고대 그리스나 로마신화처럼 익숙해져서 너무나 당연하고 자연스러운 것으로 착각하게끔 만드는 것에서 성립되었으며, 문화비평 개념으로서의 신화론은 이와 같은 현대사회의 위장된 관념이나 인식에 대해 거부감을 드러내고 폭로하려는 의도에서 비롯되었다.

본 장에서는 일본의 현대시 속에서 도시를 에워싼 신화의 형성과정을

---

17 조셉 칠더스(외), 앞의 책, p.291.

살펴보고, 실제로 신화가 어떻게 파악되고 있는 가와 도시를 역사적으로 영원불멸의 기호공간으로 간주하는 막연한 인식이 어떤 양상으로 나타나고 있는지 살펴봄으로서, 도시를 에워싼 신화의 실상을 분석해 보고자 한다.

눈동자 푸르고 나지막히
에도(江戸) 가이다이쵸(改代町)의
신록을 지나간다

봄의 미쓰케(見附)
하나하나의 신록들이여
아침이니까
깊숙이는 쫓지 않는다
그저
풀들은 높다랗게 넘실대고 있다
누이동생은
도랑 끝
화사한 수풀로 달려들어
하얀 사타구니를 숨긴다
잎 새 끝에 바람이 흔들림을 멈추자
참고 있던 자그마한 물보라의
무척이나 귀여워진 소리가
속삭이는 잎 새 그늘을 잠시나마
흔든다

달려 되돌아오자
나의 모습이 보이지 않는다
왠지 이미

어두워 져
도랑의 모인 물결도 사라져
여자를 향한 살결의 압박이
또렷이 움직이는 풀밭 길 만은
엷게 붙어 있다

꿈을 꾸면 또다시 숨어들 수 있지만 누이동생아
에도는 얼마 전에 끝났단다
그로부터 나는
멀리
꽤나 왔다

　　지금 난, 사이타마은행(埼玉銀行) 신주쿠지점(新宿支店)의 백금 빛을 쫓
아 걷고 있다. 빌딩의 파열음. 사라지기 쉬운 그 물보라. 구어(口語)의 시대는
춥다. 잎 새 그늘의 그 온기를 쫓아 한 번, 나가볼까 미쓰케로.

– 아라카와 요지(荒川洋治 1949–),
「미쓰케의 신록에(見附のみどりに)」『수역(水駅)』(1975)

　　전후 눈부신 경제부흥과 성장 속에서 번영 가도를 달려 온 일본사회는
1970년대 초에 밀어닥친 오일쇼크로 물가가 폭등하고 실업자가 증가하는
등 사회 침체기를 맞이하게 되었고, 가라앉은 사회 분위기는 시 분야에도
변화의 필요성을 초래하였다. 마지막 연의 "구어의 시대는 춥다"에는 이와
같은 시대분위기가 투영돼 있다. 1950 · 60년대의 전후시에서 1970년대
이후의 현대시로의 변화를 촉구하는 시대상황 속에서, 아라카와는 유연하
고 참신한 산문맥(散文脈)의 시어와 은유에 예리한 감성을 상상적으로
조화시킨 탈(脫)전후시적 시풍을 모색하여 쇼와 50년대의 주요 시인으로
주목받게 된다.

시의 구조적 특징은 제1연의 "에도"와 제4연의 "에도는 얼마 전에 끝났단다"에 찾을 수 있다. "에도"라는 과거의 시간적 공간과 마지막 연의 "사이타마은행 신주쿠지점"으로 표상된 현재의 도쿄가 시·공간적으로 공존 혹은 혼재하고 있기 때문이다. 어느 화사한 봄날 아침, "미쓰케" 부근으로 "누이동생"과 함께 길을 가다가 소변이 마려워진 그녀가 방뇨를 하는 광경을 상상하던 시인은 갑자기 아련한 에도의 환영을 떠올리고, 그곳이 이제는 다시 돌아갈 수 없는 단절된 공간임을 인식한다. "에도는 얼마 전에 끝났단다"가 이를 뒷받침하며, 그 "꿈"으로부터의 시간적 경과와 공간적 단절이 "그로부터 나는/멀리/꽤나 왔다"로 자각되고 있다. 우아하고도 감미로운 환상 속의 에도의 기억과는 대조적으로, 마지막 연의 "사이타마은행 신주쿠지점"으로 암시된 지금의 도쿄는 "은행"을 통해 일본의 경제 심장부로서의 존재성을 뚜렷이 각인시킨다. 기본 구도인 과거로부터 현실로의 전환은 제4연까지의 행을 나누던 형식에서 마지막 연의 산문체 어법의 채택을 통해서도 설명 가능하다.

이 시에 대해 시인은 자신의 에세이(「은행의 시(銀行の詩)」) 속에서, "어느 역사서를 읽다가 에도의 경계도(境界図)를 발견하였다. 그에 따르면, 에도가 끝나는 지점이, 서쪽으로는 이 건물(사이타마은행 신주쿠지점) 부근인 것 같다. (중략)내 머리 속에는 이 건물부터 동쪽이 에도, 서쪽은 도쿄가 되었다"고 회상하고 있다.[18] 결국 이 시의 특징은 지리상의 에도의 안과 바깥이라는 공간인식이 시간적인 것으로 전환됨으로써, 역사의 도시 에도의 신화적 의미성이 종언을 고하고, 도쿄가 근대 자본주의 도시로서의 의미를 새롭게 부여 받고 있는 점에 있다. 제목인 "미쓰케"가 에도시대의 성곽 외곽의 도랑(堀)과 현재의 지명인 "아카사카 미쓰케(赤坂見附)"를

18　高橋順子,「荒川洋治」, 大岡信編, 앞의 책, p.215.

중의적으로 표현하고 있는 것도 도시를 에워싼 시대전환을 지명의 변천 등으로 파악하는 신화적 의미 파악의 개연성을 환기한다.[19] 영원히 지속될 것 같던 역사 도시 에도가 종언을 고하고 자본주의 경제의 중심부로 인식되는 과정이 공간의 일원성 속에서 시간적으로 자각되고 있는 것이다.

이처럼 역사적으로 구축된 지명은 그 속에 포함된 문자언어에 의해 특정 이미지(신화)를 형성하는 가운데, 그것이 전달하는 허구의 의미성을 지극히 자연스럽고 당연한 것으로 만들어 버리는 속성을 지니고 있다. 결국 현대사회에서 신화란 본래는 거짓(허구)이었던 것이 사회 구성원에 의해 인정되고 있는 이미지를 가리킨다. 레비스트로스의 문화인류학이나 롤랑 바르트의 표상학(表象学) 등의 구조주의적 발상에 의해, 초(超)언어적 의미체계 혹은 이차적 의미체계로 채택된 것으로, 특히 바르트는 신화를 현대사회에서 자연스러운 것으로 받아들이게 만드는 속임수 같은 것이라고 지적한다.[20]

다음 시편에서도 지명을 통한 도시의 신화적 요소를 엿볼 수 있다. 오랜 시간의 경과 속에 자연스럽게 구축돼 온 세계 각 도시의 지명이 '토지'를 에워싼 자연의 순환논리라는 신화적 의미체계를 생성하고 역사적 당위성을 획득하고 있기 때문이다.

---

19 평론가인 이소다 고이치(磯田光一)는 메이지정부가 대대적으로 추진한 지명 개편은 에도시대의 통일적인 세계상을 부정하는 것이었다는 점에 주목하면서, 지도의 표기법이나 표준어의 성립 등을 에도로부터 도쿄로의 신화적 도시변천의 기본요소로 간주하고 있다.(「神話としての江戸地図」, 前田愛編, 앞의 책, pp.146-147.)

20 長谷川泉(外)編, 『文芸用語の基礎知識』「国文学解釈と鑑賞5月臨時増刊号」, 至文堂, 1982, p.336.

수도관(水道管)은 노래하라
오차노미즈(お茶の水)는 흘러
구게누마(鵠沼)로 모이고
오기쿠보(荻窪)에 떨어져
오이라세(奥入瀬)에서 빛나라
삿포로(札幌)
발파라이소
톰부쿠토는
귓속에서
흘러내리는 빗물처럼 뻗어나가라
기묘하게도 정겨운 이름을 지닌
모든 토지의 정령(精霊)이여
시간의 기둥으로 늘어서
나를 감싸 다오
오 낯선 토지를 한없이
헤아리는 것은
어째서 사람을 이토록
음악 송이로 가득 차게 하는 가
타오르는 커튼 위에서
연기가 바람에
형태를 부여하듯이
이름은 토지에
파동(波動)을 부여한다
토지의 이름은 아마도
빛으로 되어 있다
외국 사투리가 베니스라면
이가 섞인 습한 침대에서
어두운 물이 속삭일 뿐이지만
오 베네치아

고향을 떠난 빨간 머리의 아가씨가
외치면 보아라
광장의 돌에 빛이 넘치고
바람은 비둘기를 수태(受胎)한다
오
그것 보아라
세다노가라하시(瀬田の唐橋)
겨울 나막신의 지우산(雪駄のからかさ)
도쿄는
항상
흐림

          - 오오카 마코토, 「지명론(地名論)」『오오카 마코토 시집』(1967)

　　오오카의 대표작의 하나로, 도쿄의 "오차노미즈"에 시작된 세계 각국의
지명이 다시 "도쿄"로 돌아올 때까지의 과정을 각 지명에 내포된 "물"의
순환구도로 파악하고 있다. "오차노미즈"를 비롯해, "구게누마", "오기쿠
보", "오이라세", "삿포로", "발파라이소", "톰부쿠토", "베니스(베네치아)"
는 일본과 남미, 아프리카, 유럽대륙에 위치하는 도시들로, 지명에 물을
포함하거나 밀접한 관련이 있다. 이 시에 대한 다음 해설이 뒷받침한다.

　　"수도관"은 다음 행에 "오차노미즈"가 있으므로, 인접 지역인 "스이도바시
(水道橋)"를 이중으로 나타내고 있음은 말 할 필요가 없다. 수도관에서 시작
된 물은 다양한 토지의 늪(沼)이나 구덩이(窪), 강(川), 길(道)을 관통하고
교향(交響)하여, 토지의 정령을 일깨우고 공명하면서, 공간과 시간을 수놓듯
이 유동(流動)해 나간다. 발파라이소는 남미 칠레의 태평양 연안의 지명이
고, 톰부쿠토는 아프리카 마리라는 곳의 지명으로, 광대한 늪지가 펼쳐져
있다. 이들 토지는 단순히 나열돼 있는 것이 아니라, 개별적으로 호흡하면서

토지가 토지를 낳고, 언어가 언어를 증식하듯이 다양한 물을 생성해 내면서
각각의 토지가 지닌 표정을 부각시켜, 작품의 고동을 매끄럽게 앙양(昂揚)시
켜 간다.[21]

시의 본문과 인용문 모두 물과 토지의 흐름을 에워싼 시간과 공간의
유기적 순환구도에 주목하고 있다. "정겨운 이름"의 "토지의 정령"이 "시간
의 기둥"으로 "감싸"주고 "연기가 바람에 형태를 부여하"는 가운데, "낯선
토지"에 "파동"을 가져다주는 신비한 초자연적 섭리를 드러낸다. 오랜
시간의 경과 속에 구축돼 온 각 도시의 지명이 "토지"를 에워싼 자연의
순환논리라는 신화적 의미체계를 생성하고 역사적 당위성을 획득하고
있는 것이다.

물론 시의 궁극적 주안점은 인용문의 '언어가 언어를 증식하듯이'와
'작품의 고동을 매끄럽게 앙양'에서 드러나듯, 현대 시인으로서의 언어에
대한 주체적 자각에 찾을 수 있다. 그러나 묘사의 주된 흐름은 인용문에
제시된 '관통', '교향', '공명', '유동', '호흡' 등 지명을 에워싼 토지의 공간적
순환구도와 이를 통해 구축되는 도시의 신화적 이미지에 있다. 다시 말해
본문의 "시간의 기둥"이나 인용문의 '시간을 수놓듯이'는 지명의 성립과정
에서 시간의 연속 개념인 '역사'가 존재함을 암시한다. 단적으로 시의
후반부에 등장하는 "빨간 머리의 아가씨"와 "비둘기를 수태"하는 "바람"
속의 수상 도시 "베네치아"는 유구한 역사를 지닌 도시로서, '방언("베니
스")'의 사용을 통한 도시의 신화적 의미성을 환기한다.[22] 나아가 "세다노가
라하시", "겨울 나막신의 지우산"의 고풍스러운 전통적 분위기가 현대의
도쿄로까지 이어지는 가운데,[23] 마지막의 도쿄의 "흐림"은 대륙을 넘나드

---

21 八木忠栄,「大岡信「地名論」」, 大岡信編, 앞의 책, p.131.
22 주(19) 참조.

는 순환의 시작점과 도달점으로서의 신화 도시 도쿄를 인상짓기 한 시적 비유 정도가 될 것이다.

한편 '물'을 통한 토지의 순환과 생성에 신화적 의미성을 부여할 때, 다음 작품은 물의 본질적 속성을 우화적으로 묘사하고 있다.

물은 항상
한 단계 낮은 곳으로 흘러들어가므로
지표(地表)의 7할 이상을 차지하는 물의
단 한곳에도
빈틈이란 것이 없다
실로 놀라운 충실함이다

때때로 물에 균열이 생기면
주위의 물은 앞을 다투어
빈틈을 메우러 흘러든다
그것이 격한 파랑(波浪)을 일으켜
거대한 함선조차 이 대이동에는 저항할 수 없다

항상 낮은 곳으로 떨어지려는
물의 기묘한 성질은
때로는 분수를 아름다운 환상의 탑(塔)으로 만들고

항상 빈틈을 메우려 한다
물의 집요한 성질은

---

23 "세다노가라하시는 시가현(滋賀県) 오오쓰시(大津市) 세다가와(瀬田川)에 위치한 일본에서 가장 오래된 다리를 가리키며, "겨울 나막신의 지우산"은 "세다노가라하시"와 함께 일본적이고 우키요에(浮世絵)적인 세계로 지적된다.(八木忠栄, 앞의 책, p.132.)

하나의 해안도시를
무참한 진흙물 용기로 바꾼다

물은 형태를 지니지 않는다
오직오직 아래로 아래로 떨어지는
욕망만을 가지고 있다

물위를 스치면서
위로 위로 밸런스를 잡고 나아가는
모든 배에 있어
물의 성질은
미지(未知)의 존재이다

─「물의 생리(水の生理)」(2) 『오오카 마코토 시집』

　"항상 빈틈을 메우"고, "아래로 아래로 떨어지는 욕망"으로 묘사된 물의
물리적 속성이 흥미롭다. 이러한 "물의 집요한 성질"은 어떤 "거대한 함선"
도 거스를 수 없으며, "하나의 해안도시"도 "무참한 진흙물 용기"로 변화시
킬 뿐이다. 물이 지닌 무한한 힘과 위대한 존재가치를 통해, 인간의 힘으로
는 대적할 수 없는 자연의 섭리를 부각시킨다. 그러한 물이 "형태"를 지니
지 않는 "미지의 존재"임을 자각할 때, 인간의 손에 의한 그 어떤 인위적
힘도 무용지물일 뿐이다. 물론 "때로는 분수를 아름다운 환상의 탑으로
만들고"도 동일한 의미로 파악 가능하다. 이러한 위대한 자연의 원리의
근저에는 반복된 "항상"이 말해주듯 시간의 영원성이 존재하며, 그것은
「지명론」에서의 토지의 순환구도와도 맥을 같이 한다.
　이상에서 알 수 있듯이 신화 분석에 있어 가장 중요한 요소는 시간의
축적으로서의 역사이다. 레비스트로스에 따르면 역사란 신화의 연속으로

서, 동일한 신화적 요소가 여러 번 거듭해서 결합되는 것이며, 신화의
목적은 미래가 과거와 현재에 충실할 것이라는 사실을 보증하는 데 있다고
하여 신화와 역사의 밀접한 관계에 주목한다.[24] 그 이유는 신화가 저절로
성립된 것이 아니라, 역사라는 과거와 현재, 미래로 이어지는 시간의 연속
에 의해 선택 혹은 의도된 것이기 때문이다. 물론 시간의 연속 혹은 축적으
로서의 역사는 자연의 진리와도 밀접한 관련을 지니며, 결국 신화란 그것
을 생성해 내는 인간에 의해 주도된 허구의 의미체계로서, 자연의 원리처
럼 지극히 당연하게 보편적으로 인식되는 것임을 재차 환기한다.

> 어딘가에
> 가슴이 트일 것 같은 낭떠러지는 없는 걸까
> 몸을 내던져도 바닥은 무한정 환할 뿐인 청공(靑空)
> 보드라운 감촉의 구름이 흐르고
> 만지면
> 두둥실 내 등에 날개가 돋아
> 하염없이 하염없이
> 천천히 떨어져 내리는
> 침대 같은 계곡은 없는 걸까
>
> 번화가의 혼잡 속에 뒤섞여
> 나는 구원이 어려울 정도로 고독했다
> 헤엄이 능숙한 허식(虛飾)의 물고기 무리의
> 고드름 같은 눈빛에 비스듬히 꿰뚫려
> 이제는 텅 빈 구멍이 된 내 이마를
> 꼬리지느러미를 흔들며 빠져나가는 비정(非情)한 물고기들
> 문득 차가움에 뒤돌아보니

---

24 클로드 레비스트로스, 임옥희 역, 『신화와 의미』, 이글리오, 2000, p.83, p.87.

초연히 따라오는 것은
물보라에 흠뻑 젖은 내 심장이었다
시부야(渋谷) 신주쿠 유락쵸(有楽町)
걷고
걷고
걸어
나는 슬프게 지쳐 버린다

어딘가에
그저 빵조각 정도의 작은 꿈을
방해받지 않고 쬘 수 있는 침대는 없는 걸까
내일도 또 나는 걷는다
우에노(上野) 아사쿠사(浅草) 이케부쿠로(池袋)
찾아가고
찾아가고
찾아가
눈이 돌 것 같은 낭떠러지 위
무척이나 원시적인 미소에 온 신경을 해방시켜
나는 묵직한 납으로 만든 신발을 벗고 싶다

　　　　　　　　　　－ 신카와 가즈에(新川和江 1929~), 「도회의 신발(都会の靴)」
　　　　　　　　　　　　　　　　　　　　　　　『잠의 의자(睡り椅子)』(1953)

　핵심적 어휘는 반복적으로 등장하는 "낭떠러지"이다. 위태로움을 내포
한 당시 일본의 전후 현실을 비유적으로 암시하면서, 특유의 수직성, 높이,
단절감이 인류사에 영원히 기억될 전쟁의 상흔을 감각적으로 투영하고
있다. 실제로 시가 성립된 1953년 무렵은 한국전쟁 등 주변 상황이 여전히
전쟁의 그림자를 드리운 채,[25] 그 상처를 직시한 『황지』등의 제1차 전후파

가 시단의 흐름을 주도하고 있었다. 시 속 도쿄는 이러한 전쟁의 역사를 숙명적으로 내포한 비운의 도시라는 신화적 메시지를 생성한다. "시부야 신주쿠 유락쵸"와 "우에노 아사쿠사 이케부쿠로"의 환상(環狀)의 형태로 나열된 도쿄 중심부의 지명이 토지의 순환구도 속에서, 패전 후의 도쿄를 상징하는 기호적 표현으로 간주되기 때문이다.

시인은 도쿄로 표상된 전후 일본의 모습을 "혼잡", "고독", "허식", "비정", "차가움"의 부정적 시선으로 포착하는 한편, 스스로를 "구원"해 주는 안식처로서 포근한 "침대"를 추구하는 고향상실자로서의 디아스포라적 심경을 드러낸다. 마지막 부분의 "눈이 돌 것 같은 낭떠러지"의 수직적 낙차는 전쟁이 초래한 정신적 충격을 암시하면서, "묵직한 납으로 만든 신발"처럼 여전히 자신을 압박하는 과거의 굴레 속에서, 아득하기만 한 낭떠러지 밑의 "침대 같은 계곡"과의 공간적 단절감을 부각시킨다. "도쿄"를 여전히 전쟁의 정신적 충격에서 벗어나지 못하고 있는 전후 일본의 표상으로 간주할 수 있는 이유이다.

여기서 주목할 표현은 제2연에 반복되고 있는 "물고기"이다. 그 의미를 파악할 수 있는 시편에 같은 시집에 수록된 「학살사(虐殺史)」를 들 수 있다.

도마 위에 비스듬히 눕혀진
체념의 물고기처럼

---

25 실제로 이 시가 수록된 시집 『잠의 의자』의 장시(長詩) 「PRAYER」에는 당시의 도쿄의 모습을 묘사한 다음과 같은 구절이 등장한다.
"우리들이 모르는 어딘가에서/다시 군비(軍備)가 시작된 것일까?/카키색으로 새로 칠한 군수물자를 싣고/뱀 같은 화차(貨車)가 오늘도 지나간다//국철(国鉄) 에비스역/밀리터리즘(militarism)의 화차는/이런 조그만 역에는 서지 않는다/돌아보지도 않은 채 지나간다 지나간다(이하생략)"

오늘밤도 지친 이 몸을
차가운 잠자리에 눕힌다

꿈을 꾸었다
무서운 꿈을 꾸었다
내가 누워있는 프로크루스테스의 침대
밤의 네거리에 낚아채져
그 위에 드러누워
긴 자(者)는 짧게 잘리고 짧은 자는 길게 늘여져
무참히도 죽임을 당하는 나비
저 고대 그리스의 암흑의 밤을……

나를 잘게 찢는 밤은 보이려나
밤새도록 위협하는 바람
밤새도록 깜빡대는 램프
아 진정 이 어두운 세상을 살아가는 것이라면
저 먼 세상의 길을 가는 이방인처럼
죄 없이 사로잡힌 신세여 나는

제2연의 "프로크루스테스의 침대(Procrustean bed)"의 프로크루스테스는 그리스 신화에 등장하는 인물로, 힘이 무척 센 거인이자 노상강도였다. 그는 아테네 교외의 언덕에 살면서 길을 지나가는 나그네를 상대로 강도질을 일삼는다. 집에는 철로 만든 침대가 있었는데, 프로크루스테스는 나그네를 붙잡아 자신의 침대에 눕혀 놓고, 나그네의 키가 침대보다 길면 그만큼 잘라내고, 침대보다 짧으면 억지로 침대 길이에 맞추어 늘여서 죽인다. 침대에는 침대의 길이를 조절하는 보이지 않는 장치가 있어, 어떤 나그네도 침대의 길이에 딱 들어맞을 수 없었고 결국 모두 죽음을 맞을 수밖에 없었다고 한다.[26]

결국 이 시는 "프로크루스테스의 침대"의 고사(古事)와 잠재의식의 공간인 "꿈"을 조화시켜 "이방인"과 같은 고독감을 묘사하고 있다. 주목할 것은 고독감을 초래한 신화적 망상이 제3연의 "어두운 세상", "저 먼 세상"의 현실인식으로 표출되고 있는 점이다. 궁극적으로 암흑과 절망으로 가득한 전후 일본사회의 모습으로 연결되며, 시인이 "고대 그리스의 암흑의 밤"의 악몽에 시달리는 이유이기도 하다. "프로크루스테스의 침대"가 암시하는 횡포와 아집, 독단은 수많은 사람들을 불행과 절망으로 몰아넣은 일본의 전쟁 수행의 과오를 간접적으로 꼬집고 있는 듯하다.

한편 제1연의 "체념의 물고기"는 전후 일본의 현실을 떠올리면서 마주한 관념적 자화상이다. 물고기의 속성은 물이 없는 곳에서는 살아갈 수 없으며, 하물며 "도마 위에 비스듬히 눕혀진" 상태의 물고기는 스스로의 운명과 처지를 주체적으로 영위할 수 없다. 인류사의 비극인 전쟁 앞에서 체념적일 수밖에 없었던 무력한 일본의 역사적 현실을 자조적으로 파악한 부분으로, 제2연의 "무참히도 죽임을 당하는 나비"와 동일한 의미의 시적 비유로 볼 수 있다. 이러한 죽음의 그림자는 시의 제목인 "학살사"에도 투영돼 있으며, 제3연에서 나타나듯 아무런 "죄"도 없이 죽음으로 내몰린 전쟁의 희생자를 염두에 두고 있다.

결론적으로 「도회의 신발」의 "허식의 물고기"와 "비정한 물고기"도 유사한 의미성으로 접근 가능하다. 물고기의 속성으로는 당연한 "헤엄이 능숙한"의 언어적 아이러니 속에서 "이제는 텅 빈 구멍이 된 내 이마를/꼬리지느러미를 흔들며 빠져나가는"은 폐색된 혼란의 현실에서 몸부림치고 있는 고독한 자아를 떠올린다. "허식"과 "비정" 또한 여전히 전쟁의 충격에서 벗어나지 못한 전후 시인으로서의 메마른 정서를 함축하며, 배후에는 전쟁

---

26 "프로크루스테스의 침대" : https://terms.naver.com

의 비극을 반복해 온 어리석은 역사가 존재한다. 결국 "물고기"는 물이라는 자유로운 삶의 공간을 상실한 전후 일본인들은 상징하며, "비정"과 "허식", "체념"은 이에 대한 관념적 비유 정도에 해당한다.

2. 포스트모더니즘과 현대시

현대사회나 문화의 특징을 가장 압축적으로 드러내고 있는 용어에 1950·60년경 등장하여 1970년대 이후 크게 유행하기 시작한 포스트모더니즘(postmodernism)을 들 수 있다. 20세기 후반의 테크놀로지의 발달을 앞세워, 구시대를 대표했던 모더니즘적 세계관인 인간중심의 전통적 권위나 지배구조를 부정하는 태도에서 비롯되었으며, 기존의 관습적인 이론이나 사상으로는 20세기 후반의 다양한 사회·문화현상을 일일이 설명하고 파악할 수 없다는 인식에 입각하고 있다.

포스트모던(postmodern)이란 용어는 영국의 역사학자인 토인비(A.J. Toynbee)가 포스트모던 시대의 서구문명의 특징을 '비합리성', '무정부(無政府)성', '불확실성'으로 규정하면서, 서구의 역사가 '모던 시대'로 불리던 전통으로부터 극적으로 이탈하는 현상을 초래하였다고 주장하는 과정에서 사용되었으며, 그 후 문학을 포함한 예술분야에서 1950년대의 미국의 문학 비평가들이 제2차 세계대전 후 형성된 '문화적 위기감'을 동기로, 엘리엇 등으로 대표되는 1차 세계대전 이후의 모더니즘 문학과는 차별적 개념으로 도입되었다고 지적된다.[27] 일반적으로 포스트모던 시대의 시작은 핵폭탄의 사용 및 테크놀로지의 신속한 발달과 일치하는 2차 세계대전 이후가 되며, 이로부터 비롯된 포스트모더니즘은 제1차 세계대전 이후의

---

27 이승훈(외), 『포스트모더니즘과 문학비평』, 고려원, 1994, pp.1-2.

모더니즘 예술과 문학이 보여준 반(反)전통적 실험의 극단적인 '연장'이자, 모더니즘 시대에 통례가 되어버린 많은 관습과의 '결별'로 정의된다.[28]

모더니즘 성립의 시점을 제1차 세계대전 이후로 간주하는 배경에는 동 전쟁의 파국이 서구문명과 문화에 대한 인류의 신뢰를 붕괴시켰으며, 문학의 경우 전통적 형식과 주제의 반항을 초래했다는 인식에 기인한다. 구체적으로 엘리엇은 제임스 조이스(J. Joyce)의 『율리시즈』(1922)를 평한 「율리시즈, 질서, 신화(Ulysses, Order, and Myth)」(1923)에서, 오늘날의 역사가 되고 있는 무위(無爲)와 무정부 상태라는 거창한 파노라마가 기존의 일관성과 안정성으로 지탱된 사회질서에 반기를 들면서, 동 시대의 무질서를 표현해 낼 수 있는 새로운 문학 형식과 양식의 실험을 추구하였다고 적고 있다.[29]

이처럼 모더니즘과 포스트모더니즘은 모두 지배적 전통에 대한 공격과 새로운 예술형식을 갈구하며, 문학과 회화(미술)로부터 건축, 음악에 이르는 광범위한 창작 행위 속에서 형식적 속성에 몰두하고 20세기의 산업화되고 기계화된 사회에 반응한다. 그러나 모더니즘과 포스트모더니즘의 결정적 차이는 모더니즘이 문학을 포함한 예술분야의 '아름다움'에 대한 그리고 '고유함'에 대한 전통적 미학에 입각하고 있음에 비해, 포스트모더니즘은 모더니즘이 견지해 온 문학을 포함한 '예술의 비(非)인간화'의 한정된 기술(記述)에서 벗어나, '지구의 비인간화'와 '인류의 종말'에 관심을 기울이는

---

28 조셉 칠더스(외), 앞의 책, p.337.

29 엘리엇은 대표시집 『황무지』(The Waste Land 1922)에서 시적 언어의 표준적 흐름을 분편화(分片化)된 발화(發話)로 대체하고, 전통적인 시의 구조의 일관성 대신에 부분들을 뒤죽박죽으로 순서를 바꾸는 방법을 사용하는 가운데, 조이스나 에즈라 파운드처럼 기존의 문화적 과거에 속하는 종교나 신화를 바탕으로 한 잃어버린 질서에 현재의 무질서를 대조시키는 실험적 시법을 시도하고 있다.(이상, M.H. 아브람스, 최상규 옮김, 『문학용어사전』, 보성출판사, 1995, p.172.)

광범위한 사회·문화현상이라는 점에 찾을 수 있다.[30]

포스트모더니즘 시대 성립의 직접적 계기가 된 제2차 세계대전은 핵폭
탄의 사용이나 나치의 대량학살 체험을 통해 인류전멸의 위협과 자연환경
의 황폐, 인구폭증 및 기아, 빈곤의 제반문제를 폭넓게 환기시켰고, 이후
확산된 후기자본주의(late-capitalism)[31]의 소비 지향적 물질문화는 모든
문화의 상품화를 촉진하고 현대사회의 인간성의 상실과 소외의식을 더욱
심화시키기에 이른다. 이처럼 기존의 학문적 가치체계로는 20세기 후반의
산업화되고 기계화된 사회에 대응할 수 없다는 인식의 한계를 드러내며,
1차 세계대전 후의 '모던하지 않은 것'과의 변증법적인 대립을 표방한
모더니즘을 관례화되어버린 전통의 일부로 간주하면서 이로부터 벗어나
려는 움직임을 표방하였다.

전술한대로 일본에서는 쇼와 초기의 『시와 시론』을 중심으로 모더니즘
시 운동이 전개되었고, 여기에 참여한 시인들은 형식성의 강조, 시각과
청각을 전면에 내세운 선명한 이미지의 구사, 자동기술법으로 대표되는
무의식의 추구 등을 통해 기존의 시와는 다른 언어감각의 참신하고 혁신적
인 시법을 전개하였다. 언어유희의 기교에 집중한 일본 모더니즘 시의
특징은 이미지즘, 주지주의, 쉬르레알리즘, 시네포엠 등으로 일정 흐름을
형성하게 되는데, 전후에 이르러 기존의 모더니즘 시와는 다른 시법의
시들이 등장하게 된다. 본 장에서는 일본 현대시사에서 포스트모던적

---

30 라만 셀던(외), 정정호(외) 옮김, 『현대문학이론』, 경문사, 2014, pp.297-298.
31 오늘날 세계를 지배하고 있는 독점자본이 생산해 내는 문화의 한 양상인 다국적 자
   본주의를 가리키며, 대중 소비문화의 확산, 정보산업의 발달, 복지국가 등이 나타난
   사회의 특징을 드러내는 한편, 고급문화와 대중문화 사이의 경계의 소멸, 통일성이
   결여되고 불안정하며 탈중심화된 문화양식이라는 측면에서 마르크스주의자들은
   포스트모더니즘과 동의어로 사용한다.("후기자본주의와 문화논리" : http://terms.
   naver.com)

요소가 드러나는 시기로 전후를 상정하여, 일련의 이질적 성격의 시편들을 살펴보고자 한다.

* 1960년대 시의 포스트모던성

1960년대의 일본은 전후의 폐허를 극복하고 본격적인 고도 경제성장기에 진입한 가운데, 미국과의 안전보장조약 개정에 반대하는 1960년의 이른바 미·일 안보투쟁이 실패로 끝나자, 문학에서는 과격한 사회적 분위기와 시대적 좌절감을 어떠한 형태로든 표현해야 할 필요성을 자각하였다. 안보투쟁의 실패가 초래한 자괴감과 고도경제성장의 거센 파도는 급변하는 사회상황과 맞물려 방향성을 상실한 인간의 주체성의 혼돈 양상을 노출하였고, 시적 표현의 난해함과 언어과잉의 요설체(饒舌体)는 일상과 비일상 혹은 자연과 초자연을 넘나드는 초현실적 기법으로 이어지면서 래디컬(radical)한 사회 분위기에 호응하였다. 당시의 과격한 시대분위기와 탈출구를 상실한 폭발적 에너지는 주요 시 잡지인『폭주(暴走)』(1960. 8-64.1)와『밧텐(X)』(1961.6-64.2), 이들을 계승한『흉구(凶区)』(1964.4-70.3)를 비롯해,『드럼통』(1962.7-69.9) 등의 명칭만으로도 감지된다. 이러한 시대분위기 속에서 1960년대의 시인들은 전술한 2차 전후파 시인들의 공통적 특성으로서 오오카 마코토가 명명한 '감수성의 축제'에서 이탈하여, 기존의 시의 주체인 '서정'을 부정하는 포스트모던적 시학을 추구하였다. 여기서는 핵심적 존재로『드럼통』의 요시마스 고조(吉増剛造 1939-)와『드럼통』과『흉구』의 중심시인으로 활약한 아마자와 다이지로(天沢退二郎 1936-)의 작품을 살펴보기로 한다.

황금 대도(大刀)가 태양을 직시하는

아
항성(恒星) 표면을 통과하는 배나무 꽃!

바람 부는
아시아의 한 지대
혼은 바퀴가 되어, 구름 위를 달리고 있다

나의 의지
그것은 눈이 머는 일이다
태양과 사과가 되는 일이다
닮는 것이 아니다
유방이, 태양이, 사과가, 종이가, 펜이, 잉크가, 꿈이! 되는 일이다
엄청난 운율(韻律)이 되면 돼

오늘밤, 그대
스포츠카를 타고
유성을 정면에서
얼굴에 문신이 가능한가, 그대는!

－ 요시마스 고조, 「타오르다(燃える)」『황금시편(黃金詩篇)』(1970)

현실성을 초월한 범지구적 진폭의 대담하고 파격적인 어휘구사가 일상과 자연, 인간, 세계, 천체를 종횡무진 질주하면서 왕성한 시적 에너지를 분출하고 있다. 동 시집에는 "태양", "바람" 등의 시어가 끊임없이 등장하고, 마지막 연에서 느껴지듯 독자를 선동하는 화법과 느낌표와 점선, 파선 등의 시각적 기호를 어지럽게 구사한다. 궁극적으로 시인이 표현하려는 것은 "종이", "펜", "잉크" 그리고 "엄청난 운율이 되면 돼"가 암시하듯 시작(詩作)에 임하는 열정으로, 그것이 초월적 시·공간에서의 역동적인

어휘증식으로 형상화되고 있다. 이 과정에서 "항성", "유성", "스포츠카" 등의 배후에는 포스트모던 사회의 성립을 초래한 첨단 테크놀로지의 발달을 간과할 수 없으며, 특히 "항성"에서는 본격적인 인공위성 시대의 도래라는 시대적 배경을 읽어낼 수 있다.[32]

그러나 시의 가장 큰 특징은 일상과 비일상을 어지럽게 넘나드는 공간의 이동이 초현실적 세계를 구축하고 있는 점으로, 포스트모더니즘에서 말하는 '하이퍼 리얼리티(hyper-reality)'에 가깝다. 하이퍼 리얼리티는 '모사(模写 simulation)'에 토대를 둔 '현실'과 '실재성(actuality)'을 대치시키거나 가리는 상상적인 이미지에 관심을 기울이며, 사실과 허구, 모방(재현)과 현실 사이의 전통적 경계를 무너트리는데 기여하는, 온갖 뒤얽힌 질서로 점철된 '환상과 환영의 유희'의 태도를 가리킨다.[33]

이 시에서는 인간의 잠재의식이나 무의식을 바탕으로 현실과 상상을 유기적으로 연결하는 쉬르레알리슴적 요소보다는 전술한 현실과 꿈, 인간 세계, 우주(천체)를 어지럽게 교차시키고 나열함으로써, "나"와 "그대"가 위치한 실재와 환상의 경계 자체를 모호하게 만든다. 다시 말해 쉬르레알리슴 시에서 추구하는 현실과 초현실의 고정적 공간 개념에 입각한 유기적 연계성에서 이탈하여, 단지 시인의 환상의 모사를 통한 시적 상상력의 유희가 분절화(分節化)된 단편적(斷片的)이고 순간적인 즉흥적 이미지의

---

32 1957년 인류 최초의 인공위성인 소련의 스푸투닉(Sputnik)호와 1958년 미국의 익스플로러(Explorer)호가 발사된 이후, 미국과 소련을 중심으로 본격적인 우주경쟁이 시작되었고, 이 시가 발표되기 직전인 1969년에는 미국의 아폴로(Apollo)호가 달 착륙에 성공하였다.

33 전형적인 예로서 포스트모더니즘 이론가인 장 보드리아르(J. Baudrillard)는 디즈니랜드를 들고 있는데, 이곳에는 해적, 변방, 미래세계 등이 온갖 뒤얽힌 질서로 존재하는 소(小)우주로서의 특성을 지닌다는 것이다.(이상, 알 웹스터, 라종혁 옮김, 『문학이론 연구입문』, 동인, 1999, p.207.)

어휘증식과 비약으로 나타나고 있다. 이를테면 "항성 표면을 통과하는 배나무 꽃"이나 "혼"이 "바퀴"가 되고, "의지"가 "눈이 멀"며, "유방이, 태양이, 사과가, 종이가, 펜이, 잉크가, 꿈이! 되는 일"등의 정상적 문맥을 이탈한 비약적이고 비논리적인 어법은 현실과 비현실, 실재와 환상을 뒤섞은 무질서나 혼란에 가까우며, 각 어휘들은 연관성을 상실한 파편화된 이미지의 조각으로 제시되고 있다. 전술한 하이퍼 리얼리티의 '모사' 특유의 '환영'으로서, '분절성, 순간성, 불연속, 혼돈'은 포스트모더니즘의 주요 속성에 해당한다.[34]

특히 주목할 표현은 제3연의 마지막 행 "엄청난 운율이 되면 돼"이다. 1960년대의 래디컬한 사회 분위기 속에서 요시마스가 궁극적으로 추구한 시 창작에 대한 열정이 격동의 시대가 자아내는 역동적 에너지와 연결되고 있음을 느낄 수 있다.

> 나는 시를 쓴다
> 첫 번째 행을 쓴다
> 조각칼이, 아침 광분하여, 일어선다
> 그것이 나의 정의(正義)다!
>
> 타오르는 아침 햇살과 유방이 아름답다고는 할 수 없다
> 미(美)가 제일이라고는 할 수 없다
> 모든 음악은 거짓말쟁이다!
> 아 무엇보다, 온갖 꽃들을 폐쇄시켜, 전락(転落)시키는 일이다!
>
> 1966년 9월 24일 아침
> 나는 친한 벗에게 편지를 썼다

---

34 데이비드 하비, 구동회(외) 옮김, 『포스트모더니티의 조건』, 한울, 1994, pp.68-69.

원죄(原罪)에 대해
완전범죄와 지식의 절멸법(絶滅法)에 대해

아 이것은
놀랍게도, 담홍색 손바닥을 구르는 물방울
커피 접시에 비치는 유방이여!
전락할 수 없어라!
칼날 위를 재빨리 달렸으나, 사라지지 않는구나 세계!

　　　　　　　– 요시마스 고조, 「아침 광분하여(朝狂って)」『황금시편』

　시인이 추구하는 시 창작의 의미를 가늠해 볼 수 있는 작품이다. "조각칼
이, 아침 광분하여, 일어선다"의 해학적 표현이 "정의"의 관념적 이미지와
의 조화 속에 단호하고도 예리하게 다가온다. 「타오르다」에도 등장한 "유
방"은 "모든 음악", "온갖 꽃들"과 더불어 세상에서 가장 아름다운 "미"의
상징이자, 기존의 시가 추구해 온 형식성에 치우친 수사의 모순을 꼬집은
표현이다. "거짓말쟁이", "폐쇄", "전락"으로 묘사된 구태의연한 시적 전통
과의 결별을 촉구하고 있다.
　이렇게 보면 제3연의 "원죄"와 "완전범죄", "지식의 절멸법"은 "1966년
9월 24일"이라는 구체적 시점과 "편지"라는 현실적 스토리를 통해, 시인이
고하려는 시대 선언적 메시지를 담고 있다. "원죄"와 "완전범죄"는 과거
시의 과오를 자기 성찰적으로 직시하며. "지식의 절멸법"에는 그와 같은
구태를 답습하지 않으려는 단호한 의지가 느껴진다. 시인이라는 시대를
주도해야 할 지적 주체로서의 마음가짐이 다소 관념적인 뉘앙스로 강조되
고 있는 것이다. 마지막 연에서는 시인 특유의 비유 표현이 등장한다.
"담홍색 손바닥을 구르는 물방울"과 "커피 접시에 비치는 유방"은 전술한

아름다움을 염두에 둔 것으로, "미"의 달콤한 유혹에서 쉽게 벗어날 수 없다는 인식이 마지막 "전락할 수 없어라"와 "사라지지 않는구나, 세계!"에 내포돼 있다. 혼란과 혼돈의 시대와 그 시대를 살아가는 시인의 심리적 갈등을 암암리에 드러내고 있다.

시대와 시 창작의 의미성을 비유적으로 연결시키는 독특한 시법은 『황금시편』에 앞서 간행된 제1시집 『출발(出発)』부터 일관된 자세로서, 요시마스의 시의 궁극적 지향점이 시대적 역동성을 토대로 한 포스트모더니즘적 에너지와 왕성한 시 창작 의지와의 결합에 있음을 엿보게 한다.

나에게는 던지는 버릇이 있다
거리를 걷는다
어지럽게 자동차가 다가온다
나는
공중변소에 자동차를 던져 넣는다
주위를 둘러보고
눈동자를 두리번대며
뼈들에게 엔진을 걸어
공중변소를 던진다
뉴욕 방향으로
예리한 페니스의 거리로고
짜증스러운 그림이로고
하늘까지 왁자지껄 소란을 떨어댄다
나는 나의 윤곽을 더욱 굵게 그리려한다
호리호리한 선
그 녀석이 내 팔이다
나는 아메바처럼 팔을 뻗는다
나는 죽는 힘을 다해 던지고 있는 것이다

2, 3일 전
나는 여자를 하나 던졌다
무척이나
먹음직스러운 여자를
지나(支那)의 오지로 내던졌다
그렇지만 어떤가
일주일이 지나자
여자가 던져져 되돌아왔다
그쪽에도
던지는 녀석이 있는 모양이다
나보다 잘 던지는 녀석이
또다시 던지는 것은 금지돼 있다
도리 없다
나는
여자와 고비사막을 먹어 버렸다
도둑고양이와 니체들이 귀환할 때마다 나는 먹어치우지 않으면 안 되었다
위병(胃病)이 나를 지배하고
내 뇌수(腦髓)에는 디아스타제(Diastase)가 충만했다
견딜 수 없다
고독과 쇼펜하우어와 변소가 돌아오면
나는 누운 채가 돼 버린다
견딜 수 없다
나는 그래서
내 코와 뇌 섬유
소중한 시집을 내던지기 시작했다
나는 항복하기 시작했다
하지만 지구는 기름이 떨어져 쨍쨍 돌고 있다
내가 그림자 없는 그림이 되어도
귀환물(歸還物)은 산처럼 쌓일게 분명하다

그렇다고 한들
나는 어쩌면 좋은가
코끝을 길게 빼고
히죽히죽
보고만 있을 수는 없는 것이다

　　　　　　　　　　　　- 요시마스 고조, 「싫은 그림(いやな絵)」『출발』(1964)

　이 시 또한 실재와 환상을 넘나드는 초현실적 요소와 논리적 연결고리를
상실한 문맥이 포스트모던적 요소를 드러낸다. "나"를 에워싼 '던지다',
'먹다' 등의 행위와 "눈동자", "뼈", "페니스", "팔", "코", "위병", "뇌수"의
신체적 어휘는 실재의 존재로서 현상학적으로 자각되고 있으나, "공중변
소"를 비롯해 "뉴욕", "지나", "고비사막". "하늘", "지구"의 공간적 어휘는
분절화된 파편적 이미지의 나열에 불과하다. 제목이 암시하듯 이러한
초현실적 풍경들은 시인의 상념이 그려 낸 "그림" 속의 허상에 불과하며,
"공중변소"와 "여자"를 '던지다', '먹어버리다'의 일상성을 이탈한 표현들의
배후에는 1960년대라는 걷잡을 수 없는 시대에 대한 초조감과 자괴감이
투영돼 있다.

　"나"가 "던지"고 "그리려"는 것은 "소중한 시집을 내던지기 시작했다"에
서 드러나듯 시인이 추구하는 시작 행위로 볼 수 있다. 그러나 "나"의
노력에도 불구하고 이들은 "귀환물"이 되어 "산처럼 쌓일" 뿐으로, "니체"
와 "쇼펜하우어" 등의 철학자나 "던져져 되돌아" 온 "여자"는 시인의 치유될
수 없는 "고독"의 결과물이다. "도둑고양이"와 "니체"를 "귀환물"의 일부로
동격 처리하거나, "공중변소에 자동차를 던져 넣는다", "지구는 기름이
떨어져 쨍쨍 돌고 있다"의 비현실적 어휘구사 또한 혼돈의 시대분위기에
대한 회의와 굴절된 심리를 엿보게 한다.

그럼에도 불구하고 시 창작에 대한 강렬한 의지가 마지막 부분에 드러난다. "보고만 있을 수는 없는 것이다"는 격동의 시대양상이 오히려 시인의 창작 의욕을 자극하는 촉매제임을 우회적으로 암시한다. 전체적으로 종잡을 수 없는 어휘의 증식, 비약과 무논리로 점철된 파격적 영상의 전개는 요시마스 고조 시의 특징이자 포스트모더니즘 시대의 사회적 분위기로서의 자리매김이 가능하다. 분출하는 시대의 에너지를 시 창작의 순수한 정열로 승화시키려는 점에 순수 시인으로서의 자각과 시사적 위치를 가늠해 볼 수 있다.

요시마스의 시는 의미나 상상을 초월한 감각적이고 현란한 어휘구사 및 환상과 실재를 넘나드는 시공의 단절 등의 전위적 언어실험으로 1960년대의 과격한 시대분위기를 선도하고 있다. 오직 언어만이 시 창작의 유일한 도구이자 목적이라는 시적 메시지를 환기하고, 이 과정에서 채택된 초현실적 시법은 당시 시인들의 공통된 성향이었다.

> 〈뛰어 넘어라 무능한 강은〉
> 파렴치하게 햇살이 반짝인다
> 손가락을 울리는 재채기의 지평선이여
> 우리는 일렬 만 오천 명
> 코끝을 가지런히 강기슭에 늘어서서
> 거나하게 종소리를 듣는다
> 허벅지 사이에서 운석(隕石)이 그림자를
> 조금씩 넓혀간다
>
> (중략)
>
> 〈뛰어 넘어라 무능한 강을〉
> 명령은 우리들의 내부에서 머리를 쳐들고

우리들의 내부를 마육(馬肉)으로 잇는다
박혀있던 철사가 쑥쑥 부풀어
우리들의 총은 뜨거운 함성을 다시 토해낸다
일렬 만 오천 명의 발밑을
웃지도 않고 달려 나가는 강이
둔탁한 타격으로 위(胃)를 울린다

피로 물든 얼음조각이 날아오르는 환시(幻視)
우리들의 반투명한 살점은 불규칙하게 고여들어
여기저기의 거리 모퉁이에서 폭발을
잇달아 일으키고는 새의 구멍을 꽃 피운다
끊겨 떨어지는 언덕길의 생생함
뜨거운 액체가 강을 밀어내고
우리들은 일렬 만 오천 명
전신(全身) 화합으로 합쳐진 채로
이어진 말(馬)을 벗어던지고 걷기 시작한다

우리들은 뜨거운 빗속의 거리임을 느낀다
〈뛰어 넘어라 무능한 강은〉
저 외침의 행렬을 새롭게 배후에서 듣는다
우리들의 잔혹한 아이들의 소리를

  ― 아마자와 다이지로, 「반동서부극(反動西部劇)」『시간착오(時間錯誤)』(1966)

　제목의 "서부극"에 담긴 활극적 요소가 "총", "폭발", "말" 등의 무법과
폭력이 난무하는 혼란한 시대상황을 떠올린다. 반복된 "일렬 만 오천 명"은
전술한 안보투쟁의 시위 행렬을 연상시키며, 역시 반복되고 있는 "뛰어
넘어라 무능한 강"을 비롯해, "새의 구멍을 꽃 피운다", "말을 벗어던지고
걷기 시작한다"는 이에 대한 극복의 메시지로 볼 수 있다. 표면적으로는

현실적 영상을 비유적으로 제시하고 있으나, 이 시의 시법은 그렇게 단순하지 않다. 제1연만 봐도 "파렴치하게 햇살이 반짝인다", "손가락을 울리는 재채기의 지평선", "허벅지 사이에서 운석이 그림자를/조금씩 넓혀간다"의 기발한 착상과 감각의 이질성이 아마자와 특유의 초현실적 언어표현의 묘미를 보여준다. 격동하는 시대분위기가 언어적 긴장감을 수반한 현란한 어휘구사와 자유자재한 감각으로 나타나고 있다. 시인 주도의 의미전달이나 감정표현에 익숙한 기존의 감상태도로는 그의 개성적 시 세계를 가늠하기 어렵다.

깃발에 꿈틀대는 아이들을 뒤집는 자는 사형
회전하는 총신(銃身)의 희박한 소스를 다시 토해내는 자는 사형
바다에서 깨어나는 자는 사형
위(胃)에서 아래를 잃고 검은 판자를 미끌어지는 자 사형
느닷없이 코피를 흘리고 찔려버리는 자는 사형
처음에 이름을 밝히는 자 사형
밤을 삼키고 침으로 하늘을 만드는 자 사형
혼자만 물구나무서기 하는 자를 사형에 처하는 자 사형
날개가 없어 걷는 새는 사형
새의 죽음을 기뻐하지 않는 자 사형
사자(死者)를 사형에 처하는 자와 함께 걷지 않는 자 사형
깨어나지 않는 자는 사형
깨어나도 푸른 눈꺼풀 언저리를 여행하는 자 사형
사형이 되지 않는다는 자들
사형을 행하는 자들
사형을 모르는 자들
을 제외한 모든 자 사형

— 이하생략, 「사형집행관(死刑執行官)」『아침의 강(朝の河)』(1961)

"포고 및 집행 전 1시간의 모놀로그"라는 부제가 달린 시로, "사형"이라
는 극한 상황을 유머와 풍자로 표현한 시적 발상이 이채롭다. 내용의
논리적 설명을 시도하는 것은 넌센스이며, 자유분방한 언어표현의 의미를
음미하면 족하다. 실제로 이 시가 지닌 포스트모던적 요소는 '말의 알력과
긴장은 시의 자유의 부재를 인공적인 말의 기교에 의해 가장(仮裝)해
온 모더니즘의 시편과는 완전히 이질적인 양상에 있으며, 시의 내적인
의식(意識)의, 자유로운 굴신력(屈伸力)의 반영'이라는 지적에 압축돼 있
다.[35]

밤이 몇 겹의 층을 이루어 사막에 쓰러지고
법랑(琺瑯)을 입힌 만장이 여기저기 펄럭이며
그 언저리에 강물이 어스레이 비추기 시작한다
바람에 내던져진 사당(祠堂)을, 임신한 여자들이 흘러나온다
연기(煙気)의 노래를 휘날리며
묘안석(猫眼石) 아침을 씨앗처럼 씹어 흐트린다
한편에서 한줄기로 이어진 갈색 풀이 하늘을 달릴 무렵
그녀들은 순식간에 입술을 깎아 자르고
복사뼈 가시로 남자의 등을 무참히 짓밟으며
전신(全身)에 흙칠 한 머리로 쫓아가는 것이다
이어서 차갑게 빨간 풀의 구토가 싹튼다
차디찬 벽에는 알알이 나병(癩病) 반점이 피어나고
밤의 잔재는 메마른 선풍(旋風)을 자아내며
어쩌다 피가 섞인 양수(羊水)가
남자의 남루한 작은 목젖을 적신다

35 北川透, 「ことばの自由の彼方へ-天沢退二郎の詩の世界」『天沢退二郎詩集』「現代
詩文庫」(11), 思潮社, 2000, p.120.

버림받은 거리거리의 모래에는
마침내 남자들의 회색 우산이 역병처럼 늘어서겠지
시큼한 한낮의 포장도로에도
무너진 나무 강 밑에도 빼곡히 눈을 깔아 덮고
남자들은 또다시 제전(祭典)을 꿈꾼다
그러나 결국 임신한 여자는 돌아오지 않고
말(馬)보다 불모(不毛)의 개암나무 빛 처녀들
저 먼 한낮의 운하를
오직 멀어져만 가겠지

- 「아침의 강(朝の河)」 『아침의 강』

포스트모던적 성격의 아마자와 시의 궁극적 지향점을 엿볼 수 있는
대표작이다. 일상적인 단어와 단어 간의 결합을 의도적으로 단절하고,
이를 통해 환기되는 영상의 이질성을 현실과 초현실의 세계로 교차시키는
시법은 기존의 자동기술법에 바탕을 둔 쉬르레알리슴적 요소를 드러낸다.
그러나 기존의 쉬르레알리슴 시가 일정한 의미상의 연결고리를 추구해
왔다면, 이 시는 착상의 기발함과 언어의 의외성을 영상의 선명함에 연결
하고 감각의 강도를 조절할 뿐이다. 이를테면 도입부의 "밤", "사막", "만
장", "강물", "사당", "임신한 여자"로 이어지는 일련의 어휘는 논리적 의미
연결이 불가능하며, "묘안석 아침을 씨앗처럼 씹어 흐트린다", "차디찬
벽에는 알알이 나병 반점이 피어나고", "불모의 개암나무 빛 처녀들"의
기상천외한 감각적 표현들은 요시마스의 우주적 진폭의 어휘와는 다른
이색의 경지에 도달하고 있다.
　그럼에도 이 시가 단순한 언어과잉의 요설에 함몰되지 않는 것은 소멸과
생성이라는 뚜렷한 대비 구도를 제시하고 있기 때문이다. "만장", "사당",

"밤", "나병", "역병"은 죽음의 이미지를 떠올리며, "아침", "임신한 여자 (들)", "양수"는 생 내지는 생성의 이미지를 내포한다. 그러나 이것을 단순히 인간의 생과 사의 대비로 파악하는 것은 단편적이다. 마지막 4행의 "임신한 여자는 돌아오지 않고/말보다 불모의 개암나무 빛 처녀들/저 먼 한낮의 운하를/오직 멀어져만 가겠지"의 부정적 뉘앙스는 소거를 통한 새로운 시의 성립을 염두에 둔 무의식적 표현들이다. 시는 어떤 창조를 목표로, 비(非)의미적인 언어 관계의 생성에 의해 실제로 그것을 표현하는 것인 동시에, 그 창조로부터의 결정적인 지체(遲滯)를 지양해야 한다는 시적 메시지를, 전체적으로 속도감 넘치는 화려한 서법(書法)으로 묘사하고 있다는 지적이 설득력을 갖는다.[36] 결국 기존의 인간의 생과 사라는 모더니즘적 사고로는 이해할 수 없는 포스트모던적 시법을 추구한 작품으로, 행간의 의미나 논리를 벗어난 쉬르레알리슴적 이미지의 전개 속에서, 긴장감 넘치는 언어의 자유로운 연상과 의외성에 의존하는 새로운 시학을 전개하고 있다.

실제로 시인은 자신이 추구하는 시에 대해, "내가 시를 쓸 때 나는 시인이 아니다. 내가 말할 때, 나는 공중에 떠서 시의 언어를 발화하는 입술, 인격을 지니지 않는 하나의 입으로, 그 입은 단순히 그 언어를 발화하기 위한 것으로, 다른 모든 것은 시에 바쳐진 죽은 꽃들이 되어 허공에서 떨어져 내린다. (중략)주제를 섬기는 정신들에게는 포착 불가능한 참된 시는 저 건너편에 있어 도달하려 해도 도저히 도달할 수 없는 것, 찾아오는 것, 발생하는 것, 기습적으로 나타나는 율동적인 해프닝이다"고 적고 있다.[37] 시는 시인에 의해서가 아닌, 언어 자체에 의해 자연발생적으로 성립

---

36 野村喜和夫, 「天沢退二郎」, 大岡信編, 앞의 책, p.188.
37 天沢退二郎, 「わが現在詩点」『天沢退二郎詩集』『現代詩文庫』(11), 思潮社, 2000,

된다는 언어주체의 현대 시법을 강조한 것이다.

* 요시오카 미노루吉岡実**의 「승려**僧侶**」**

　기존의 전통이나 권위에 대한 반발과 부정으로 요약되는 포스트모더니
즘의 핵심적 특징은 구시대의 지식이나 사상·학문의 분야에서 절대적
지위를 누려온 '대서사(meta-narrative)'의 불신과 폐기에 찾을 수 있다.[38]
대서사란 마르크스주의, 자유주의, 기독교 신앙이나 과학, 철학 등 인간을
에워싼 모든 학문의 제반분야에서 역사적으로 특권적 권리를 인정해온
인식론적 진리체계로서, 인류의 역사적 사건을 조직적으로 이해하게 해주
는 '스토리'이자 '설명의 얼개(framework)' 역할을 가리킨다. 이를테면
마르크스주의에서 역사의 대서사는 한 생산양식이 다른 생산양식에 의해
연속적으로 대체되고, 그로부터 사회계급간의 투쟁이 발생하여 마침내
사회주의 혁명에 도달한다는 변증법적 스토리에 해당한다.[39] 결국 포스트
모더니즘은 이전 시대의 인간의 지(知)나 이성(理性)에 입각한 로고스
(logos) 중심주의를 부정하는 가운데, 전통적 사고체계로 여겨져 온 근대
성(modernity)에서 이탈하려는 탈근대성을 표방한다. 인간중심의 세계
관과 합리적이고 보편적인 인식체계의 부정 등을 포스트모더니즘의 핵심
적 태도로 규정할 때, 다음과 같은 시편은 그 전형적 예에 해당한다.

---

　　pp.98-99.

38 '대서사'는 '거대서사(master/grand narrative)'라고도 하며, 대표적인 포스트모더
　　니즘 이론가의 한 사람인 장 리오타르(J.F. Lyotard)가 『포스트모던의 조건(The
　　Postmodern Condition)』(1979)에서 주장하여, 포스트모더니즘이라는 용어를 논
　　쟁의 기폭제로 확산시키는 주도적 역할을 수행하였다.(존 스토리, 박모 옮김, 『문화
　　연구와 문화이론』, 현실문화연구, 1999, p.230.)

39 이상, 조셉 칠더스(외), 앞의 책, p.273.

1
네 명의 승려
정원을 거닐며
이따금 검은 헝겊을 말아 올린다
막대기 모양
미움도 없이
젊은 여인을 때린다
박쥐가 고함칠 때까지
하나는 식사를 준비한다
하나는 죄인을 찾으러간다
하나는 수음(手淫)
하나는 여자에게 살해당한다

2
네 명의 승려
각자의 임무에 진력한다
성인형(聖人形)을 내려놓고
십자가에 황소를 매달고
하나가 하나의 머리를 깎아주고
죽은 하나가 기도하고
다른 하나가 관을 만들 때
심야의 마을에서 밀려오는 분만(分娩)의 홍수
네 명이 일시에 일어선다
불구의 네 개의 엄브렐라(umbrella)
아름다운 벽과 천장
그곳에 구멍이 나타나
비가 내리기 시작한다

3
네 명의 승려
저녁 식탁에 앉는다
손이 긴 하나가 포크를 나눠준다
사마귀가 있는 하나의 손이 술을 따른다
다른 둘은 손을 보이지 않고
오늘의 고양이와
미래의 여인을 쓰다듬으며
동시에 양 쪽 바디(body)를 갖춘
털 수북한 상(像)을 두 사람의 손이 만들어낸다
살은 뼈를 조이는 것
살은 피에 노출되는 것
둘은 포식으로 살찌고
둘은 창조(創造) 때문에 야위어가고

4
네 명의 승려
아침 고행(苦行)에 나선다
하나는 숲까지 새의 모습으로 사냥꾼을 마중하러간다
하나는 강까지 물고기 모습으로 하녀의 사타구니를 엿보러간다
하나는 마을에서 말의 모습으로 살육의 도구를 싣고 온다
하나는 죽었기에 종을 친다
넷이 같이 왁자지껄 웃은 적이 없다

5
네 명의 승려
밭에서 씨앗을 뿌린다
그 중 하나가 실수로
어린애 엉덩이에 무청을 공양한다

경악한 도자기 얼굴의 어머니 입이
붉은 진흙 태양을 가라앉혔다
무척 높다란 그네를 타고
셋이서 합창하고 있다
죽은 하나는
둥지 속 까마귀의 깊은 목구멍 속에서 소리를 낸다

6
네 명의 승려
우물가에 웅크린다
빨랫감은 염소의 음낭(陰囊)
못다 뺀 월경 자국
셋이 달려들어 짜낸다
기구(気球) 크기의 시트
죽은 하나가 짙어지고 말리러간다
빗속의 탑 위로

7
네 명의 승려
하나는 사원의 유래와 네 명의 내력을 적는다
하나는 세계의 꽃 여왕들의 생활을 적는다
하나는 원숭이와 도끼와 전차(戦車)의 역사를 적는다
하나는 죽었기에
다른 자의 뒤에 숨어
셋의 기록을 차례차례 불사른다

8
네 명의 승려
하나는 고목(枯木)의 땅에 천 명의 사생아를 낳았다

하나는 소금과 달이 없는 바다에 천 명의 사생아를 죽게 했다
하나는 뱀과 포도로 뒤엉킨 저울 위에서
죽은 자 천명의 발과 산 자 천명의 눈의 무게가 같음에 놀란다
하나는 죽었으나 여전히 병자
돌담 너머에서 기침을 한다

9
네 명의 승려
견고한 가슴 갑옷의 보루를 나선다
한평생 수확이 없으므로
세계보다 한 계단 높은 곳에서
목을 매고 함께 비웃는다
따라서
넷의 뼈는 겨울나무의 굵기대로
새끼줄이 끊어질 시대까지 죽어있다

– 요시오카 미노루(吉岡実 1919–90), 「승려(僧呂)」『승려』(1958)

　　전후 일본시의 걸작으로 평가되는 매우 이색적인 작품이다. 성직자로서의 승려의 고결한 이미지의 이면에 잠재된 속물적 인간의 모습이 일종의 아이러니를 형성하면서 엽기적인 시 공간을 창출하고 있다. 승려는 인간과 신의 중간영역 혹은 경계선상에 위치하는 존재로, 인간에게는 신의 신성성을, 신에게는 인간의 속물성을 부각시키는 역할을 자임해 왔으나, 이 시에서는 성직자 본연의 모습을 찾을 수 없다. 요시오카의 작품은 마치 시로 그림을 그리는 듯한 기괴한 이미지의 초현실적 기법에 특징이 있으며, 이 시 또한 시간과 공간의 유기적 결합이나 의미나 논리의 연속성 없이 네 명의 승려들의 다양한 행위가 회화적으로 제시되고 있다.

9개의 파트로 구성돼 있고 서두는 모두 "네 명의 승려"로 시작된다. 도입부의 "1"과 마지막 총괄부의 "9"를 제외하고는 순서에 상관없이 독립적으로 읽어도 무방하다. 그럼에도 이 시에 담겨진 시인의 메시지를 정리한다면, 인간의 본원적 욕망으로 가득 찬 승려들의 행위를 통해 종교가 지닌 위선적 요소를 환기한다. 인간의 생과 사, 혹은 성(聖)과 속(俗)의 이항대립적 대비 속에서, 승려들의 이중적이고 모순된 모습은 성 속에 속이 존재하고, 반대로 인간 행위의 속물스러움 속에 성스러움이 존재한다는 종교적 사고의 본질까지 의미를 확대해 볼 수 있다. 너무나 인간적인 나머지 꺼림칙하게 느껴지는 파계(破戒)적 승려의 이미지가 시 전체를 압도하면서, 인간의 본성을 적나라하게 파헤치는 시적 장치로 작동하고 있다.

(1)   "하나는 여자에게 살해당한다"는 이 시의 기본 구도인 네 명의 승려가 생과 사의 대극적 세계에 위치하면서, 각각의 독자적 행위를 영위해 나가고 있음을 암시한다. 그러나 생의 영역에 위치한 나머지 세 명의 승려의 관계도 서로가 긴밀히 구속되거나 연결되지 않는 자유로운 상태에 있다. 우선 "검은 헝겊"의 승복 아래로 드러난 "막대기 모양"은 남근(男根)을 의미하며, "젊은 여인"과의 음양의 성적 이미지의 구축 속에서, 생명감적 실감으로서의 인간의 성욕이 "미움" 등의 감정이 개입되지 않는 본능적인 것임을 의미한다. "식사", "죄인", "수음"은 모두 인간의 속물적 이미지의 산물이다. 승려 하나가 "살해" 당함으로써, 인간의 속물적 행동에 대한 경고가 종교인 본연의 역할임을 암시하고 있다. "박쥐"의 "고함"에 담긴 불길함은 인간의 타락한 본성에 대한 위기의식의 표출 정도가 적당할 것이다. 일관된 특징인 생과 사가 분리되지 않는 병렬적 구도 속에서, 승려 본연의 모습을 에워싼 인식의 전통을 전복시킨다.

(2)　　　생과 사를 동일선상에서 파악하는 일관된 자세가 견지되고 있다. 승려들의 "각자의 임무"에 초점을 맞추고 있는 가운데, "성인형", "십자가", "기도"는 인간을 신성의 세계로 인도하는 승려의 본분과 관련이 있다. 그것은 생과 사를 초월하여 영위되어야 할 승려들의 행위임이 분명하지만, 여기에서는 이에 속박당하거나 죽은 상황에서의 모습으로 나타나고 있다. 우선 "죽은 하나가 기도하고"와 "다른 하나가 관을 만들 때"에서의 죽음과 이어 등장하는 "분만의 홍수"에서의 생명탄생의 활기를 교차시킴으로서, 생과 사의 이항대립적 경계를 무의미하게 만든다. "불구의 네 개의 엄브렐라"에 내포된 생명의 거절성(拒絶性)과 양수(羊水)의 파수(破水)를 염두에 둔 후반 3행의 생명탄생과의 모순적 대비 또한 인간의 생과 사의 신비를 겸허하게 받아들여야 할 성직자 본연의 자세를 염두에 둔 표현이다. 전체적으로 생과 사의 어느 영역도 초월하지 못하는 무력한 승려의 이미지가 떠오를 뿐이다. 죽어 있으면서도 "기도"에 집착하고, 살아있으면서도 "관"을 만드는데 열중하는 몽매함에 성직자로서의 종교적 권위는 느껴지지 않으며, "십자가"에 "성인형"이 아닌 "황소"를 매다는 어리석음도 간과할 수 없다.

　무엇보다 죽음을 다른 생의 시작으로 여김으로써 생과 사의 구분을 무의미한 것으로 인식하는 윤회적 세계관이 주목을 끈다. 역설적으로 인간의 생은 죽음을 인식하고 받아들일 때 성립되는 것으로, 후반부의 "분만의 홍수"에서의 생명탄생의 활기가 뒷받침한다. 결국 생명탄생의 신비에 압도된 승려들의 모습이 "불구의 네 개의 엄브렐라"에 압축되어 있으며, 속물적 세계에 빠져버린 승려들의 우매한 자화상에 다름 아니다.

(3)　　　저녁 식사 광경 속에서 세 명의 산 자와 한 명의 죽은 자의 구도가 일시적으로 무너지고, 2대2의 대립구조를 형성한다. "손이 긴 하

나"와 "사마귀가 있는 하나"는 식사를 준비하고 있는데 비해, 나머지 둘은 이와는 무관하게 "오늘의 고양이"와 "미래의 여인"을 만지며 "양쪽 바디를 갖춘/털 수북한 상"을 만들고 있다. 이들의 공통점은 불구 내지는 기형의 존재로, 후반 4행에서 알 수 있듯이 탐욕으로 병들고 일그러진 인간의 모습을 포스트모던적으로 포착한 표현이다. 식욕에 집착하는 둘은 "포식으로 살찌"게 되며, 인간과 고양이의 기형적 합체를 시도하는 육욕에 눈이 먼 둘은 자기파멸적인 "창조" 욕구로 "야위어 갈" 뿐이다.

(4)　　　승려들의 "고행"을 떠올린다. 다시 3대1의 대립구조로 전환되나, 이들의 행위는 여전히 고행과는 거리가 멀다. 오히려 "사냥꾼", "하녀의 사타구니", "살육의 도구" 등 육욕과 탐욕에 넘치는 반(反)승려적 모습들이 장면 전체를 압도하고 있다. 승려에 부합된 행위는 "종"을 치는 정도이나, 그것도 죽은 승려에 국한되고 있다. 어법적으로 "죽었기에"라는 인과적 관계를 암시하고 있어, 살아있는 승려의 "고행"과는 동떨어진 행동을 당연시하고 있다는 비판적 시선을 읽어낼 수 있다. 마지막 행의 "넷이 같이 왁자지껄 웃은 적이 없다"에는 그들에게는 파계승적 행위의 자각이 애초부터 존재하지 않았음을 역설적으로 표출한다. 웃지 않는 것이 고행일 리가 없으련만, 그들은 적어도 그것조차 고행으로 여기는 아이러니가 인상적이다.

(5)　　　승려들의 "밭"에서의 작업광경을 묘사하고 있다. "씨앗을 뿌린다"는 성교를 암시하고, "실수"로 비롯된 "어린애 엉덩이"의 "무청"은 패륜적인 유아간음을 떠올린다. "무청"을 남근의 이미지로 파악할 수 있기 때문이다. 이렇게 보면 다음 행의 "경악한 도자기 얼굴의 어머니 입"은 이러한 비윤리적인 광경을 목격한 어머니의 피를 토하는 분노로 연결되며,

"붉은 진흙 태양"의 소멸은 왜곡된 생명탄생의 행위가 죽음의 영역과 혼재되어 성립됨을 반어적으로 암시한다. 중요한 것은 이처럼 생과 사가 교차하는 비정의 순환공간 속에서, 살아있는 세 승려는 "높다란 그네를 탄" 채 "합창"하고 있으며, 나머지 죽은 하나도 "까마귀의 깊은 목구멍 속"에서 불길한 "소리"를 외쳐대고 있는 점이다. "합창"과 "소리"는 패륜과 외설로 점철된 현실 속세를 무덤덤하게 응시하는 승려들의 무의미한 독경소리 정도가 적절하다. 결국 시인의 메시지는 "그네"가 확보하고 있는 높이에서도 드러나듯, 인간의 삶과 죽음을 고자세로 방관하는 몽매한 종교에 대한 우회적 비판에 찾을 수 있다.

(6)　　"우물가"에서의 세탁 풍경이지만, 장면이 나타내는 의미성은 "5"와 흡사하다. "염소의 음낭", "월경 자국" 모두 패륜적 인간의 동물적 욕구인 성욕을 염두에 두고 있다. 동물적 욕구를 억제하고 인간으로 하여금 정신의 절제를 부여하는 것이 수행자로서의 승려의 본분이지만, 이들은 음탕한 마음을 완전히 씻어내질 못한다. "못다 뺀"이 이를 뒷받침하며, 애초 사심(邪心)으로 가득한 이들에게는 불가능한 일이다. "기구 크기의 시트"도 동일한 개념으로, 살아있는 세 명이 이를 짜내고 "죽은 하나"가 이를 "말리러가"지만 그것이 마르는 일은 없다. 다시 말해 인간의 무한한 탐욕은 생과 사의 영역 어디에서도 해소되지 않는다는 것이다. "빗속의 탑 위"는 무한정의 색욕에서 벗어나지 못하는 어리석은 승려들이 위치한 곳으로, "5"에서의 "무척 높다란 그네"와 동일한 의미를 지닌다. 비가 내리는 동안 이 "시트"가 마르는 일이 없는 것처럼, "탑"이 떠올리는 종교적 이미지도 인간의 동물적 본능 앞에는 영원히 무기력한 존재임을 새삼 확인하게 된다.

(7)　여기서 떠올리는 단어는 '역사'이다. "사원의 유래와 네 명의 내력"은 종교의 역사를, "세계의 꽃 여왕들의 생활"은 속물적 인류의 역사이며, "원숭이와 도끼와 전차의 역사"는 생명의 고귀함을 무시한 채 반복돼 온 전쟁의 역사를 의미한다. 모두 인간의 삶의 영역에서 영위되어 온, 적어도 삶을 유지시키고 발전시킨다는 명목 하에 자행되어 온 어리석은 인류의 행위이다. 그러나 죽은 승려는 이를 은밀히 불에 태워 소각시킨다. 인류의 삶을 지탱해 온 종교나 역사가 결국은 무의미한 것임을 자각하는 태도이며, 종교나 역사 어느 것도 인간의 삶과 죽음을 재단하고 평가할 수 없다는 단호한 메시지에 다름 아니다. "적는다"에 담긴 '기록'과 이를 소각하는 행위가 떠올리는 기록의 무의미성은 시인이 처한 전후 상황 속에서 과거의 모든 것을 부정하고, 오로지 '무(無)'의 상태의 현실을 직시하려는 사상적 긴박감과 자기파괴를 향한 혁신의 의지를 내포한다. 전체적으로 가장 논리적이고 관념적인 해석이 가능하다는 점에서 다소 이질적 부분이다.

(8)　승려가 출산을 하는 기괴한 설정이 시인이 제시하려는 이중적인 메시지를 거듭 드러낸다. "고목의 땅"에서 "낳"은 "천 명의 사생아"나 "소금과 달이 없는 바다"에 "죽게"한 "천 명의 사생아"는 일관된 시적 구도인 삶과 죽음의 공존 및 순환의 연결고리를 형성한다. 제5행의 "죽은 자 천 명의 발"과 "산 자 천 명의 눈"의 "무게"의 균등함 또한 같은 의도로 볼 수 있다. 이들을 에워싸고 있는 "뱀과 포도로 뒤엉킨 저울"은 사악과 탐욕에 휩싸인 인간의 욕정을 상징하며, "사생아"를 통해 근본을 알 수 없는 무분별한 생식본능의 결과물을 초래한다. "고목의 땅"이나 "소금과 달이 없는 바다"는 타락하고 황폐해진 인간의 삶의 터전으로서, 시인이 인식한 전후 일본의 극한 상황의 비유이다. 삶과 죽음의 경계나 구분이

무의미한 비정의 공간으로서, "하나는 죽었으나 여전히 병자"라는, 죽어서 조차 죽음을 인지할 수 없는 자가당착적인 인식으로 이어지고 있다. "7"과 함께 전후시로서의 관념적 해석을 엿볼 수 있는 부분이다.

(9)　　"1"에서 "8"까지의 생과 사로 양분된 세계에서 펼쳐지는 승려들의 기이한 행동들이 '성'과 '속'의 대립 구도 속에서 다양하게 전개되어 오다가, 마지막 "9"에 이르러 네 명의 승려의 일관된 행동으로 전환된다. 전체적 정경으로는 성직자의 지위인 "견고한 가슴 갑옷의 보루"를 버리고 자살을 택하는 승려들의 모습을 상정해 볼 수 있다. 자살의 이유를 암시하는 제3행의 "수확"은 종교적 득도인지, "8"의 "사생아"와 같은 속물적 의미에 기인한 것인지는 불확실하다. 아마도 네 명의 승려가 거듭해 온 온갖 어리석은 삶의 행위가 죽음의 원인으로 여겨지나, 그러한 죽음까지도 '웃음'으로 처리하고 있는 것에 생과 사의 본연의 의미를 박탈하려는 시인의 참된 의도가 담겨 있다. 물론 자살의 장소로 택한 "세계보다 한 계단 높은 곳" 또한 자신들이 거듭해온 어리석음을 넘어, 자살이라는 또 다른 어리석음을 실행에 옮기기에 적절하다고 판단한 장소로서, 바벨탑 이야기로 대표되는 인간의 몽매함에 대한 신화적 이미지 부여가 가능하다. 한편에서 "새끼줄이 끊어질 시대까지 죽어있다"는 반어적으로 얼어붙은 겨울 같은 죽음의 세계 너머로 존재하는 생의 세계를 어렴풋이 직감하게 된다.

동 작품 전체를 감싸고 있는 특징 중의 하나로서, 승려라는 신분이나 성과 속을 초월하여 존재하는 인간 본연의 절대적 자유가 위치하며, 그 자유로움은 시인이 꿈꾸는 성과 속의 조화 속에 성립되는 시적 유토피아로 간주할 수 있다. 특히 죽은 한 명의 승려를 설정한 시인의 의도에는 살아있는 세 명의 승려를 압도하는 형태로 생과 사의 영역을 자유롭게 넘나들게함으로써, 양자의 경계를 무의미하게 만들거나, 조롱하거나, 시험하는 등 특별한 시적 기능을 부여한다. 시의 가장 큰 매력으로 볼 수 있는 부분이다.

참고로 이 시의 성립 배경에 대해 시인은 실연이라는 개인적 배경에 입각한 '인간 불신의 시'로 적고 있으나, 이를 만약 전후시의 관점에서 접근한다면 전쟁의 폐허가 초래한 메마른 사생관 속에서, 종교적 의미와는 무관하게 오히려 탈종교적 혹은 반종교적으로 미래의 생을 에워싼 긍정과 비판이 무의식적으로 혼재되어 표출된 것으로 파악 가능하다. 환언하자면 전쟁으로 희생된 사자들의 아련한 기억 속에서, 전후 사회에 대한 비판적 시선을 쉬르레알리슴적으로 형상화한 작품으로 볼 수 있다. 그러나 독자의 입장에서는 생과 사, 성과 속의 대립과 공존의 구도 속에서 자유로운 시적 상상을 펼쳐보는 것이 바람직하다. 독자들의 다양하고도 개별적인 감상이 가능한 이유가 여기에 있으며, 그러한 자유로운 연상과 환상에 입각한 시적 유희의 즐거움을 주문하고 있다.

결론적으로 이 시에 가장 주목할 것은 전술한 구시대의 지식이나 학문분야에서 절대적 지위를 누려온 대서사에 대한 불신 및 폐기라는 포스트모더니즘의 특징이다. 핵심 구도인 성과 속의 이항대립적 가치관의 '해체',[40] 죽음과 삶의 순환논리에서 벗어나 양자를 동일 공간에 위치시키는 혼재의 구도, 인간(중심)과 동물(주변)로 구성되는 생물계의 위계질서의 전복

---

40 '해체(deconstruction)'는 '탈구축(脫構築)'이라고도 하며, 자크 데리다(J. Derrida)에 의해 제시돼 포스트구조주의(poststructuralism)를 거쳐 포스트모더니즘으로 이어지는 주요 개념이다. 데리다는 플라톤 이후 서양 철학사와 지성사의 모든 이론과 사상, 진리를 부정하는 가운데, 서양철학의 근저에 놓여있는 본질·현상, 선·악 등과 같은 이항대립적 구도 속에서 다른 하나를 우선시하고 다른 것은 부차적인 것으로 간주하는 '인식론적 태도'를 '해체'하고 있다고 지적된다. (원승룡(외), 『문화이론과 문화읽기』, 서광사, 2001, p.275.)

등은 모두 기존의 서양학문이나 인식체계의 '보편의 원리'로 군림해 온 대서사에 대한 부정이자 이를 대체한 새로운 '(小)서사'의 주장으로 볼 수 있다.[41]

3. 신체와 성性

신체와 성은 근대 이후 문학의 가장 특징적 소재로서, 20세기 이후 이에 대한 학문적 관심이 지속적으로 제기되고 있다. 신체는 인간의 존재 론적 인식의 기본 출발점이며, 이를 에워싼 가치판단의 추이는 근대 이전 과 이후로 확연히 구분된다.

근대 이전의 신체관을 대표하는 주장은 17세기의 철학자인 데카르트 (Descartes, René)가 제시한 "나는 생각한다, 고로 나는 존재한다"(Cōgitō ergo sum)"의 '심신이원론(心身二元論)'에서 찾을 수 있다. 흔히 '물심이 원론(物心二元論)'으로 불리는 이 담론은 신체를 정신의 주변적 요소 혹은 예속물로 간주하는 정신우월주의의 입장에 입각하고 있다. 정신이 결여된 신체는 단순한 물질과 같은 존재에 불과하며, 인간은 오직 '정신(心)' 즉 '지성'에 의해 제어된다는 이른바 로고스중심주의적 인간관을 형성하면서, 근대 이전의 학문 및 가치체계에 지대한 영향을 미쳐 왔다.

이에 비해 근대 이후의 신체관은 프로이드(S Freud)의 '심신상관론(心 身相関論)'[42]이나 후설(E.G.A. Husserl)의 '간신체성(間身体性)'[43] 등의

---

41 이를 뒷받침하는 주장으로 리오타르는 전술한 『포스트모던의 조건』에서 "서구의 대 서사는 보편적 시민성을 내세워 특별한 문화적 동일성을 초월하여 우리의 범주 하 에서 규정되어 왔다. 즉 대서사는 포함과 배제를 통하여 이질성을 총체성의 영역에 편입시키고, 보편의 원리로 다른 목소리를 억압하고 배제하였다. 이제 이러한 서사 의 권위는 해체되고, '작은 이야기'(소서사)가 그 가치를 나타내기 시작한다"고 적고 있다.(원승룡(외), 위의 책, pp.273-274.)

주장에서 드러나듯 신체를 인간 존재의 핵심적 주체로 인식하는 신체중심
주의로 요약 가능하다. 이러한 주장들은 신체와 정신을 이분법적 우열관계
로 규정한 데카르트의 인식체계를 부정하면서, 정신과 조화된 신체의 중요
성과 자율성을 환기하고, 궁극적으로는 신체에 대한 예술적 의미 부여가
문학작품의 본령임을 시사하고 있다.

> "문학적 주제로서의 신체가 가장 위기적인 격렬함으로 노출되는 것은 행복
> 한 사회적 인지(認知)가 거부되고, 공동체가 나누어 소유하고 있는 규범과의
> 사이에 알력과 긴장감이 해소되지 않는 상태에서이다"[44]

"행복한 사회적 인지"란 결혼과 같은 관습적 행위를 말하며, "규범"은
도덕이나 윤리 등의 사회가 추구하는 가치체계를 가리킨다. 고착화된
인습이나 규범은 인간의 자유로운 감정표현을 추구하는 근대문학과 필연
적으로 갈등구조를 형성하게 되며, 근대적 사고체계 속에서 정신의 자유는
곧 신체의 자유를 수반한다. 전근대사회의 도덕이나 윤리의 "사회적 인지"
체제 속에서 억압되어 온 신체의 자유에 대한 열망은 문학작품 속의 성의
비중을 드러낸다. 정리해 보면 문학의 주제로서의 신체와 성은 작자가
추구하는 순수한 미적 가치를 작품 속에서 실현할 수 있는 특징적 주제로

---

42 인간의 대뇌(大腦) 활동에 주목하면서 '의식(意識)'에 의한 '무의식'의 이해에 입각
해, 신경증이나 히스테리 증의 근대적 질환이 정신의 상태와 밀접한 연관이 있음을
주장함으로써 '심신의 상관성'을 부각시킨다.

43 이른바 "현상학적 환원(現象学的 還元)"이라는 용어로 압축되며, 기존의 사물의 존
재를 에워싼 인식의 핵심은 지성 즉 인간의 '정신'을 앞세워 타인과 다른 자기가 객관
적으로 존재한다는 근대적 자아를 출발점으로 삼아 왔으나, 세계(세상)는 무조건적
으로 객관적으로 존재하는 것이 아니라, 자기와 타자의 '주체성'이 서로 연관되어 양
자 사이의 '공동세계'로서 성립되며, 그 매개는 '신체'가 된다고 주장한다.

44 小森陽一, 『身体と性』, 岩波書店, 2002, p.4.

서, 결혼이나 도덕, 윤리와 같은 사회적 규범을 초월하여, 신체에 대한 순수한 동경이나 신체적 행위를 통한 에로틱한 쾌락을 중시한다. 그 과정에서 신체를 통한 미의 절대적 가치를 신봉하고, 성적 관능 속에서 인간의 삶의 참된 의미를 추구하는 자세는 인간의 내면에 잠재되어 있는 신체를 에워싼 성적 욕망을 예술적으로 승화시킨다.

한편 일본문학 중에서도 시에 나타난 신체와 성에 대한 고찰은 여성시인들에 의한 '여성시'를 대상으로 하는 것이 필연적이다. 여성시는 이른바 '여성문학'의 일환으로서, 일본문학사에서 '여류문학'이 남성문학을 본류로 인식하는 가운데 여성의 본질·원리를 체현(体現)하는 것임에 비해, '여성문학'은 여성문화의 평가 위에서 성차(性差)를 변용시키고, 월경(越境)하는 의미까지를 함의(含意)하는 용어로 지적된다.[45] 결국 여성문학은 여성의 성적 특성을 주체적으로 자각하는 여성문화의 재발견이며, 여성시는 기존의 남성주도의 시에서는 느낄 수 없었던 여성시인들의 생물학적·사회적 성과 신체를 통한 성적 매력을 자각한 작품으로 상정해 볼 수 있다.

* 페미니즘과 신체 및 성

일본 여성시에 대한 고찰은 필연적으로 페미니즘적 자각에 입각한 신체와 성 관련 시편들로 연결된다. 페미니즘(feminism)은 여성해방 사상에 입각한 사회운동으로, 정치제도, 문화관습, 사회의 동향으로 인한 성적 차별을 직시하고, 남녀가 동등한 지위를 누리는 양성평등 사회의 실현이

---

45 岩淵宏子・北田幸恵編, 『はじめて学ぶ日本女性文学史−近現代編』, ミネルヴァ書房, 2005, p.1.

목적이다. 19세기말에서 20세기 초의 여성 참정권 운동을 중심으로 한 '제1파(波) 페미니즘'으로부터 시작돼, 이후 사회적 관습과 의식에 기인한 성차별에 저항하는 '제2·3파 페미니즘'으로 추이되었고, 대중적으로 확산된 것은 1970년대 이후이다. 직접적 계기가 된 '우먼 리브 운동' (Women's liberation movement)은 1960년대 후반 미국에서 발생하여, '제2파 페미니즘'의 핵심적 운동으로 전 세계로 확산되었다.

페미니즘은 여성도 남성과 동일하게 직업 활동이 가능하다는 노동의 자유 등 여성의 사회적 자립성을 강조하면서, 기존의 가부장제나 남성중심주의 사회 하에서 여성을 구속, 억압해 온 가정이나 남녀의 성적 역할 분담과 여성다움(여성스러움)의 강요에 반기를 들고, 이를 초래한 정지·경제·사회의 제반분야를 총체적으로 비판한다. 나아가 생물학적 성을 비롯한 사회적 성차나 여성성에 대한 주체적 인식도 페미니즘의 주요 관심사이다. 배후에는 역사적으로 여성은 남성에 의한 성차별에 노출되어 신체적으로 정신적으로 억압받아 왔다는 현실인식이 작용하고 있으며, 정치 및 사회적으로는 이에 대한 저항 기제로서 참정권·선거권·교육권·노동권 주장의 여성해방 이데올로기로 무장한다.

일본에서 가장 이른 시기에 페미니즘적 자각을 드러낸 인물로 메이지기의 요사노 아키코(与謝野晶子 1878-1942)를 들 수 있다. 시인이자 가인 (歌人)인 동시에 여성해방 운동가로도 알려져 있으며, 히라츠카 라이초 (平塚らいてう 1886-1971)와의 사이에서 전개된 이른바 '모성보호논쟁 (母性保護論争)'(1918-19)은 오랫동안 여성을 가정이라는 폐쇄적 젠더 (gender) 공간에 가두어 온 남성중심주의나 가부장제 사회의 모순을 지적하고, 여성의 사회적·경제적 지위 향상에 대한 관심을 고취하는 것이었다.[46] 그의 관심은 여성의 신체에 대한 매력을 주체적으로 환기하는 페미니즘적 메시지에 찾을 수 있다.

"부드러운 피부의 뜨거운 정열에는 손도 대지 않고 도덕을 논하는 그대여
(인생이 너무)쓸쓸하지 아니한가"(やわ肌の熱き血潮に触れもみでさびしか
らずや道を説く君)

"천 갈래의 검은 흐트러진 머리카락에 내 마음 흐트러지고 또 흐트러진다"
(くろ髪の千すじの髪のみだれ髪かつおもひみだれおもひみだるる)

요사노의 낭만적 성향의 대표 단가집(短歌集)인 『흐트러진 머리(みだれ
髪)』(1901)의 작품이다. 동 가집에서는 머리카락(髮)에서 발(足)에 이르
기까지의 여성의 신체부위를 탐미적, 관능적으로 묘사함으로써, 신체를
통한 여성적 아름다움과 성적 매력에 대한 자부심 및 자의식을 드러낸다.
기존의 남성중심사회에서 억압돼 온 여성의 성에 대한 적극적 자각이
기존의 남성의 시선에 의해 '보여지는'의 수동적 입장으로부터, 여성 스스
로가 자신의 신체와 여성성(feminity)을 인식하고 '보여주는'의 능동적
입장으로 전환되었음을 암시한다. 이와 같은 여성 스스로의 관능적 신체에
대한 자신감과 동경은 결혼에 얽매여 온 인습적 사고를 부정하고, 신체와
성이 도덕이나 윤리를 초월한 인간 본연의 존재로서 순수한 미적 가치를
구현할 수 있는 문학적 주제임을 웅변하고 있다.

---

46 참고로 동 논쟁은 일하는 여성과 양육에 대한 것으로, 히라즈카가 '모성중심주의'의
입장에서 국가는 모성을 보호하고, 임신ㆍ출산ㆍ육아기의 여성은 국가가 지원하고
보호해 주어야 한다는 주장을 펼친 것에 대해, 요사노는 임신과 출산 등을 국고로
보조하라는 히라츠카의 주장은 형태를 바꾼 기존의 현모양처의 모습에 불과한 '노
예도덕', '의뢰주의(依賴主義)'라고 비난하면서, 국가의 지원에 얽매이지 않는 여성
의 자립심을 강조하고 있다.

산이 움직이는 날 오다.
이렇게 말해도 사람들 믿지 않아라.
산은 오랫동안 잠들어 있었을 뿐이라고.
그 옛날 그들 모두 불타 움직였었다고.
하지만 믿지 않아도 좋으리.
사람들이여, 아, 오직 이 말을 믿으시오.
모든 잠자던 여인들 바야흐로 잠에 깨어 움직이게 됨을.

- 「산이 움직이는 날(山の動く日)」

일인칭으로만 글을 써야지.
난 쓸쓸한 구석백이 여인이여.
일인칭으로만 글을 써야지.
나는 난.

- 「일인칭(一人称)」

두 시 모두 동 시기의 여성해방운동가인 히라쓰카 라이초 등과 간행한
일본 근대 여성운동의 선구적 여류문예지 『청탑(青鞜)』 창간호(1911.9)에
발표되었다가, 훗날 시집 『여름에서 가을로(夏から秋へ)』(1914)에 수록되
었다. 「산이 움직이는 날」은 『청탑』 창간호의 권두시로, "산"은 오랜 동안
미동도 없이 정적인 존재로서의 삶을 영위해 왔던 여성의 시적 메타포
(metaphor)에 다름 아니다. 태고 이래 깊은 "잠"에 빠져 있던 "산"이 이제
"깨어 움직이"려 함은 여성의 사회 활동의 당위성을 자연의 순리로 자각
한다.[47]

---

47 참고로 동 창간호에는 라이초의 저명한 평론인 「원시(元始), 여성은 태양이었다」가
함께 수록돼 있는데, '산'과 '태양' 모두 기존의 봉건적 인간관계 속에서 억압되어 온
여성의 잠재된 에너지를 웅대한 자연의 이미지로 유추한 비유적 표현이다.

관념적으로도 산이 움직인다는 것은 천지개벽이라는 함축의미를 지니므로, 여성의 사회진출이 야기할 엄청난 지각변동과 함께, 여성의 위대함을 내포한 일종의 나르시시즘적 메시지가 느껴진다. 이를 뒷받침하듯 "그 옛날 그들 모두 불타 움직였었다고"를 통해 여성의 원초적 이미지로서의 정열과 부활의 당위성을 환기하면서, 기존의 소극적 태도에서 벗어난 진취적 삶의 영위가 여성에게 부과 된 사회적 사명이자 거스를 수 없는 시대의 흐름임을 역설한다.

이은 「일인칭」에서는 역사적으로 사회의 "구석백이"에 웅크린 채 "쓸쓸한" 삶을 영위해 온 여성들의 의식을 남성들의 전유물이었던 '글쓰기'에 빗대어 일깨우는 내용이다. 여성작가로서의 자긍심이 글쓰기라는 공적 행위를 매개로, 가정이라는 숙명적 젠더공간에서 벗어날 것을 촉구한다. "일인칭"에 응축된 자기주도의 관점은 남성주도의 문학작품 속에서 항상 타자, 혹은 객체의 위치에 한정되어 온 여성을 주체의 위치로 전환시키려는 강력한 의지의 표명이다. 전후 일본 여성시인들의 페미니즘적 지평을 선점하고 있는 정신이자 의식으로, 요사노의 시가 지닌 근대적 의미성의 핵심이다.

미(美)는 원경(遠景)이 되어, 물결은 계곡을 제압하고, 새는 소란스럽다.
온갖 범람하는 것은 기이한 마법이 되어,
아른대는 환영(幻影)은 순사(殉死)의 결의를 나타내고 있다.
야명조소(夜明鳥巢)하는 새는 우리와 나의 목소리를 잡아 찢고,
그것을 숙명을 향한 선물로 삼고 있다.

한 무리의 여자
　우리들 가족제도의 희생자.
　우리들의 감옥의, 붉은 잠의,

깨어나기 바쁘게, 그 색은 깃발이 되어 펄럭인다.
일어서라. 전(全)일본 수만 명의 공창(公娼)이여.

– 이하생략. 다카무레 이쿠에(高群逸枝 1894-1964),
「오후 수면시의 제도(午睡時の帝都)」「도쿄는 열병에 걸려 있다
(東京は熱病にかかつてゐる)」(1925)

　이 시는 '다이쇼 데모크라시'로 대변되는 민주주의 의식의 확대 속에서
당시까지 잔존하고 있던 "공창"제도의 모순을 환기함으로써, 여성을 생식
이나 쾌락의 성적 도구로 간주해 온 남성본위의 가족제도의 모순과 여성의
불합리한 지위에 대한 분노를 표출하고 있다. 앞으로 논할 전후 1950·60
년대의 여성시인에 의한 자기주도적인 여성성의 표출의 배후에는 여성을
에워싼 모순된 사회상황을 직시하고, 그 시정을 요구하는 다양한 외침이
있었음을 간과할 수 없기 때문이다. 표면적으로는 단순히 "공창"이라는
오랜 역사적 과오의 유산을 비판하고 있는 것처럼 보이지만, 여성의 인간
으로서의 존재가치와 이에 수반되는 고결한 성의 본령을 주체적으로 의식
하고 있는 점에서 전후 여성시인에게 암시하는 메시지는 적지 않다.

* 전후 1세대 여성시 속의 신체와 성

　일본에서는 전후 미국주도의 'GHQ(연합국군최고사령관총사령부)'에
의한 민주화 정책의 일환으로 1945년 12월 부인참정권이 전면 실행되었
고, 그 밖에도 혼인을 에워싼 양성평등, 재정권 및 상속권의 평등, 직업
선택의 자유, 남녀공학 등이 추진되거나 실현되어 여권 신장에 크게 기여
하였다.[48] 1959년에 시작된 '안보투쟁'을 기점으로 1968·9년에는 학문의
권위를 근본적으로 재인식하는 대학해체 투쟁인 '전공투운동(全共鬪運

動)'이 전술한 '우먼 리브 운동'과 연계하여 전국적으로 전개되었다.

이러한 여성들의 자각을 일깨우는 전후 사회적 흐름 속에서 페미니즘 정신으로 무장한 여성시인들의 활약도 점차 두각을 나타낸다. 1947년 야마우치 도미코(山內登美子) 등 여성시인들에 의한 선구적 동인지인 『여신(女神)』과 『시학(詩学)』의 창간을 시작으로, 『유리이카(ユリイカ)』(1956), 『현대시수첩』(1959), 『시와 사상』(1972) 등의 이른바 상업지 시대의 개막은 여성시인들의 적극적인 시단 참여를 유도하면서, 실제로 1953년에는 5권에 불과하던 여성시인에 의한 시집도 이듬해에 11권이 출판되었고 이후 지속적으로 증가하게 된다.[49]

본 장에서는 여성시가 본격적 모습을 드러내는 시기로서 1950·60년대에 등장한 시인들의 작품을 전후 1세대와 2세대로 나눈 후, 신체와 성에 관련된 시편들의 성격과 특징을 살펴보고자 한다. 연령적으로 1세대는 1910년대 후반부터 1920년을 전후로 출생하여 성인의 나이로 전쟁을 몸소 체험한 세대를, 2세대는 1920년대 후반 이후부터 1930년을 전후로 출생한 시인들을 상정하고 있다.

동그스름한 아주 탱탱한 엉덩이가
식초로 먹으면 먹음직스러운
포동포동한
젊은이

내뱉는 말 뒤로
솜털이 세세하게 반짝이고 있는

---

48 新井豊美, 『女性詩史再考』, 詩の森文庫, 2007, p.80.
49 岩淵宏子·北田幸恵編, 앞의 책, p.290.

푸른 연기가
눈썹 사이로 피어오르고 있는
젊은이

작은 돌도 잠기지 않을 맑은 물인가 싶더니
수백 마리의 물고기가 살고, 비늘을 반짝대며
하루 사이에 몇 번이나 빛났다 그늘겼다 하는
젊은이

말을 건네려 몸을 내미는 자
문득 그만두고 해쓱해지는 자

　　　　　　　－ 다키구치 마사코, 「젊은이(若もの)」『동철의 발(銅鉄の足)』(1960)

　헤이세이 기까지 활약한 다키구치 마사코(滝口雅子 1918-2002)의 작품
이다. 여성이 이성으로서의 남성을 생생하게 묘사하고 있는 점은 이어
소개할 「남자에 대해서」와 더불어 그의 시의 특징을 드러낸다. 여성으로서의
성의 자각을 상대적 존재인 남성의 신체를 통해 포착하는 가운데, 제1연의
"탱탱한 엉덩이"나 "식초로 먹으면 먹음직스러운"의 노골적이고 대담한
묘사가 눈에 띈다. 신체를 통한 성적 흥분이나 매료가 남성의 전유물이
아님을 표현함으로써, 여성도 얼마든지 성을 인간의 본연적 감정으로 직시
하고, 이를 시 속에 표현하는 것이 시대의 사명임을 자각하고 있다.

　남자는 알고 있다
　꼿꼿하게 편 여자의
　두 다리 사이에서
　하나의 꽃이

봄
여름
가을
겨울
각각의 모습으로 피려는 것을
남자는 투시자(透視者)처럼
그것을 잘라 말한다
여자의 정수리까지 빨개질 듯한
강한 목소리로

남자는 원하고 있다
좋아하는 여자가 빨리 죽어다오 라고
여자가 자기 것이라고
납득하고 싶어
하늘이 아름다운 겨울날에
뒤에서 찾아와
이렇게 말한다
빨리 죽으렴
관(棺)을 메어 줄 테니까

남자는 서두르고 있다
푸른 살구는 빨갛게 익혀야지
장미 꽃망울은 활짝 피워야지
자신의 손바닥이 닿으면
여자가 익어 떨어진다 고
여호와 신처럼 믿으며
남자의 손바닥은
항상 기름기로 젖어 있다

― 「남자에 대해서(男について)」『동철의 발』

제1연에서의 "꼿꼿하게 편 여자의/두 다리 사이"에서 드러나듯 여성의 관능적 성을 사계절의 추이 속에 응시하는 대담한 표현 속에서, 전체적으로 여성의 성을 남성의 시선으로 포착하고 있다. 다시 말해 성이나 신체를 에워싼 1세대 시인들의 특징은 여전히 남성에 비해 수동적인 입장에 놓인 여성들의 성적 인식에 머물고 있으며, 이를테면 "여자의 정수리까지 빨개질 듯한"이 암시하는 성적 수치심 등은 전형적인 예로 볼 수 있다. 나아가 각 연 서두의 "남자는 알고 있다", "남자는 원하고 있다", "남자는 서두르고 있다"의 남성 주도적 시선은 여전히 여성의 성이 남성이라는 상대적 관점에 머물고 있음을 암시한다.

그럼에도 불구하고 이 시의 주목할 점은 남성을 매료시키는 여성의 성적 매력을 스스로 "푸른 살구"나 "장미 꽃망울" 등의 성숙되고 아름다운 "꽃"으로 포착함으로써, 더 이상 '보여지는 성'으로서의 입장을 거부하고 있는 것에 있다. "좋아하는 여자"가 "빨리 죽"기를 바라는 남성의 심리를 태연하게 응시할 수 있는 심적 여유감이 역설적으로 스스로의 신체적 매력에 대한 확신으로 다가온다. 이렇게 보면 마지막 연에서의 "자신의 손바닥이 닿으면/여자가 익어 떨어진다 고/여호와 신처럼 믿"고 있는 남성의 모습을 시인은 비웃고 있는 듯하다. "여호와 신처럼"의 비유가 맹목적 믿음을 떠올리고, "항상 기름기로 젖어 있"는 "남자의 손바닥"에는 기존의 절대적 권위로 자임해 온 남성성에 대한 초조감 같은 것이 느껴지기 때문이다.

시들어버린 풀 문을 조심조심 열고
가늘게
졸졸
흘러나오는 황금빛 물은
하얗게 야윈 사타구니 안쪽을 살며시 적시고
풀잎 끝에 구슬을 맺는다

그리고 후하고 작게 숨을 뱉고는
어머니는 조용해졌다

그 아래 풀 깊숙이
또 하나의 따뜻하고 어둔 오솔길
흔들리는 작은 돌
그곳은 때때로 삐약삐약 울어대며
먼 사람을 부르고 있다

창가의 저녁 햇살 눈부시고 서글프게
그대의 가는 눈이 화사하다

　　　　　　－ 오가와 안나, 「풀 문(草の尸)」『여신예배(女身礼拝)』」(1960)

　　오가와 안나(小川アンナ 1919-)는 1세대 시인 중 여성의 성적 역할이나
신체적 자각을 가장 두드러지게 표출한 시인이다. 제1시집 『여신예배』는
제목이 암시하듯 여성의 신체에 대한 경건한 마음과 감정을 노래하고
있다. 제1연에서의 "어머니"의 풀 위에서의 방뇨라는 파격적 소재가 여성
의 생식기로 시선을 집중시키며 은밀한 생리작용을 과감하게 노출한다.
"시들어버린 풀 문"은 "하얗게 야윈 사타구니"와 더불어 출산으로 대변되
는 고통을 감내해 온 어머니의 신체를 비유적으로 떠올리며, 제3연의
"또 하나의 따뜻하고 어둔 오솔길"이나 "흔들리는 작은 돌"은 배뇨의 광경
을 시적 과장 없이 제시한다.
　　이은 "때때로 삐약삐약 울어대며/먼 사람을 부르고 있다"는 어머니의
생식기를 통한 새 생명의 탄생을 우회적으로 암시한 부분이다. 궁극적으로
이러한 어머니의 생리적 행위가 시인에게 "창가의 저녁 햇살"처럼 "눈부시

고 서글프게" 다가오며, 어머니의 "가는 눈이 화사하"게 느껴지는 이유를 엿볼 수 있다. 자칫 속물적 묘사로 흐르기 쉬운 배뇨 행위를 어머니의 신체의 역사에 빗대어 표현한 시적 발상의 참신함 속에서, 어머니의 육체를 신성시하고 그러한 어머니의 생리적 노고가 있었기에 오늘의 자신이 존재한다는 암묵적 메시지를 함축하고 있다. 여성의 신체를 에워싼 생리적 성의 응시는 오가와 안나의 전형적인 특징이며, 배후에는 여성 신체에 대한 존중과 경외의 심정이 깃들어 있다.

여자를 정화시켜 보낼 때
가장 슬픔을 자아내는 것은
그곳을 깨끗이 씻어 줄 때입니다
나이 들어 이것이 마지막인
마치 겨울 나무수풀처럼 조용히 누워 있는 사람도
할머니로 불렸는데도 의외로 아름답습니다 눈 내리는 내일처럼
정결하게 말없이 있는 것을 발견했을 때는
평소였다면 없었을 우리들의 행동이
얼마나 분하고 한심하게 되새겨지는 것일까요

그곳에서 태어난 모두가
결코 태어날 때의 고통 등을
헤아려 주는 일도 없이
그것은 살짝 잊혀 진 채로
수 십 년이나 혼자의 마음속에 지켜지고 있던 것입니다
하지만 내일도 움직이지 않으며 오랜 병으로 고통스러운 사람의 슬픔은
그곳이 더러워져 수치심에 싸일 틈도 없이
구경거리로 만드는 괴로움

몇 번이나 몇 번이나 그곳에서 낳고
고뇌하고 괴로워하며 살아와
이제는 이미 시들어버린 그곳을 다 씻어내고
살며시 가랑이를 닫아 줄 때
우리들은 한 사람의 인간으로부터 무언가를 조용히 무겁게 받아들이고
이어받아 간다고 하는 것일까요

ー「여신예배」『여신예배』

　만년에 병으로 세상을 떠난 어머니에 대한 진혼(鎮魂)의 심정을 어머니의 몸을 통해 묘사한 작품이다. 참고로 시인은 출산 경험이 없으므로, 시인 자신의 몸은 후세의 누구로부터도 '예배' 받는 일은 없으나, 어머니들의 여신(女身)에 순수하게 예배할 수 있다는 마음을 표현하고 있다고 지적된다.[50] 오랫동안 출산이라는 여성 본연의 임무를 묵묵히 수행해온 어머니의 육체적 노고에 존경과 경외의 심정을 표하면서도, 여성에게 부과된 생물학적 성의 특권인 출산이 필연적으로 여성으로서의 고통스런 숙명적 삶의 굴레를 규정해 왔음을 인식하고 있다. 이를테면 마지막 연의 "몇 번이나 몇 번이나 그곳에서 낳고/고뇌하고 괴로워하며 살아와"가 뒷받침한다. 어머니의 노고와 고통을 인정하면서도 이것을 여성의 필연적 운명으로 간주할 수밖에 없는 현실에 대한 회의심리가 마지막 "우리들은 한 사람의 인간으로부터 무언가를 조용히 무겁게 받아들이고/이어받아 간다고 하는 것일까요"의 반문에 내포돼 있다. 가장 큰 특징은 1세대 시인들의 공통된 성향인 출산으로 대표되는 생물학적 성에 대한 수동적 자각에 있으며, 그러한 태도는 이하 시편에도 견지되고 있다.

50　高橋順子 編, 『現代日本女性詩人85』, 新書館, 2005, p.65.

아직 아이가 나에게 오지 않았을 때
이 작은 가녀린 것들은 왜 있었지 라고 문득 생각하는 때가 있다

「아직 엄마의 배에서 태어나지 않았을 때 류쨩은 작은 씨앗이었지」
아이도 때로는 같은 의문에 사로잡히는 것일까
태어나기 전은 작은 딱딱한 씨앗으로 역시 엄마의 태반 속에 있었다고 여기
　고 있다

폭풍이 밀려온다는 새로운 가을의 쓸쓸한 쓸쓸한 조용한 밤
아이들이 잠들어 있는 사이에 뒹굴며
살며시 살을 따뜻하게 보듬어주는 포유동물의 어미처럼
킁킁 그 냄새를 맡으며
아이와 나를 합친 신(神)을
지그시 지그시 생각해 보았다

　　－「폭풍이 밀려온다는 조용한 밤에(嵐がやってくるという静かな晩に)」『여신예배』

　전술한 대로 시인은 출산 경험이 없으나, 그의 시에는 어머니의 입장에
서 본능적인 모성을 다룬 작품이 적지 않다. "류쨩"이라는 "아이"의 실명이
현실감을 자아내는 가운데, 출산을 통한 생명탄생의 의미를 차분히 관조하
고 있다. "엄마의 태반 속"의 "작은 딱딱한 씨앗"이 마침내 새 생명으로
이어지는 우화적 발상이 흥미롭다.
　핵심은 제목을 포함한 제3연의 내용에서 찾을 수 있다. "폭풍"과 "쓸쓸
한", "조용한"이 암시하는 긴장감은 아이의 육아과정에서 접하게 되는
삶의 난관 정도를 떠올리나, "포유동물의 어미처럼"에 담긴 모성애적 본능
으로 이를 제어하려는 의도들 드러낸다. "아이와 나를 합친 신"은 생명의
무한한 힘을 동경하고 과시하는 자기도취적 사고의 결과물이다.

우리들의 사랑은 젖을 주무르며 슬프게 다가오는
습관을 가지고 있습니다
따라서 그것은 항상 직접적입니다
젖가슴에서 떨어져 내리는 우리들의 사랑을 아이들은 쪽쪽 빨아 먹습니다
어째서인지 젖에 밀어붙이는 사랑을 받아들이고 마는 연약함을 우리들은
　　갖고 있습니다
젊은 여인들은 그것을 기다리고 있습니다
다른 집 아이가 없어졌다고 하면 우리들의 젖가슴은 아파오고
사랑하는 남자가 그리스도처럼 보일 때에도
우리들의 젖은 꽉 애절하게 아파옵니다
그렇습니다 그리스도가 만약 여자였다면 그는 분명 모든 이에게 자신의
　　젖을 먹였을 것입니다
우리들은 슬플 때에도
그것이 젖을 주무르며 다가오면
그것을 사랑이라고 느끼고 있습니다
우리들의 사랑이 설령 세계를 대할 때에도
왠지 젖을 주무르며 고뇌하는 것이 우리들의 관습입니다

가을이 되면
젖가슴을 깊숙이 감싸고
경건한 마음이 드는 것을 나는 매우 좋아합니다

－「우리들의 사랑(わたしらの愛)」『여신예배』

　여성으로서의 "사랑"을 "젖"으로 감지하는 특별한 인식 속에서, 신체를
통한 성적 자인(自認)이 궁극적으로 "경건한 마음"의 정신 영역으로까지
확대되고 있다. "젖을 주무"를 때 "직접적"으로 "슬프게 다가오는 습관"은
여성으로서 외면할 수 없는 수동적 성 의식을 염두에 둔 표현이다. 시인은

그러한 "사랑"의 수용을 "연약함"으로 인지하면서도, 거부하기 보다는 오히려 자신들의 "습관(관습)"으로서 받아들인다. "젖"으로 느끼는 "사랑"이 여성의 숙명임을 묵인하는 한편, "세계를 대하"는 삶의 보편적 방식임을 환기한다. 시의 주제가 부모, 부부, 성으로서의 여성이라는 업(業)을 확실히 자각하여 살아가는 것 밖에 없음을 인식한 일종의 조용하고 수객적(受客的)인 체념에 있음을 납득하게 되는 부분이다.[51]

오가와 안나 시의 두드러진 특징인 수동적 성 의식은 과거로부터 이어져 온 여성으로서의 제한된 삶의 방식을 구세대 스스로가 암묵적으로 수긍해 왔음을 나타내는 것으로서, 1세대 시인으로서의 성격을 엿볼 수 있다. 여성으로서의 생물학적 고통을 인지하면서도 아직까지는 그것을 거부하기보다는 피할 수 없는 여성의 역할이자 특권으로 간주하려는 자세는 아직 그들에게 페미니즘적 사고가 나타나고 있지 않음을 말해 준다.

그러나 여성의 생물학적 성을 에워싼 수동적 인식은 시간이 흐를수록 극복의 대상으로 여겨지면서, 성을 능동적으로 직시하는 2세대 시인들의 작품으로 추이된다. 가교 역할을 수행한 시인에 50년대 전반부터 활발히 활동한 이바라기 노리코가 있다.

당신은 이집트 왕비처럼
다부지게
동굴 깊숙이 앉아 있다

당신에게 봉사하기 위해
내 다리는 쉴 줄을 모른다

---

51 新川和江, 『女たちの名詩集』, 思潮社, 1992, p.142.

당신에게 아양 떨기 위해
풀들의 허식(虛飾)에 찬 공물을 훔쳤다.

하지만 나는 한 번도 보지 않는다
어둡고 푸른 당신의 눈동자가
호수처럼 미소 짓는 것을
수련(睡蓮)처럼 꽃피는 것을

사자 머리가 새겨져 있는
거대한 의자에 자리를 잡고
흑단색(黑檀色) 향기를 내는 살결이여
때때로 나는 촛불을 올리고
당신의 무릎 앞에 꿇어앉는다
가슴 장식 시리우스(Sirius)의 빛을 발하며
　　　　　　시리우스의 빛을 발하여

　　　　　　　　　　　　　　　　　　　　　－ 이하생략, 「혼(魂)」『대화(対話)』(1955)

　"이집트 왕비"의 "당신"은 시인 자신을 가리키며, "나"로 표상된 남성을 비롯한 타자의 절대적 숭배를 추구하고 있다. "당신"과 "나"에 관련된 행위의 상대적 구조가 뒷받침한다. 핵심 어휘인 "이집트 왕비"는 자신의 여성성을 신화적 이미지로 포착한 것으로, "다부지게/동굴 깊숙이 앉"은 채 "거대한 의자에 자리를 잡"고 있는 도도함과 위엄 속에서 온갖 신비와 아름다움으로 넘쳐난다.

　구체적으로 "어둡고 푸른 눈동자"와 "호수"와 같은 "미소" 속에서 "수련처럼 꽃피"고, "흑단색 향기를 내는 살결"이 "가슴 장식 시리우스의 빛"처럼 감히 범접할 수 없는 강렬한 광채를 내뿜는다. 그 앞에서 "나"는 "봉사", "아양", "촛불을 올리고", "무릎 앞에 꿇어앉는다" 등 절대적 복종의 자세를

취할 뿐으로, "허식에 찬 공물을 홈"치는 비도(非道)의 행위조차 서슴지
않는다. 이렇게 보면 제4연의 "한 번도 보지 않는다"는 감히 쳐다볼 수
없는 "당신"의 아름다움을 강조한 표현이다.

　남성을 향한 여성으로서의 미의 과시는 여성 스스로가 주체적 매력을
인식하고 여성으로서의 자존감을 강조하고 있다는 점에서 이후 전개될
페미니즘적 사고에 입각한 성 관련 시편의 등장을 예고한다. 그러한 자세
는 1세대 시인들의 전유물이었던 수동적 삶을 에워싼 전통적 관념의 파괴
로 나타나게 되는데, 다음 시는 여성의 수동적 삶을 정면에서 비판한
작품으로 볼 수 있다.

　　　아빠는 말한다 의사인 아빠는 말한다
　　　여자애는 설치면 안 돼
　　　몸속에 중요한 방이 있으니까
　　　조용히 있거라 조신하게 굴거라
　　　그런 방이 어디 있는 거지?
　　　오늘밤 탐험해 봐야지

　　　할머니는 성을 내신다 쭈그렁 할머니는
　　　생선을 깨끗이 발라먹지 않는 여자애는 쫓겨난단다
　　　시집가서 사흘도 못돼 쫓겨 온단다
　　　머리와 꽁지만 남기고 나머지는 깨끗이 먹거라
　　　시집 따위 가지 않을 테니
　　　생선 해골 꼴도 보기 싫어

－「여자아이의 행진곡(女の子のマーチ)」 제2·3연

『진혼가(鎮魂歌)』(1965)

출산과 결혼으로 요약되는 여성을 향한 인습적 통념에 대한 반항이 주제이다. "몸속에 중요한 방"은 자궁을 의미하며, 여성의 생물학적 성을 지탱하는 핵심 개념으로서, 시인은 이를 에워싼 차별적 성차를 정면에서 반박한다. 여기서 비롯된 "조신하게 굴"어야 한다는 "아빠"의 말은 의사가 암시하는 생물학적 성의 근원주의적 시각[52]과 남성이라는 기존 가부장제 사회의 권위를 떠올린다는 점에 시사점이 있다. "생선을 깨끗이 발라먹"으라는 "쭈그렁 할머니"의 훈계 또한 구태의연한 고정관념인 동시에, 같은 여성이라는 점에서 여성 스스로가 극복해야할 필연적 과제임을 환기한다. 이에 맞서는 시인의 "그런 방이 어디 있는 거지?", "시집 따위 가지 않을 테니"의 반박과 저항은 자기 주도적 삶을 고취하는 전후 여성시의 시적 방향성을 가늠해 볼 수 있는 부분이다. 이러한 자세는 2세대 여성시 속에서 확고한 사상적 토대를 형성하면서, 성을 적극적이고 대담하게 응시하는 발상의 전환으로 이어지게 된다.

* 전후 2세대 여성시 속의 신체와 성

수동적 성에서 능동적 성으로의 의식의 전환은 2세대 전후시인들의 공통적 특성으로서, 여성 스스로가 신체를 직접적으로 응시하고 남성과 여성의 고정적 성의 역할이나 차별을 인정하지 않으려는 태도를 드러낸다. 전후 여성시인으로서의 주체적 성 인식을 강조한 대표적 존재로 도미오카 다에코(富岡多惠子 1935-), 신카와 가즈에(新川和江 1929-), 시라이시

---

52 여성과 남성은 본질적으로 차이가 있으며, 그 차이는 선천적이고 생물학적 차이에 기인한다는 사고방식으로, 특히 전대의 가부장제 사회제도에서는 이러한 생물학적 성차를 바탕으로 남성을 성적으로 '우세종(種)'으로 여기면서 여성의 특성을 역사적으로 억압해왔다는 것이다.

가즈코(白石かずこ 1931-)를 들고자 한다.

　　녀석은 알고 있다
　　내가 알고 있는 것과는 다른 의식(意識)으로
　　나는 녀석의 계략도 나의 계략도
　　유방이 일종의 황홀감으로 부어올라
　　생각을 엮어가는 식의 끈기 있음을
　　완전히 단념하였다
　　조용한 아나키스트도
　　자신의 가는 팔을 입으로 빨아
　　없는 것이 결실을 맺어 가는 것을 방관하여
　　생리학적 언밸런스를
　　녀석과는 다른 의식으로 안 것이다

　　소화산소(消化酸素)의 결과에 의해
　　호기심 많은 녀석들의 역사가
　　위의 요깃거리가 돼 있었고
　　그것으로 음식 걱정은 하지 않아도 되었다
　　기분이 울적할 때는
　　구토를 하면 그만이었다
　　입석 관람객 중에는 풍류인이 잔뜩 있어
　　상대로 부족함이 없다
　　구토가 잘못이었다
　　신체에 자신감이 과했었다
　　구토는 자연스런 행위여서
　　의무(義務)는 아니니까
　　누가 오물을 위의 요깃거리로 삼을 것인가

　　의무 없이

의리 없이
채무 없이
그대와는 대등하게 사귈 것이다
그대가 곤란할 때는 도와 줄 것이다
그대의 배가 고플 때는 먹을 것을 나눠 줄 것이다
그대의 옷이 찢어졌을 때는 싸구려지만 줄 것이다
그대에게 침대가 없다면 우리들이 있는 곳에서
함께 자자
같은 처지이니 그대에게도 부탁한다
그대에게 하는 것과 같은 것을
서로 의리는 없다
서로 마음은 가볍다

그렇지만
도로아미타불
녀석이 오랫동안 나를 끌어안고
길고 긴 키스를 하고
두 다리를 엮어
두 개의 유방을 번갈아 희롱하였다
그것만으로도
나는 모두에게 말을 하고 싶어 안달이다
입을 다물고 있을 수 없다
시큼한 타액의
다리의 가슴의
사차원의 우주와 맞바꾸어도 좋다
조용한 피로를
나에게는 의무가 있다
유방을 전파할 의무가 있다
부어오르는 유방을 과시할

절대적인 의무가 있다
남에게 전할 때마다 부어오른다
그곳에서는 아마도
친절한 말이 곪아가고 있음에 틀림없다
고름은 전직 아나키스트에게 가져다 줘
성가신 방탕자에게 가져다 줘
그대에게는 항상 의리가 있다
입석 관람객 풍류인에게도 의리가 있다
이쪽은 선교(宣教)의 의무에 쫓겨
그 길고 긴 키스를
한 번 더 원해도
그 바람은 간단히 이루어질 것 같지 않다

녀석은 알고 있다
내 유방이 하루가 다르게 부어오름을
나는 이 황홀을
어떻게든
그대와 모두가 들어 주었으면 한다
녀석의 보고도 못 본 척하는 눈을 깨워 줄 것이다

— 도미오카 다에코, 「부어오르는 유방(腫れゆく乳房)」『환례(還礼)』(1957)

"유방"이 "부어오르"는 이유를 유머러스하게 포착한 이색작이다. 남성과 여성의 "생리학적 언밸런스"에도 불구하고, 제3연의 "의무"나 "의리", "채무" 없이 "그대와는 대등하게 사귈 것이다"의 평등의식이 남녀의 성차를 인정하지 않으려는 진취적 자세를 드러낸다. "황홀(감)"으로 부어오른 유방은 자기 신체에 대한 성적 자인의 결과물이며, 유방을 "전파"하고 "과시"하며 나아가 "선교"할 "의무"가 있다는 확고한 의지로 연결된다.

농염한 여성의 신체에 대한 해방감과 자신감을 강력하게 표출하고 있다.

제1연에서는 전술한 "생리학적 언밸런스"를 직시하고 있다. 동 연의 서두와 마지막 연에 반복된 '녀석은 알고 있다'는 "유방이 부어오르"는 생리적 현상을 남성들이 인지하고 있음을 말함으로써, 여성의 성적 자인이 남성들의 상대적 관점에서 성립됨을 지적한다. 여기에는 어떤 "계략"도 무의미하며, "아나키스트"의 저항도 "끈기"도 불필요하다. 여성은 여성들만의 방식으로 자신의 신체적 특성을 인식하며, 그것이 "부어오르는 유방을 과시"할 이유이기도 하다.

제2연은 "소화산소", "위의 요깃거리", "음식", "구토" 등 생리현상을 통해 여전히 여성의 생물학적 차별성을 부각하고 있다. 이를 바라다보는 남성들의 '호기심 많은 역사'는 여성의 "신체"를 속물적 시선으로 바라보는 남성들의 태도를 지적한 것으로, "역사"는 그것이 오랫동안 구태의연한 관습이었음을 시사한다. 이에 대한 "구토를 하면 그만이었다", "누가 오물을 위의 요깃거리로 삼을 것인가"의 반문에는 이러한 일관된 시선에 아랑곳 하지 않는 여성의 자신감의 반영이다.

전체적으로 이 시의 내용은 행간의 의미적 연결고리를 파악하기가 쉽지 않다. 그러나 오히려 비논리성으로 점철된 다양한 비유가 마치 툭툭 내뱉듯이 제시됨으로써, 시인의 주장을 역설적으로 부각시킨다. 제4연만 보더라도 "유방"외에도 "키스", "두 다리를 엮어", "타액" 등 성적 기분을 고조시키는 표현들로 망라돼 있다. 물론 이 시의 일관된 흐름인 과감한 성 인식의 배후에는 제3연의 "그대와는 대등하게 사귈 것이다" 이하 5행의 표현에서 나타나는 "그대"를 향한 여성으로서의 심적 여유와 자신감이 자리하고 있다. 그 과정에서 아무런 "의무"나 "의리", "채무"도 불필요하다는 것은 여성과 남성의 동등함을 넘어 자신의 신체적 매력에 대한 자기과시이다. 그것은 마지막 연의 "황홀"이라는 관능적 희열에 의해 재확인된다.

주목할 부분은 여성의 자유분방한 육체적 매력 앞에 소극적 태도로 임하는 남성들의 모습이다. 마지막 연의 "하루가 다르게 부어오"르는 "유방" 앞에서 "녀석의 보고도 못 본 척하는 눈"이 그것이다. 시인은 위선과 기만에 찬 남성들의 행동을 질타하기보다는 차분히 응시하고 관대하게 포용하려는 심적 여유를 드러낸다. 이를테면 제3연에서의 "그대에게 하는 것과 같은 것"에 대한 요구는 기존의 일방통행적인 남성주도의 성의 과오를 직시하고, 성적 평등이야 말로 진정한 호혜적 삶의 실현임을 암시한 부분이다. 남성과 여성의 성적 차별의 불합리를 인정하지 않으려는 핵심적 메시지를 형성한다.

　　아버지도 어머니도
　　산파 할머니도
　　온갖 예상꾼들이
　　모두 남자아이라고 내기를 했으므로
　　어떻게든 여자아이로 태반(胎盤)을 뚫었다

　　그러자
　　모두가 아쉬워했으므로
　　남자아이가 되어주었다
　　그러자
　　모두가 칭찬해 주었으므로
　　여자아이가 되어주었다
　　그러자
　　모두가 괴롭히므로
　　남자아이가 되어주었다

　　나이 들어

애인이 남자아이였으므로
어쩔 수 없이 여자아이가 되었다
그러자
애인 이외의 모두가
여자아이가 되었다고 하므로
애인 이외의 사람들에게는
남자아이가 되어주었다
애인에게도 유감스러운 일이므로
남자아이가 되었더니
함께 잘 수 없다고 하므로
여자아이가 되어주었다

― 이하생략, 「신상 이야기(身上話)」「환례」

발표 당시 "―(하/이)므로", "―(해)주었다"를 반복한 신선하고 리드미컬한 어법이 세인의 관심을 집중시킨 대표작으로, 사회적 성차(젠더)를 에워싼 개인적인 신상 이야기가 우화성을 수반하고 있다. 도미오카 시의 궁극적 지향점인 여성해방의 실현을 성의 자연적 위치와 사회적 역할의 교란(攪乱)으로 표현하여, 인습적으로 고착돼 온 "남자"와 "여자"의 상대적 관계에 '도전'하고 있다는 해석이 가능하다.[53]

무엇보다 "남자(아이)"와 "여자(아이)"의 태생적 성의 범주를 초월하여, 남성성과 여성성을 자유자재로 넘나드는 양성구유(兩性具有)적 발상이 인상적이다. 여성과 남성으로 구분된 고정적 성의 역할을 부정하고, 상황이나 필요에 따른 양성성을 추구하여 전통적으로 인식되어 온 여성의 성적 핸디캡의 모순을 환기한다. 기존의 절대불변으로 여겨지던 남성성의

---

53 清岡卓行,「戰後の詩・第2部」, 伊藤信吉(外)編, 앞의 책(『戰後の詩人たち』), p.190.

일방적 우월성에 대한 비판은 여성주도의 성에 대한 자신감이라는 페미니즘적 메시지로 이어진다. 2세대 시인들의 공통 지향점인 남성중심사회의 여성을 향한 인습적 차별의 부당함을 읽어낼 수 있다.

태생적으로 남과 여로 엄격히 고정된 성의 역할을 부정하는 태도는 다음 시편에서 양성애(兩性愛)적 요소로 표출되고 있다.

먹다 남긴 채소는
흩뜨린 채로 두자
당신은 모처럼 머리에 핀컬(pin curl)을 하고
반소매 잠옷을 걸치고
코케티쉬(coquettish)를 뽐낼 작정이지만
그 핀을 빼라
나를 사랑해주고 싶은 것일 테니
그 잠옷을 벗어도 된다
당신의 주인은 질투 따위 하지 않는다
당신의 장딴지는 살로 탱탱하고
당신의 토루소(torso)는
알맞게 퇴폐를 펼치고 있다
조금 전 고양이의 손톱을 뜯으며
당신이 보여 준 몇 장의 그림 중에서
내가 한 장을 사 주겠다
파는 게 싫으면 훔칠 뿐이다
당신의 그림에 돈을 낼 가치는 없지만
가급적 도둑은 되고 싶지 않다
도둑맞는 것도 싫으면
자 나를 그리는 거다
당신의 그 알몸으로 연필을 들고
당신 앞에 있는 알몸의 나를 그리는 거다

나는 꼼짝하지 않는다

　　－ 이하생략. 「나체화(裸体画)」『카리스마의 떡갈나무(カリスマのカシの木)』(1959)

　　시의 정황으로 볼 때 "나"와 "당신"은 모두 여성으로, "알몸"을 비롯해, "핀컬", "코케티쉬", "살로 탱탱"한 "장딴지". "퇴폐를 펼치고 있"는 "토루소" 등의 관능적 요염함에 뒷받침된다.[54] 시인이 추구하는 메시지는 명확하다. "알몸"으로 마주한 "나"와 "당신"의 여성 신체의 순수함을 부각시킴으로써, 남성과 여성간의 육체적 교섭으로 한정돼 온 이성애만이 유일한 성적 사랑이라는 에로스(eros)의 기존 통념을 부정하고 있다. "당신의 주인은 질투 따위 하지 않는다"에는 여성을 소유의 대상으로 여겨 온 남성중심적 시선이 우회적으로 느껴진다. 여성 신체에 대한 무한한 애정과 주체적 자신감 없이는 도달 불가능한 시경이다. 이미 그들에게 성은 여성으로서의 성적 자인을 넘어 인간으로서의 존재의 정체성을 확실히 인식하는 중요 주제로 자리 잡고 있었다.

　　이처럼 여성을 향한 생물학적 성의 차별의 부당함과 사회적 성차에 대한 관심은 2세대 시인들의 핵심적 특징이며, 다음에 소개하는 신카와 가즈에의 대표작 「나를 묶어두지 말아요」는 전형적인 예에 속한다.

　　나에게 이름을 붙이지 말아요
　　딸이라는 이름 아내라는 이름
　　어머니라는 무거운 이름으로 만들어진 자리에
　　앉아만 있게 하지 말아요 나는 바람
　　사과나무와

54　실제로, 생략한 제2연에는 "나의 토루소는 빈약하지만/여자인 당신이 견딜 리가 없다"라는 표현이 등장한다.

샘물이 있는 곳을 알고 있는 바람

나를 나누지 말아요
콤마나 피리어드 몇 개의 단락
그리고 말미에 「안녕」이 적혀 있기도 한 편지처럼은
세세하게 결말을 짓지 마세요 나는 끝이 없는 문장
강과 마찬가지로
끝없이 흘러가는 펼쳐나가는 한 줄짜리 시

－「나를 묶어두지 말아요(わたしを束ねないで)」
제4・5연 『비유가 아니라(比喩でなく)』(1968)

　"딸", "아내", "어머니"라는 이름이 오랜 동안 여성을 가정이라는 폐쇄적 공간에 가두어 왔다는 자각이 두드러진다. 이들 단어는 모두 여성으로서의 희생을 강요하고 삶의 자유를 제한해 온 부정적 표현들이다. 주목할 점은 여성으로서의 주체적 삶의 의의가 가정에서 벗어나 사회적 활동을 영위하는 것에 있다는 확실한 메시지의 제시에 있다. 마지막 "강"처럼 "끝없이 흘러가는 펼쳐나가는 한 줄짜리 시"는 시작 행위를 통한 여성해방을 자각한 표현으로, 시인으로서의 사회적 활동이 편향된 성차인식을 시정할 수 있는 현실적 선택임을 강조한다. 특히 자신의 시가 "콤마나 피리어드"와 같은 "몇 개의 단락"으로 나눌 수 없는 무궁한 것임을 인식함으로써, 여성 시가 지닌 무한한 가능성과 존재 이유를 상기한다.

이를테면 나는 물을 마신다
꿀꺽 꿀꺽 목을 적신다
이를테면 나는 손톱을 자른다
자른 곳이 한일자로 아프다

이를테면 나는 헝겊을 꿰맨다
봉지가 생겨 물건이 들어간다
이를테면 나는 답장을 쓴다
역시 나도 당신이 좋아 라고
그리고는 그렇게 아기를 낳는다
따끈따끈 김이 나는 갓난아기를!

한 조각의 레몬
동그란 사과
들판 속의 커다란 물푸레나무
다리를 흐르는 분류(奔流)
한 통의 성냥
반짝이는 메스
흙바닥 구석에 뒹굴고 있는 진흙덩이도
벌거숭이 말(馬)
나도 갖고 싶다
그것만으로 시가 될 수 있는
한 줄의
선명한 행위 혹은 존재가

－「논·레토릭1(ノン·レトリック1)」
『하나의 여름 많은 여름(ひとつの夏たくさんの夏)』(1963)

　　사소한 일상에서 감지되는 사물과 행위의 모든 것을 생의 실감으로
포착하고 있다. 제목의 "논·레토릭(rethoric)"은 역설적 어법으로, 다양
한 감각과 행동의 시적 수사가 인간으로서의 "선명한 행위 혹은 존재"를
자각하는 생명감적 실존감으로 인식되고 있다. 모든 소소한 일상 속 모습
이나 갖가지 사물들이 "시가 될 수 있"다는 것으로, 시인의 삶의 궁극적
목표가 시작 행위에 있음을 시사하고 있는 점은 「나를 묶어두지 말아요」의

메시지와 일맥상통한다.

주목할 것은 그러한 여성으로서의 사회적 역할이 인간으로서의 실존의
식으로 확산되고 있는 점이다. 다시 말해 "그리고는 그렇게 아기를 낳는다/
따끈따끈 김이 나는 갓난아기를!"의 생명 출산의 주체로서의 자부심이
여성의 특권으로서 그의 시를 지탱하고 있는 것이다. 여성의 일상적 삶의
영위 속에서, 자유를 추구하여 '언어'로 엮어내려는 신카와 시의 특징을
압축적으로 말해 준다.[55] 생물학적 성과 사회적 성의 조화와 교감을 엿볼
수 있는 작품이다.

신카와의 시는 기존 1세대 시인들의 특징이었던 생물학적 성에 대한
수동적 태도에서 벗어나 적극적으로 응시하는 진취적 자세가 두드러진다.
특히 특유의 비유(metaphor) 기법을 바탕으로 '대지적(大地的)' 여성성을
대담하게 노래하는 가운데, 만물의 수호신으로서의 자비 깊은 모성의 시가
핵심구도를 형성하고 있다.[56]

방황하지마라
여자야말로 흙
이라고 말하는 한 남자

있는 그대로 되어라
여자야말로 대지
라고 말하는 또 한 명의 남자

그대야말로 나의 묘지

55 岩淵宏子・北田幸恵編, 앞의 책, p.297.
56 鈴木享,「新川和江」, 原子朗編,『近代詩現代詩必携』(別冊国文学35), 学灯社,
    1988, p.121.

라고 세 번째 남자가 말했다
스스로의 이름을 나에게 깊숙이 새기며

- 「묘지(墓)」『신카와 가즈에 시집』(1975)

"묘지"는 죽음의 공간인 동시에 새로운 것의 창조를 암시하는 생의 공간이다. "여자야말로 흙"이라는 사변적 논리는 새로운 생명의 잉태를 기약하는 자연의 섭리를 함축하며, 또 하나의 비유인 "대지"의 광활함과 무한함은 여성의 신체가 인류의 탄생을 주도해 왔다는 신화적 의미성을 내포한다. 무엇보다 이러한 철학적 진리가 세 사람의 "남자"의 입을 통해 토로되고 있는 것은 범접할 수 없는 여성의 생물적 특권에 대한 경건한 의미 부여에 다름 아니다.

그렇다고 해서 신카와의 시가 여성으로서의 자기도취적 인식에 빠져있었던 것은 아니다. 생물학적 성을 중시하면서 여성에 수반되는 현실인식을 냉철히 직시하고 있는 점은 그의 시의 사상적 깊이를 더해준다.

새로운 공간을 채우기 위해 너는 찾아 왔다
새벽녘 구름이 장미색 빛을 드리우고
공기가 다정한 물결을 일으킬 때
홀연히 너는 나타나
놀라는 엄마에게
귀여운 피스톨을 들이밀었다

오 두려움 없이 후회 없이
껴안을 수 있을까 이
맥이 뛰는 〈생〉의 덩어리를
나의 죄 나의 무모함

가엾은 아가야
너의 등에
천사를 본뜬 날개를 달아주는 것을
엄마는 완전히 잊고 말았다
나의 죄 나의 무모함
너무나 앞길을 서두른 탓에
너의 작은 손바닥에
사술(詐術)의 나뭇잎을 쥐어주는 것을
엄마는 완전히 잊고 말았다.....

외투도 없이 신발도 없이
몇 번의 차가운 겨울을
너는 어떻게 스쳐나갈까
너는 몇 번이나 걸려 넘어지고
그때마다 손톱이 상하고 붉은 피가 번져 나오겠지

생이란
부단히 지불하는 것
부단히 쫓기는 것
너는 부들거리고 숨을 헐떡이고
길가의 쓴 풀 이삭을
어떤 심정으로 맛보게 될까

하지만 너는 무심하게 잠든다
이것이 오늘 지불할 것이라고 말하려는 듯
화려하고 대담하게 배내옷을 적신다
그리고는 멋진 울음소리로
밤을 찢어내고
겁도 없이

너는 온 세계를 호령한다

– 「탄생(誕生)」『그림책 「영원」(絵本 「永遠」)』(1957)

　　남자 성기를 암시하는 "피스톨"의 표현으로부터, 1955년 장남인 신카와 히로시(新川博)를 출산했을 때의 상황을 소재로 한 작품이다. 신카와 시의 전매특허인 다양한 비유표현 속에서 생명탄생의 주체로서의 자각을 드러내고 있다. 새 생명을 향한 예찬의 자세를 견지하면서도, 그가 앞으로 체험하게 될 갖가지 역경을 모성애적 우려로 서술한다. 신카와 시의 핵심 주제는 '낳는 성'으로서의 책임감, 그 무엇과도 바꿀 수 없는 생명의 소중함에 있으며, 동시에 시인이 평소 언급한 어머니란 존재는 생명을 낳지만, 낳는다는 행위는 죄 또한 지고 있다는 인식을 내포한다.[57]

　　반복적으로 등장하는 "나의 죄 나의 무모함"을 통해 생명을 탄생시키는 여성의 숙명을 일종의 부채의식으로 자각하면서도, "생이란/부단히 지불하는 것"이라는 새 생명을 향한 교훈적 메시지와, 험난한 삶을 무사히 극복하길 바라는 어머니로서의 염원을 강조한다. "지불"은 생명을 지속하는 과정에 수반되는, 그러나 생명을 부여받은 이상 감수해야 할 갖가지 현실적 고난 정도로 파악 가능하다. 이렇게 보면 "천사를 본 뜬 날개"나 "사슬의 나뭇잎"은 원래부터 인간은 불완전한 존재라는 반증으로, 역경 속에서도 스스로의 삶을 개척하기 바라는 어머니로서의 간절한 소망이 마지막 부분의 "온 세계를 호령"하는 "멋진 울음소리"로 다가온다. 진취적 여성상을 시적 지향점으로 삼으면서도, 이상에 치우친 여성성을 지양하고 균형 잡힌 시각으로 현실의 삶의 문제를 조명하고 있는 점은 자칫 허황된

---

57 たかとう匡子, 『私の女性詩人ノート』, 思潮社, 2014, p.132.

외침으로 흐를 수 있는 여성시의 사상성을 적절히 제어하고 있다.

마지막으로 다음 시편은 신카와 시의 핵심 주제인 생물학적 성에 대한 깊은 관심을 우화적 발상으로 접근한 이색작이다.

• Ovum

　　여자 속에
　　달마다 새롭게 창조되어 떠오르는 태양
　　생명의 신비를 기리고
　　어머니인 대지를 따사롭고 붉게 비추는 빛
　　신에게 하사받은
　　선택된 자의 방문을 조용히 기다리는
　　기대와
　　가능성의 불

• Spermatozoon

　　그들은 발길을 재촉한다 재촉한다 재촉한다
　　급류를 거슬러 오르는 물고기 무리처럼
　　수영선수 집단처럼
　　그들은 헤엄친다 헤엄친다 헤엄친다
　　2억 3억 엄청난 수의 동료들 중에서
　　오직 한사람
　　선택되는 영관(榮冠)을 차지하기 위해

　　어둑한 골짜기를 빠져나와
　　에베레스트보다도 험준한 봉우리들을 잇달아 주파하고
　　힘이 다해 쓰러진 벗의 주검을 넘어

그들은 오로지 재촉한다 재촉한다
저 궁전 깊은 곳
화톳불에 보듬어져 꿈꾸는 진주(真珠)에
누구보다도 먼저 다다르기 위해

진주는 깨어난다 사랑의 이름에 의해
진주는 결실을 이룬다 축복받은 하나의 만남을 잉태하여
이 완전한 합일을 향한 소망과
종족보존의 본능이 그들을 항상 재촉해 마지않는다
원시에서 미래로
영원히 그치지 않는 생명의 강이 되어
도도하게 그들은 오늘도 흐른다 흐른다

— 「송가(頌歌)」『비유가 아니라』(1968)

　　"모(某)백과사전의 현미경 사진에 곁들여"라는 부제 속에서, 키워드인 "생명의 신비"에 대한 지적 호기심을 "Ovum"(난자)과 "Spermatozoon" (정자)의 의인화로 묘사하고 있다. "신에게 하사받은/선택된 자의 방문"에 함축된 신성성과 "진주"에 내포된 아름다움과 고결함이 "종족보존의 본능" 임을 환기함으로써, "원시에서 미래"로 이어져온 생명의 잉태 과정을 에워 싼 성의 형이하학적 해석을 경계한다. 자칫 속물적 묘사로 흐를 수 있는 생물학적 소재가 생을 향한 진지하고 순수한 시적 응시를 통해, 생명의 신비를 동화적 세계로 안내하고 있다. 한마디로 인간의 생명 탄생이 정자 와 난자라는 생물학적 결합에 있음을 환기함으로써, 생식본능으로서의 육체적 결합의 당위성을 피력한다. 결국 시인이 강조한 '낳는 성'으로서의 의식은 여성의 생물학적 성을 정면에서 응시하여 생명을 낳는 주체로서의 모성을 자각하고 무한한 긍지를 표출하는 것에 있다.

마지막으로 전후 2세대 중 가장 파격적이고 개성적으로 성에 접근한 시인에 성시인(性詩人)을 자임한 시라이시 가즈코를 들 수 있다. 그의 시에는 2세대 시인들의 특징인 성적 표현의 다양성 속에서도 대담하고 자유분방한 묘사가 두드러진다.

> 인간은 아버지라는 남자와, 어머니라는 여자의, 사타구니 사이에서 태어났고, 인간의 생명은 버러지와는 다르다고, 항상, 중시하는 습관이 있다. 이 인간이나, 인간의 생명을, 어여쁘게 여기는 사랑이 더욱 심화되고, 거슬러 올라가, 성장하는 것이 성의 사랑으로, 성을 제외하고, 나는, 인간이라는 존재의 쓸쓸함을 생각하지 않는다.(중략)성이란 것은, 살아있는 동안, 숙명이나 윤회처럼, 인간에게서 떼어놓을 수 없는 것이므로, 아마도, 성을 지닌 인간이 만드는 예술이나 문학은, 어떤 의미에서, 성문학 혹은, 에로스의 예술이 되는 것이, 본래의 모습일 것이다.[58]

성을 "인간의 생명"의 원천으로 신봉하고, 삶을 에워싼 "숙명"이나 "윤회"의 필연적 산물로 간주하는 성의 절대성을 강조한다. 성을 "예술"이나 "문학"의 근원으로 인식하는 태도는 그의 시의 자양분이 성 의식에 입각하고 있음을 웅변해 준다. 나아가 그에게 시는 '현실'이든 현실을 초월한 '픽션'의 세계이든, '사고'이전에 존재하는 '엑스터시(ecstasy)' 즉 '관능의 희열'이자 '에로스의 미'의 산물로 자각되고 있다.[59]

「부끄러워」라고 물었다
딸그락딸그락 상자 안에서 소리가 났다

---

58 白石かずこ, 「性(セックス)と詩人」『白石かずこ詩集』「現代詩文庫」(28), 思潮社, 2000, pp.130-131.
59 白石かずこ, 위의 책, p.130.

숨결과 숨결이 지나며
봄의 희미한 달밤 같은 겨울의 달
얼음이 찰싹 나를 껴안아준다
이슬이 취한 듯 입맞춤하러 왔다
가만히 있자니
또 물으러 왔다
「부끄러워?」
내 눈은 무겁게
별 쪽으로 떠져갔다

－「별(星)」『알이 내리는 거리(卵のふる街)』(1951)

시라이시 가즈코의 시법은 와세다대학 재학 중 접한 쇼와기의 모더니즘
시인인 기타조노 가쓰에(北園克衛 1902-78)의 영향을 받아 쉬르레알리슴
적 요소로부터 시적 출발을 이루었다고 지적된다.[60] 이 시 또한 남녀의
육체적 교섭을 연상시키는 현실 세계의 영상이 초현실적 감각과의 조화
속에서 전개되고 있다. "겨울"과 "얼음"의 차가움이 "숨결과 숨결", "입맞
춤"으로 연상되는 육체적 관능의 열기를 "별"과의 형이상학적 교감 속에서
투명한 감성으로 제어하고 있는 것이다.

누구로부터 태어났냐고?
침대에서지 딱딱한 나무 침대에서

개의 입에서 **뼈**가 달린 살점이 떨어진 것처럼

---

60 安西均,「戰後の女流詩人素描」, 原子朗(外)編,『講座日本現代詩史』(4), 右文出
版, 1973, p.323.

떨어진 것처럼 말이지

내 부모는 동그랗지
달처럼 편편해
역시 인간의 얼굴을 하고 있었어
인간의 냄새가 났어

어둠의 냄새가
잠자코 있는 숲의 냄새가 말이지

그것뿐이야 뉴욕
허드슨 강 근처

나는 서 있다

이 강과 나는 똑같이
흐르고 있다

이 강과 똑같이
서 있다

     – 이하생략, 「허드슨 강 근처(ハドソン川のそば)」『이제 더 이상 늦게 와서는 안 돼
             (もうそれ以上おそくやってきてはいけない)』(1963)

   시인은 캐나다 밴쿠버 시에서 출생하여 7세 때까지 유년기를 그곳에서
보냈으며, 특유의 자유분방함과 활달한 정신은 인종차별이 없는 지역에서
의 생활이 영향을 주었다고 한다.[61] "딱딱한 나무 침대"로부터 "개의 입"에

---

61 高橋順子編, 앞의 책, p.109.

서 "살점이 떨어"지듯 "태어났"다는 직설적이고 속물적인 화법은 지극히 파격적이다. "내 부모는 동그랗지" 또한 생명탄생의 전제조건인 육체적 결합을 우회적으로 연상시킨다. 그러나 중요한 것은 "인간"의 성적 행위의 의미성이 "(허드슨)강", "숲" 등의 자연과의 교감에 입각한 형이상학적 실존감으로 확대되고 있는 점이다. "인간의 냄새"와 "어둠의 냄새", "숲의 냄새"와의 동질화 속에서, "이 강과 나는 똑같이 흐르"며 "서 있다"는 일체 감이 뒷받침하며, 육체적 결합의 결과물인 생명의 잉태가 "나"를 존재시켰 다는 관념적 사고로 이어지고 있다.

> 자궁의 새벽에 나는 혼돈과 피의 향기 맡으며
> 살점의 이불에 안기면서 거의
> 바다 밑의 아직 깨어나지 않은 태양이 되어
> 자고 있었다
> 구토와 현기증의 파도가 밀려오는 가운데
> 수 백 만년 이래의 천지창조의 찰나를
> 아메바에서 공룡시대로 접어든 폭풍우
> 의 계절에 불과 한 줌 정도의 살점의 갑옷
> 속에서 떨며
> 나는 해면(海綿)처럼 태반에 들러붙어
> 견뎌 온 것이다
> 아직 고체조차 되지 않은 이전에 액상(液狀)의 은하(銀河)가
> 되어 나지막한 자궁의 돔(dome)을 불안하게 타오르며
> 비행(飛行)했다
> 또 혼돈에서 형체를 갖기 시작하는
> 뜨거운 진흙의 계절에서는
> 눈도 코도 없고 입도 뇌수(腦髓)도 없으므로
> 나는 온몸을 소울(soul)의 스콥(schop)으로 삼아

구토하며 피의 제왕에게 머리를 조아렸던 것이다
나는
여전히 눈도 코도 입도 없지만 이미
아메바도 물고기도 아니고
미래의 사람이 되기 시작하고 있다

지금만큼 나는
아버지로부터 멀리 〈몇 억 광년(光年) 정도일까?〉
또한 아버지에 가까웠던 적이 없다
아직 사람이 되지 않은 나는
어머니의 자궁이라는 집에서 혼돈과 생명을 창조하는 작업을 하고
있는 것이다
이 어머니조차 잘 모른다 부드러운
피의 돔 내부는
바깥 세계보다 밝고 조수(潮水)로 가득한 우주이다
지금
자궁 바깥에서는 간조(干潮)가 시작돼 그 안을
아버지가 죽음의 갑옷을 끌고 시간의 흐름에 태워져
꽁치처럼 헤엄쳐 가는 것이 보인다
이름 없는 해초의 아내의
향기로운 머릿결을 애무하면서

- 「저쪽 강기슭(あっちの岸)」other side river
제2·3연 『오늘 밤은 날씨가 거칠 듯(今晩は荒模様)』(1965)

　　미지의 공간인 자궁 내부에서 생명의 씨앗이 마침내 "미래의 사람"으로
창조되는 과정을 기상천외한 시적 상상력으로 포착하고 있다. 독자는
이 시를 논리적으로 해석하기 보다는 오로지 자궁 속의 생명 성립과정을
시인의 상상이 안내하는 기이한 영상에 따라 감각적으로 음미할 뿐이다.

서두 4행의 "자궁의 새벽에 나는 혼돈과 피의 향기 맡으며/살점의 이불에 안기면서 거의/바다 밑의 아직 깨어나지 않은 태양이 되어/자고 있었다"만 보더라도, 시의 전체적 특징인 감각의 이질성과 무한한 상상력의 현란한 어휘구사가 신비롭고도 기괴한 분위기로 다가온다. "수 백 만년 이래의 천지창조의 찰나"와 "아메바에서 공룡시대로 접어든 폭풍우"의 초현실적 시간 감각은 "바깥 세계보다 밝고 조수로 가득한 우주" 등의 비유와 호응하면서, 영원한 생명의 근원과 신비를 간직한 자궁의 공간성을 무한대로 확장한다.

전술한 신카와 가즈에의 「송가」가 정자와 난자의 결합 과정을 지적으로 형상화하듯이, 자궁의 내부라는 신비의 공간을 일종의 동화적 상상의 세계로 안내하고 있다. 제3연의 마지막 4행에서 "아버지"로 비유된 정자와 "어머니"로 암시된 난자의 생물학적 결합 과정을 암암리에 떠올리는 점도 동일하다. 그러나 신카와의 시가 전술한 대로 '낳는 성'으로서의 의식을 모성애적 감각으로 표현하고 있다면, 시라이시의 시는 생명탄생을 주도하는 여성의 생물학적 성을 남성성의 확실한 우위에 두고 있는 점에서 차별적이다.

> 내가 오랫동안 키우고 있던 것이
> 무엇인지 아는가? 수캐다
> 침대 안을 기어다니며
> 나는 그 이 한 마리조차 놓치지 않으려고 열심이다
> 그것을 위해 나는 능욕의 샤워를
> 하는 것이 가능하다면
> 캥거루처럼 주머니에 자랑스러운 사랑을
> 거느린 모성이 될 수 없더라도
> 코를 훌쩍이거나 울지 않는다

모든 주머니는 이미 모성의 것이다
나는 모성과 주머니를 지니지 못한 불모(不毛)의 부성을
거느린 한 마리의 손이 긴 원숭이다

　"셰이크, 셰이크
　이것이 셰이크야"
라고 모두 몸을 흔들며 춤을 춘다 몽키 댄스를
누구나 철학 다음으로는 원숭이를 추구한다
그렇지 않으면 어떻게 살아갈 수 있는가

그 여자는 나를 너무 사랑했다
점점 선녀(仙女)가 돼 가는 고귀하고 빈곤한
나의 예전의 연인이여
게다가 그녀가 시인이라니
전혀 손을 댈 수 없다
나는 밤마다 그 여자가 알코올이나
다른 남자들의 정액 속에서 익사하고 이제는
수면 위로 떠오르지 않게 되기를 기다리고 있다
선녀나 마녀에게 마치 신성한 오물처럼
사랑 받는 것은 질색이다

(남자라는 것에 대해 말해주지)
여자는 남자에 대해 전혀 모른다
사랑의 분필로 칠판을 마구 가루투성이
로 혼란스럽게 할 뿐이다
모든 남자는 평원을 쾌속으로 달리는 벌거숭이 말
(로 만들고 싶다) 인 것이다
그 때 가장 풍요롭게 미래를 향해
발기(勃起)하는 한 사람 빗자루 같은 꼬리를 세워

불모의 부성을 잊어라
그 고양된 숫자에 대해 타이프를 치고
명기(明記)할 수는 없다
다른 우주를 향해 부성을 채우고 만약
로켓이 발사된다면
"바이 바이 여성이여"
이 노래는 이제 유행하지 않는 Old song이다
여자들은 다시 하품을 반복할 뿐이다
부성은 사람들의 의식(意識)에 분수(噴水)한 이래 늘
소거를 향한 열렬한 스타트를 계속해 왔으니까

　　— 이하생략, 「부성 혹은 원숭이이야기(父性 あるいは 猿物語)」 male or monkey story
　　　　　　　　　　　　　　　　　　　　『오늘 밤은 날씨가 거칠 듯』

　비유와 역설이 넘쳐나는 작품이다. "수캐"와 "원숭이", "벌거숭이 말"
등으로 비유된 "부성"은 동물적 본성인 정욕을 앞세운 남성성을 의미한다.
"캥거루"처럼 생명을 품어주는 "주머니"를 지니지 못한 "불모의 부성"은
"침대 안을 기어다니"는 "이 한 마리"에 집착하고, 의미 없는 "몽키 댄스"나
"바이 바이 여성이여"와 같은 시대착오적인 "Old song"에 열중한다. "모든
남자는 평원을 쾌속으로 달리는 벌거숭이 말"에 담겨진 남성성의 환상은
"선녀"와 "마녀"가 암시하는 여성의 원시적 매력을 주체하지 못한다.
　이를테면 제3연의 "나는 밤마다 그 여자가 알코올이나/다른 남자들의
정액 속에서 익사하고 이제는/수면 위로 떠오르지 않게 되기를 기다리고
있다"의 왕성한 여성성의 상대적 대비가 뒷받침한다. 과거의 여성 위에
군림하던 남성의 권위는 사라지고, 이제는 "여자들"의 "하품"과 같은 조소
속에서 "소거를 향한 열렬한 스타트를 계속"할 뿐이다. 과거에 "가장 풍요
롭게 미래를 향해 발기"하고 "빗자루 같은 꼬리를 세"우던 모습은 흔적도

없다. 오직 떠오르는 것은 "사람들의 의식에 분수"해 버린 자조적 자화상뿐이다. 시의 핵심 주제인 "모성"의 자각이 더 이상 남성성의 구태의연한 권위에 종속될 수 없는 무한한 자부심으로 다가오는 이유가 여기에 있다.

시라이시의 시는 단순히 여성으로서의 성의 긍정을 넘어 왕성한 성적 에너지를 감각적으로 확인하고, 이를 우주의 섭리이자 인간 생명의 근원으로 여기는 개성적 시경을 전개하고 있다. 성 관련 시편 중 시인의 기발한 착상과 무한한 상상력이 절정에 이르고 있는 작품에 대표작인 「남근」이 있다.

신은 없어도 있다
또한 그는 유머러스하다 이므로
어떤 종류의 인간을 닮았다

이번에는 거대한 남근을 이끌고 내 꿈의 지평선
위로
피크닉 하러 찾아 왔다
때로는
스미코의 생일에 아무 것도 주지 않은 것이
후회스럽다
하다못해 신이 데려온 남근 씨앗을
전화선 저편에 있는 스미코의
가늘고 작은 귀여운 목소리에
보내주고 싶다
용서해라 스미코
남근은 매일 쑥쑥 커져
지금은 코스모스의 한 가운데에 자라나
고장 난 버스처럼 움직이려 하지 않으므로

그래서
별들이 흩어져 있기도 한 아름다운 밤하늘이나
하이웨이를 열정의 여인을 데리고 차로 질주한다
어딘가 그 외의
남자가 보고 싶을 때는
정말
자주 자주 그 버스 창문에서 몸을 내밀고
엿보지 않으면 안 된다
남근이
움직이기 시작해 코스모스의 옆 부근에 있으면
잘 보인다 그런 때에는
스미코
별 하늘의 빛 밝기의 쓸쓸함
한낮의 묘한 차가움이
창자에 스며들어
지그시 보이는 것은 보이고 모든 사람이
미쳐버릴 수밖에 없게 된다
남근에는 이름도 없고 개성도 없다
또 날짜도 없으므로
축제(祭) 때의 미코시(御輿)처럼
누군가가 짊어지고 지날 때
소란스러움의 정도로 때때로
그것과 있는 곳을 알 수 있다
그 웅성거림 속에서
신에게 아직도 지배받지 않는 종자들의 미개한
폭동이나 잡언매도(雜言罵倒)의
공막(空漠)이 들려오기도 하는 거다 때때로

신이란 여하튼 부재하고

대신에 빚(借金)이나 남근만을 두고
어딘가로 외출한다 로 보여

지금
신이 잊고 두고 간 남근이
걸어온다 이쪽으로
그것은 젊고 쾌활하며
교묘하지 않은 자신감에 차있다 그러므로
오히려 노련한 미소의 그림자를 닮았다

남근은 무수히 자라나
무수히 걸어오는 듯하나
실은 단수(單數)이고 홀로 걸어온다
어느 지평선에서 보아도
한결같이 얼굴도 말도 없고
그런 것을 스미코
그대의 생일에 주고 싶다
푹 그대의 존재에 씌우고 그러면
그대에게는 그대 자신이 보이지 않게 되고
때로는 그대가 남근이라는 의지(意志) 그 자체
가 되어
끝없이 방황하는 것을
망망하게 껴안아 주고 싶다

　　　– 「남근(페니스)-스미코의 생일을 위해(「男根(Penis)-スミコの誕生日のために」)」
　　　　　　　　　　　　　　　　　「오늘 밤은 날씨가 거칠 듯」

　시라이시 가즈코를 성시인 혹은 '남근시인'으로 불리게 한 문제작이다.
"신"이 "남근"을 데리고 "피크닉"하러 온다는 유쾌천만(愉快千万)한 설정과 음습함이나 외설적 이미지를 찾아볼 수 없는 무구(無垢)와 유머의 정신이 스케일이 큰 남근풍경을 이루며, 상식을 초월한 풍부한 상상력의 세계를 자유분방하게 전개하고 있다.[62] 구성면이나 어법에서도 파격으로 넘쳐나며, 해석상의 논리적 연결고리를 파악하기가 쉽지 않다.

그럼에도 시인이 전하려는 궁극적 메시지를 다음과 같이 가늠해 볼 수 있다. 우선 남근을 "신"이 인간인 "스미코"에게 가져다 준 "생일" 선물로 표현함으로써, 남근의 속물적 의미를 제거하고 순수한 생명탄생의 원천으로 여기는 의도가 엿보인다. 제2연에서는 남근의 왕성한 생명력과 운동력을 41행에 걸쳐 장황하게 서술하는 가운데, 동 연의 말미에서의 "신에게 아직도 지배받지 않는 종자들의 미개한/폭동"으로 표현된 남근의 원시성을 "꿈의 지평선", "코스모스", "밤하늘", "하이웨이"의 현실과 초현실의 공간을 넘나들며 형이상학적으로 포착하고 있다. 동(動)과 부동(不動), 소란스러움과 조용함, "열정"과 "차가움"이 어지럽게 교차하는 제2연의 시적 영상들은 논리적 연결고리 없이 자유로움과 의외성으로 점철된 남근의 이미지를 독자의 뇌리에 각인시킨다.

제3연에서의 "신"의 "부재"와 제4연의 "신이 잊고 두고 간"을 통해, 남근은 "신"의 의지를 초월한 독립적 존재로 자리매김 된다. 마지막 연에서 "무수히 자라"난 남근이 "실은 단수"이며 "얼굴도 말도 없"다는 우화적 발상은 남근의 절대적 유일성을 부각시키고, 마침내 "그대(스미코)의 존재에 씌"워져, "그대가 남근이라는 의지 그 자체가 되"는 완전한 합일을 이루게 된다. 결국 이 시의 일관된 자세는 순수한 생명의 결정체이자 근원인 남근을 신봉하고 예찬함으로써 생명의 원시적 신비성을 강조하고, 인간 존재의 신성한 진리로까지 의미를 확장시키는데 있다. 남근이야말로

---

62 八木忠栄,「白石かずこ」, 大岡信編, 앞의 책, pp.139–140.

인간의 성적 에너지의 원천인 '리비도(libido)'의 상징이며, 시공을 초월하여 발산되는 무한한 힘은 시인이 추구하는 성의 영원성과 순수성을 관념적으로 형상화하고 있다.

　이상의 작품에서 알 수 있듯이 일본 전후 여성시 속의 성 표현은 생물학적 성을 비롯해, 사회적 성차 인식 등 여성성을 에워싸고 다양한 양상으로 전개된다. 특히 1·2세대 시인들의 공통 관심사인 생물학적 성의 경우, 여성에게 부과된 숙명으로 여기는 1세대의 시인들의 수동적 인식과는 달리, 2세대 시인들은 이를 타파해야 할 인습의 대상으로 간주하는 진취적 자세가 두드러진다. 사회학적 성차의 불합리가 결국은 생물학적 성차의 편향된 인식에서 비롯되고 있음을 직시한 결과물로서, 남성중심사회에서 금기시 돼 온 자신들의 성 정체성을 당당하고 대담하게 표현하는 발상의 전환으로 나타난다.

　특히 2세대 시인들의 작품에서는 정자, 난자, 자궁, 남근 등 이전의 시에서는 직접적으로 다루지 못했던 대담한 성적 어휘구사가 두드러지며, 배후에는 생명탄생을 주도하는 주체로서의 자부심이 내포돼 있다. 자칫 속물적으로 치부되기 쉬운 파격적 소재가 시적 결실을 맺고 있는 것은 그들의 궁극적 지향점이 생명의 신비라는 순수하고 일관된 메시지에 있기 때문이다. 성은 여성으로서의 정체성을 인식하는 직접적 수단이자 인간으로서의 실존감을 환기하는 핵심적 테마라는 점에서 여성시 속의 성의 고찰 필요성은 아무리 강조해도 지나침이 없다.

책을 마치며

현재까지 우리나라에서 간행된 일본 근대문학 관련 연구서적은 소설 분야에 집중되어 있으며, 시의 경우는 대표적 시인들의 소수의 작품을 모은 선집(選集 anthology)이나 몇몇 시인의 시집 번역에 머물고 있을 뿐, 상대적으로 전반적 성격이나 특성을 심도 있게 고찰한 전문적이고 종합적인 연구 성과는 부족한 실정이다. 일본관련 저술 중 가장 일반적 형태의 하나인 문학사를 보더라도 대부분의 지면을 소설이나 평론에 할애하고 있으며, 그나마 일본 시의 전반적 흐름이나 개관을 간략하게 기술하는 과정에서 메이지 시대부터 현대까지의 사회와 역사의 종적 흐름에 입각해, 주요 문예사조나 유파(流派) 중심의 시인과 작품에 대한 편년체(編年体)적 소개에 집중돼 있다. 이러한 평면적 서술 구조는 일본 연구자들의 자국민을 대상으로 한 문학사적 기술 태도를 그대로 답습하는 가운데, 외국인(한국인)으로서의 독자적 비판의식의 결여 및 단순한 바이오그래피(biography)적 지식 습득에 머물 개연성이 있다. 결국 교양서와 학술서를 불문하고 현재 일본 근·현대시 관련 저술의 절대적인 양적 부족과 독창적 시각의 결여를 노정하고 있다고 해도 과언이 아니다.

본 저술의 가장 큰 목적은 한국인의 입장에서 메이지 이후 오늘에 이르는 일본의 근·현대시의 성격과 특징을 집중적으로 파악할 수 있는 전문적 학술서를 추구하는데 있다. 기존의 시사(詩史)적 개관이나 시인론·작품론의 단면적 기술에서 탈피하여, 일본 근·현대시의 특성을 아우를 수 있는 구체적 테마로서 도시와 인간을 제시하고 있다. 메이지 이전의 전통 시가가 '자연'을 주된 무대공간으로 한 화조풍월적 요소에 집중해 왔다면, 근대시는 도시를 통한 새로운 시적 공간으로서의 무게 중심의 이동이 필연적이며, 이 과정에서 도시생활을 에워싼 인간의 다양하고 복잡다기한 심리나 삶의 내면 등 상호 유기적인 제반문제를 포괄적으로 노출하기 때문이다.

이러한 문제의식에 입각해 메이지 이후 1970년대에 이르기까지의 도시 관련 주요 시편을 감상하고 분석해 보았다. 흥미로운 점은 인용한 시편들의 다수가 해당 시인의 대표작으로서, 시 세계의 특징과 성격을 규명하는 자료로 충분히 활용 가능하다는 것이다. 결국 도시가 일본 근·현대시의 핵심적 주제라는 반증이며, 특히 1920년대의 모던 도시가 등장한 이후의 시편에서 도시가 차지하는 비중은 절대적이다. 이를 규명하기 위해 본 저술에서는 시가 언어예술의 정수인 만큼 일본 근·현대시의 제반문제를 언어표현의 내부에서 직시하는 구조주의적 텍스트 분석의 방법론에 중점을 두었다. 반복이 되지만 도시를 단순히 작중 인물이 위치하는 무대배경으로서의 제재 혹은 소재를 초월해, 실존의식과 형태를 지닌 독립적 텍스트이자 특별한 수사적 장치로 파악하는 배경에는 문학이 언어를 사용하고 작가의 상상이 개입된다는 점에서 '언어도시'로서의 속성을 지니고 있기 때문이다. 도시를 작가적 '상상력'에 입각해 언어로 '변형'하는 과정은 사회학이나 역사가들이 도시를 오직 '경험적 실상'으로 파악하는 태도와 차별되는 점으로, 본 저술에서는 도시를 단순한 작품 해독의 부수적 요소가 아닌, 도시 공간의 주체적 관점에서 시인의 내면과 사상을 규명하는 기호적 코드로 상정하고 있다.

제1부 〈일본 근대시 속의 도시와 인간〉이 시기적으로 메이지에서 전전(戰前)에 이르는 근대시를 염두에 둔 것이라면, 제2부 〈현대사회 속의 도시와 인간〉은 전후(戰後)에서 1970년대에 이르는 현대시를 주된 대상으로 삼고 있다. 세부적으로 제1부에서는 일본 근대시의 시간적 흐름에 입각해 종적으로 도시와 인간과의 관계를 파악하는데 중점을 두었고, 제2부는 시간적 흐름을 고려하면서 횡적으로 신화, 신체, 성, 페미니즘, 포스트모더니즘 등에 입각해 근대시 일부를 포함시키는 형태로 일본 현대시의 특성 분석에 임하고 있다. 도시생활로 대변되는 현대사회를 살아가는 다양한 인간의 모습과 성향을 고찰함으로써, 제1부와 제2부의 내용적 상호보완과 조화를 고려한 구성으로 보아주었으면 한다.

마지막으로 번역은 가급적 의역을 피하고 축어역(逐語訳)에 주력하였으며, 원문은 金子光晴(外)編『全詩集大成・現代日本詩人全集』全16巻(創元社 1953-55)을 비롯해, 伊藤信吉(外)編『日本の詩歌』全31巻(中公文庫 1981-84), 井上靖(外)編『昭和詩歌集』(「昭和文学全集」(36) 小学館 1996), 鈴木貞美編『都市の詩集』(1991 平凡社), 전후시는 城戸朱理・野村喜和夫編 『戦後名詩選』(1)(2)(思潮社 2000), 「現代詩文庫」(思潮社 1968-) 등을 대상으로 삼았다. 아울러 〈참고문헌〉 말미에 제시한 〈선행연구〉는 본 저술과 관련된 필자의 기존 연구 성과를 나열한 것으로, 본문에서는 기존 내용을 수정・보완하는 형태로 재구성하였다.

김민수(외), 『도시 공간의 이미지와 상상력』, 서울시립대학교 도시인문학연구소편,
　　『도시인문학총서』(6), 메이데이, 2010.
데이비드 하비, 구동회(외) 옮김, 『포스트모더니티의 조건』, 한울, 1994.
라만 셀던(외), 정정호(외) 옮김, 『현대문학이론』, 경문사, 2014.
알 웹스터, 라종혁 옮김, 『문학이론 연구입문』, 동인, 1999.
원승룡(외), 『문화이론과 문화읽기』, 서광사, 2001.
이승훈(외), 『포스트모더니즘과 문학비평』, 고려원, 1994.
정인숙(외), 『도시 삶과 도시문화』, 서울시립대학교 도시인문학연구소편, 『도시인
　　문학총서』(3), 메이데이, 2009.
조셉 칠더스(외), 황종연 옮김, 『현대문학 문화 비평용어사전』, 민음사, 1999.
존 스토리, 박모 옮김, 『문화연구와 문화이론』, 현실문화연구, 1999.
클로드 레비스트로스, 임옥희 역, 『신화와 의미』, 이끌리오, 2000.
M.H. 아브람스, 최상규 옮김, 『문학용어사전』, 보성출판사, 1995.

浅井清(外)編, 「詩」『新研究資料現代日本文学』第7巻, 明治書院, 2000.
アト・ド・フリース著, 荒このみ(外)訳, 『イメージ・シンボル事典』, 大修館書店, 1999.
天沢退二郎, 『天沢退二郎詩集』『現代詩文庫』(11), 思潮社, 2000.
新井豊美, 『女性詩史再考』, 詩の森文庫, 2007.
伊藤信吉(外)編, 『モダニズムの旗手たち』『現代詩鑑賞講座』(9), 角川書店, 1969.
伊藤信吉(外)編, 『戦後の詩人たち』『現代詩鑑賞講座』(11), 角川書店, 1971.
伊藤信吉(外)編, 「萩原朔太郎」『日本の詩歌』(14), 中公文庫, 1984.
伊藤信吉(外)編, 「近代詩集」『日本の詩歌』(20), 中公文庫, 1981.
伊藤信吉(外)編, 「訳詩集」『日本の詩歌』(28), 中公文庫, 1982.

伊藤信吉(外)編，『現代詩集』『日本の詩歌』(27)，中公文庫，1984.

伊藤信吉(外)編，『北原白秋』『日本の詩歌』(9)，中公文庫，1984.

岩淵宏子・北田幸恵編，『はじめて学ぶ日本女性文学史—近現代編』，ミネルヴァ書房，2005.

海野弘，『モダン都市東京—日本の1920年代』，中公文庫，2007.

大岡信(外)，『シュウルレアリスムの展開』『シュウルレアリスム読本』(2)，思潮社，1981.

大岡信編，『現代詩の鑑賞101』，新書館，1998.

城戸朱理・野村喜和夫編，『戦後名詩選』(1)，思潮社，2000.

古海永二編，『現代詩の解釈と鑑賞事典』，旺文社，1980.

木俣修編，『北原白秋詩集』，旺文社文庫，1984.

小森陽一，『身体と性』，岩波書店，2002.

沢正宏・和田博文，『都市モダニズムの奔流—「詩と詩論」のレスプリヌーボー』，翰林書房，1996.

『詩と詩論』，第一冊，第二冊，厚生閣書店，1928.5，1929.12.

白石かずこ，『白石かずこ詩集』『現代詩文庫』(28)，思潮社，2000.

新川和江，『女たちの名詩集』，思潮社，1992.

新村出編，『広辞苑』，岩波書店，1980.

鈴木貞美編，『都市の詩集』『モダン都市文学』(Ⅹ)，平凡社，1991.

関良一，『近代文学注釈大系・近代詩』，有精堂，1967.

たかとう匡子，『私の女性詩人ノート』，思潮社，2014.

高橋順子編，『現代日本女性詩人85』，新書館，2005.

田口律男編，『都市』『日本文学を読みかえる(12)』，有精堂，1995.

東京都都市計劃局編，『東京都市計画百年』，近明舎，1989.

成田竜一編，『都市と民衆』『近代日本の軌跡』(9)，吉川弘文館，1993.

日本大辞典刊行会編，『日本国語大辞典』第7巻，小学館，1980.

萩原朔太郎，『萩原朔太郎全集』第7巻，第10巻，筑摩書房，1975，1976.

長谷川泉(外)編，『文芸用語の基礎知識』『国文学解釈と鑑賞5月臨時増刊号』，至文堂，1982.

原子朗(外)編，『講座日本現代詩史』(4)，右文出版，1973.

原子朗編, 『近代詩現代詩必携』(別冊国文学35), 学灯社, 1988.

バートン・パイク著, 松村昌家訳, 『近代文学と都市』, 研究社出版, 1987.

広松渉(外)編, 『岩波哲学・思想事典』, 岩波書店, 1998.

分銅惇作(外)編, 『現代詩物語』, 有斐閣ブックス, 1978.

分銅惇作(外)編, 『日本現代詩辞典』, 桜楓社, 1990.

前田愛編, 『テクストとしての都市』『別冊国文学・知の最前線』, 学灯社, 1984.

吉田精一, 『日本近代詩鑑賞・大正編』, 新潮社, 1963.

「萩原朔太郎 詩에 나타난 都市感覚」『일본문화학보』제22집, 한국일본문화학회, 2004.

「일본 현대시 속의 도쿄(東京)」『일본학연구』제49집, 단국대학교 일본연구소, 2016.

「일본 현대시의 포스트모던적 요소」『일본연구』제37집, 고려대학교 글로벌일본연구원, 2017.

「일본 전후시(戰後詩)속의 생(生)과 사(死)-'1세대' 시인들을 중심으로」『일본학연구』제52집, 단국대학교 일본연구소, 2017.

「일본 2차 전후파 시 속의 생(生)」『일본연구』제29집, 고려대학교 글로벌일본연구원, 2018.

『달에게 짖다 일본 현대대표시선』「창비세계문학선』(63), 창비, 2018.

「일본 전후(戰後) 여성시 속의 생(生)」『일본연구』제50집, 중앙대학교 일본연구소, 2019.

「일본 전후(戰後) 여성시인과 성(性)」『비교일본학』제45집, 한양대학교 일본학국제비교연구소, 2019.

「일본 전후(戰後) 1세대 시인들과 도시」『일본학연구』제59집, 단국대학교 일본연구소, 2020.

| 저자 | 임용택

건국대학교 일어교육학과, 도쿄대학 총합문화연구과 비교문학전공 석사·박사과정 졸업.
현재 인하대학교 일본언어문화학과 교수. 주요 저술로는 『金素雲『朝鮮詩集』の世界―祖国喪
失者の詩心』(中央公論新社), 『달에게 짖다-일본 현대대표시선』(창비), 『일본의 사회와 문학』
(제이앤씨), 『일본문학의 흐름』(공저, 한국방송대학출판부), 역서로는 『하기와라 사쿠타로
시선』(민음사), 『둔황』(문학동네) 등이 있음.

이 저서는 2017년 정부(교육부)의 재원으로 한국연구재단의 지원을 받아 수행된 연구임
(NRF-2017S1A6A4A01022892)

일본 근·현대시 속의 도시와 인간

초 판 인 쇄   2020년 03월 05일
초 판 발 행   2020년 03월 20일

지 은 이   임용택
발 행 인   윤석현
발 행 처   도서출판 박문사
책 임 편 집   안지윤
등 록 번 호   제2009-11호

우 편 주 소   서울시 도봉구 우이천로 353
대 표 전 화   02) 992-3253
전   송   02) 991-1285
전 자 우 편   bakmunsa@hanmail.net

ⓒ 임용택 2020 Printed in KOREA.

ISBN 979-11-89292-57-7   93830   정가 24,000원